ALERTE ROUGE

Né à New York en 1947, James Patterson publie son premier roman en 1976. En 1977, il obtient l'Edgar Award du roman policier. Il est aujourd'hui l'auteur de thrillers le plus lu au monde. Plusieurs de ses ouvrages ont été adaptés à l'écran, dont *Le Collectionneur* et *Alex Cross* au cinéma, *Zoo* en série sur TF1, et *Jeu de massacres* en série sur M6 sous le titre *Instinct*.

Publicitaire et scénariste pour la télévision et le cinéma, Marshall Karp a notamment écrit le scénario du film *Just Looking*, inspiré de son enfance new-yorkaise. Il est l'auteur de plusieurs romans, dont *Cartoon*.

Paru au Livre de Poche :

BIKINI
BONS BAISERS DU TUEUR
CRISE D'OTAGES
DANS LE PIRE DES CAS
DERNIÈRE ESCALE
LA FILLE DU PRÉSIDENT (avec Bill Clinton)
GARDE RAPPROCHÉE
LES GRIFFES DU MENSONGE
INCONTRÔLABLE
INVISIBLE
JEU DE MASSACRES
LETTRES DE SANG
LUNE DE MIEL
LUNE POURPRE
LA MAISON AU BORD DU LAC
MENACE SUR RIO
MOI, MICHAEL BENNETT
ŒIL POUR ŒIL
ON T'AURA PRÉVENUE
PILE OU FACE
PLUS JAMAIS
LE PRÉSIDENT A DISPARU (avec Bill Clinton)
PRIVATE LOS ANGELES
PROMESSE DE SANG
LE SANG DE MON ENNEMI
TAPIS ROUGE
TUE-MOI SI TU PEUX
UN SI BEAU SOLEIL POUR MOURIR
UNE NUIT DE TROP
UNE OMBRE SUR LA VILLE
LA VILLA ROUGE
WEEK-END EN ENFER
ZOO

Les enquêtes d'Alex Cross

ALEX CROSS VA TROP LOIN
COURS, ALEX CROSS !
CROSS, CŒUR DE CIBLE
DERNIÈRE CHANCE POUR ALEX CROSS
DES NOUVELLES DE MARY
EN VOTRE HONNEUR
JUSTICE POUR CROSS
LA LAME DU BOUCHER
LE MASQUE DE L'ARAIGNÉE
MOI, ALEX CROSS
LA PISTE DU TIGRE
SUR LE PONT DU LOUP
TIRS CROISÉS
TUER ALEX CROSS

Les enquêtes du Women's Murder Club

2e CHANCE
TERREUR AU 3e DEGRÉ
4 FERS AU FEU
LE 5e ANGE DE LA MORT
LA 6e CIBLE
LE 7e CIEL
LA 8e CONFESSION
LE 9e JUGEMENT
10e ANNIVERSAIRE
LA 11e ET DERNIÈRE HEURE
12 COUPS POUR RIEN
13e MALÉDICTION
14e PÉCHÉ MORTEL
15e AFFAIRE
16e SÉDUCTION
17e SUSPECT
18e RAPT

JAMES PATTERSON
et MARSHALL KARP

Alerte rouge

TRADUIT DE L'ANGLAIS (ÉTATS-UNIS) PAR SEBASTIAN DANCHIN

L'ARCHIPEL

Titre original :

RED ALERT

Publié par Little, Brown and Company, New York, proposé à l'éditeur par Kaplan/DeFiore Rights, *via* l'agence Eliane Benisti.

ISBN : 978-2-253-10416-2 – 1re publication LGF

PROLOGUE

Le tatouage de la Grande Faucheuse qui ornait l'intérieur de la cuisse gauche d'Aubrey Davenport était pour le moins parlant :

La mort est mon aphrodisiaque

Cette devise prenait tout son sens les soirs où elle hantait les ruines de l'hôpital Renwick, une bâtisse déliquescente qui dressait sa silhouette sinistre à la pointe méridionale de Roosevelt Island.

Vibrant symbole de l'architecture néogothique d'antan, l'hôpital Renwick n'était plus qu'une carcasse de pierre ayant abrité en son temps l'agonie de plus de treize mille hommes, femmes et enfants.

Si le Renwick était une relique d'une ère révolue aux yeux des édiles de la ville, Aubrey Davenport le considérait avant tout comme sa Mecque sexuelle. Elle avait choisi de profiter de cette belle soirée du mois de mai naissant pour escalader le grillage qui ceignait le bâtiment en compagnie d'un partenaire consentant. Le couple s'enfonça dans les entrailles de l'hôpital abandonné, gagna une pièce reculée et étala une épaisse couverture sur le sol jonché de débris.

La jeune femme retira ses chaussures, son chemisier et son soutien-gorge, se débarrassa de son jean et se planta devant son partenaire, vêtue d'une minuscule culotte bleu-vert.

Les pointes de ses seins se dressèrent sous la caresse d'un courant d'air frais et elle respira avec avidité la puissante odeur de décomposition qui flottait à l'intérieur de l'hôpital, à laquelle se mêlaient les effluves humides et froids des eaux du fleuve.

Elle s'agenouilla sur la couverture, ferma les yeux et attendit.

Elle frissonna en sentant les doigts longs et fins de son partenaire lui passer silencieusement une corde autour du cou. *Des doigts de pianiste, comme ceux de ton père*, aurait dit la mère d'Aubrey.

Enfant, elle s'était toujours demandé pourquoi cet homme aux doigts de concertiste ne s'était jamais intéressé à la musique. Elle avait fini par comprendre que les mélodies qui s'échappaient des phalanges interminables de Cyril Davenport étaient d'une autre nature, à en juger par les cris qui s'échappaient la nuit de la chambre de ses parents.

Aubrey sentit la corde se tendre. Le mot *corde* n'était d'ailleurs pas adéquat puisqu'il s'agissait en vérité d'un cordon de soie, emprunté à un peignoir, qui enserrait son cou avec douceur en lui comprimant les carotides.

L'homme la saisit par les épaules et l'aida à s'allonger sur le ventre.

— C'est confortable ? s'inquiéta-t-il.

L'expression la fit rire.

— Tu ris, reprit-il. La vie est belle, non ?

— Hmmm, ronronna-t-elle.

— Et ce n'est que le début, susurra-t-il en faisant glisser la culotte de la jeune femme le long de ses jambes avant de retracer des doigts son chemin jusqu'au tatouage.

Il caressa du pouce la silhouette recouverte d'un suaire, s'attarda sur la faux serrée dans la main osseuse de la Mort.

— Salut, toi.

Clac ! Le martinet fouetta les fesses nues d'Aubrey, ses lanières de cuir marquant la peau tendre. Elle étouffa un cri en mordant la couverture.

La douleur n'était qu'un apéritif, son corps se cambra alors qu'elle attendait avidement la suite.

D'un geste souple, il l'obligea à plier les genoux, lui ramena les chevilles dans le dos et les attacha à l'aide du cordon de soie serré autour de son cou.

— Ta main, lui ordonna-t-il.

Aubrey glissa le bras gauche sous son ventre jusqu'à ce que sa main apparaisse entre ses cuisses.

— La vie est belle, répéta-t-il.

Du bout des doigts, Aubrey s'aventura dans les replis de son entrejambe dont elle titilla les zones les plus sensibles. Tous les éléments se conjuguaient pour exacerber son plaisir : cet homme avec son fouet, l'odeur nauséabonde du bâtiment en ruine, la présence invisible des treize mille âmes errantes qui hantaient ce lieu.

Il prononça des paroles qu'elle ne comprit pas, les mots étouffés par sa respiration laborieuse alors qu'elle atteignait le point de non-retour. Un éclair de jouissance la traversa et elle allongea lentement les jambes.

Le cordon de soie attaché à ses chevilles lui comprima le cou, le manque d'oxygène et l'afflux de gaz carbonique firent naître chez elle un vertige proche de l'état hallucinatoire et l'orgasme la laissa exsangue, le souffle coupé. Emportée par une puissante vague d'euphorie, elle s'arc-bouta de façon à intensifier la pression du cordon autour de son cou, heureuse de pouvoir prolonger le plaisir quelques instants encore.

Si l'asphyxie érotique avait été une discipline olympique, Aubrey aurait pu prétendre à une médaille. Elle était au bord de la perte de connaissance lorsqu'elle relâcha la pression en ramenant ses chevilles au niveau de ses fesses.

Loin de retrouver sa souplesse initiale, le cordon de soie se tendit et Aubrey fut prise de panique. Elle se débattit et dégagea ses bras avec l'intention de dénouer le cordon dans son dos, les poumons bloqués.

Elle veillait pourtant à ne jamais prendre de risques inutiles, comment était-ce possible ? Elle chercha le cordon des doigts et découvrit la main de son partenaire. Il serra le nœud et elle laissa retomber ses bras, trop faible pour se battre, consciente que tout était perdu.

Un voile noir s'abattit sur elle et un afflux de larmes ruissela le long de ses joues alors que la

Faucheuse réclamait son dû. Au cours de la poignée de secondes qui conclut son existence, Aubrey Davenport comprit soudain qu'elle n'avait pas envie de mourir.

Ce soir-là, l'hôtel Pierre accueillait le gratin new-yorkais. Il y avait dans le grand salon Cotillion la crème de la crème, ceux qui n'hésitent pas à débourser cinquante mille dollars le couvert pour financer une cause. Plusieurs des convives de ce dîner de gala disposaient d'une fortune supérieure aux revenus de bien des États de la planète.

Un calicot de quinze mètres, fixé au-dessus du podium, annonçait fièrement la noble mission de la fondation Silver Bullet dont on célébrait l'heure de gloire : AIDONS LES NÉCESSITEUX.

Le serveur à veste blanche et cravate noire qui avait la charge des tables les plus reculées avait bouilli intérieurement en découvrant ce slogan. *Ces connards n'ont rien fait pour moi alors que je suis infiniment plus nécessiteux qu'eux. Tous des cygnes*, pensa-t-il en observant les invités qui voguaient majestueusement d'une table à l'autre. *L'élégance et la classe personnifiées, jusqu'au moment où ils se sentent menacés et deviennent méchants. Et presque tous blancs, comme des cygnes.*

Il parcourut des yeux la foule et compta à peine une demi-douzaine de cygnes noirs, alors que le personnel était essentiellement constitué de gens de couleur. Comme lui.

Avec ses épaules voûtées, sa mâchoire flottante et ses lunettes d'intello bon marché atténuant l'intensité de ses yeux d'un noir vif, il était quasiment invisible et personne ne lui accordait la moindre attention.

Depuis trois heures qu'il avait endossé cet uniforme, personne ne lui avait adressé la parole, à l'exception d'un vieux patricien.

— Dites-moi, mon brave. Où se trouvent les toilettes ? s'était enquis l'homme.

Peu après 21 heures, les lumières se tamisèrent, les conversations s'éteignirent et la voix grave de James Earl Jones s'éleva des haut-parleurs.

— Mesdames et messieurs, je vous demande d'accueillir le président de la fondation Silver Bullet, M. Princeton Wells.

Le personnel avait reçu pour instruction de cesser toute activité pendant le discours et le serveur aux lunettes bon marché s'enfonça dans la pénombre à côté d'une issue de secours en voyant Princeton Wells monter sur scène d'une démarche alerte.

Le cofondateur de Silver Bullet, un fils de famille, était égal à l'image de quadragénaire adolescent et charmeur qu'il souhaitait donner de lui-même. De crainte que quelque esprit chagrin dans la salle le soupçonne d'être célibataire, Wells entama son discours en présentant sa conquête du moment, Kenda Whithouse.

L'intéressée se leva, adressa un salut général et souffla un baiser en direction de son pygmalion milliardaire. À vingt-trois ans, ses talents d'actrice ne lui avaient pas encore valu les honneurs de la presse people, mais elle n'en remplissait pas moins sa robe de soirée avec talent. Ceux qui connaissaient Princeton Wells savaient déjà que la robe en question se retrouverait chiffonnée au pied de son lit avant l'aube.

Après s'être épanché sur sa nouvelle poupée, Wells passa aux affaires sérieuses en rappelant à toutes les bonnes âmes présentes combien était louable leur intérêt pour les plus démunis.

— Personne ne s'est autant impliqué auprès de Silver Bullet que Muriel Sykes, le premier magistrat de cette ville, déclara-t-il.

La première femme à occuper la fonction de maire de New York, au plus haut dans les sondages quatre mois après son entrée en fonction, monta sur scène sous un tonnerre d'applaudissements.

Le serveur, loin de manifester son enthousiasme à l'unisson des convives, tira un smartphone de la poche de sa veste et composa un numéro à quatre chiffres. Un-neuf-neuf-sept.

Hypnotisé par le clavier, au-delà de l'anonymat des chiffres, il ne voyait que l'année 1997, celle qui avait vu basculer son existence… Et tandis que la maire entamait son allocution, il approcha son doigt de la touche Envoi.

— Je n'aime guère m'exprimer lors des dîners officiels, commença Sykes, même lorsque l'on y sert du bœuf de Kobé de première qualité.

La salle éclata de rire, à l'exception du serveur.

— Le lendemain de mon arrivée à la mairie, j'avais rendez-vous avec les quatre fondateurs de Silver Bullet. Ils m'ont montré la photo d'un vieil entrepôt abandonné dans le Bronx et je leur ai aussitôt demandé qui était le propriétaire de cette horreur. Ils m'ont aussitôt répondu : « Vous, madame la maire, mais si vous acceptez de nous le céder pour un dollar symbolique, nous lèverons les fonds nécessaires à la transformation de ce lieu en cent vingt-cinq logements sociaux destinés aux sans-abri. »

« J'ai relevé le gant, le dollar en question trône désormais dans un cadre au-dessus de mon bureau et je suis heureuse de vous annoncer le démarrage de la construction le mois prochain. Ce soir, je suis venue vous remercier de votre générosité et vous présenter l'un des quatre responsables de ce projet. Il s'agit d'un architecte visionnaire qui va métamorphoser cette ruine sinistre en appartements pour les plus fragiles. Mesdames et messieurs, je vous demande d'accueillir Del Fairfax.

L'architecte consacré du Tout-New York monta à la tribune afin de dévoiler à l'assistance les merveilles qu'il réservait aux pauvres. Aussi séduisant que séducteur, il posa son ordinateur portable sur le pupitre et l'ouvrit.

— Sachant combien vous aimez les présentations PowerPoint, je vous en ai concocté une. Rassurez-vous, elle ne compte que quatre-vingt-dix-sept diapos, plaisanta-t-il, pour la plus grande satisfaction d'un auditoire à moitié pompette. Je plaisante. Princeton m'a bien prévenu que si je vous montrais plus de cinq photos, vous exigeriez le remboursement de vos contributions. Ce nouveau lieu de vie aura pour nom les Jardins de Tremont, mais j'aimerais vous le montrer tel qu'il est aujourd'hui.

Il prit la télécommande et enfonça une touche.

L'explosion fit trembler le salon Cotillion sur ses bases.

Le torse de Del Fairfax alla frapper de plein fouet l'écran installé derrière lui tandis que les billes d'acier, les clous et les éclats de verre contenus dans la bombe déchiquetaient la partie inférieure de son corps à la façon d'une broyeuse de jardin prise de folie.

Un épais nuage de fumée envahit la salle dans une atmosphère délétère de peur abjecte.

Le serveur, qui s'était soigneusement protégé de l'onde de choc, s'éclipsa discrètement par l'issue de secours, laissant derrière lui quatre cents New-Yorkais en prise avec le cauchemar qui les hantait depuis les attentats du 11 septembre.

PREMIÈRE PARTIE

Sexe, drogue et coup de poker

1

Kylie et moi n'avions jamais assuré la protection de la maire auparavant, mais Muriel Sykes avait requis expressément notre présence le soir de son allocution au dîner de la fondation Silver Bullet. La nouvelle nous avait été annoncée par notre patronne, la capitaine Cates.

— La maire a décidé d'assister à un gala de bienfaisance. Les prochaines municipales ont lieu dans trois ans et demi, et quitte à passer la soirée avec ses généreux donateurs, elle compte bien leur signifier qu'elle ne défend pas uniquement les nécessiteux et s'intéresse aussi aux très riches. Quel meilleur moyen d'afficher son souci de leur bien-être que de se balader avec deux flics du Red ?

— C'est gentil, mais non merci, a répondu Kylie. Elle ne sait donc pas qu'on passe déjà plus de soixante heures par semaine à protéger les nantis ? Et voilà qu'elle nous invite à leur lécher les bottes un soir de…

Cates l'a interrompue.

— Qui parle d'inviter ? Je n'ai pas le souvenir d'avoir lu dans votre descriptif de poste qu'on était censé vous envoyer des *invitations*. La maire a demandé qu'on intègre les inspecteurs Kylie MacDonald et Zach Jordan à ses équipes de sécurité. Considérez que c'est fait, et ne comptez pas trop recevoir un carton.

Personnellement, j'étais persuadé d'assister à la soirée la plus ennuyeuse de la semaine et je ne me suis pas trompé. Jusqu'à ce que le podium explose.

La déflagration a été terrible. Un éclair aveuglant, suivi d'une détonation assourdissante, le tout au milieu d'une épaisse fumée chimique, des débris de bois, de verre et de métal qui volaient dans tous les coins, sans même parler de Del Fairfax.

La maire venait de regagner sa place à table quand la bombe a explosé. Kylie et moi nous trouvions à côté d'elle. Nous l'avons brutalement extirpée de son siège avant de l'entraîner vers l'issue de secours en lui faisant un rempart de nos corps.

Pour notre malheur, une cinquantaine de personnes affolées avaient eu la même idée. J'ai enfoncé le bouton de ma radio en hurlant pour couvrir le vacarme.

— Red One à Explorer. Avant-garde saine et sauve. Sortie Alpha bloquée, on se dirige vers la sortie Bravo.

Nous avons rebroussé chemin et poussé la maire en direction des cuisines. La voie était dégagée, la caverne en inox servant de centre névralgique à ce dîner de gala était quasiment déserte. Le personnel avait battu en retraite précipitamment en empruntant les escaliers de service jusqu'au vestiaire.

Jugeant qu'ils s'étaient suffisamment éloignés du lieu du drame, une bonne vingtaine d'employés s'étaient regroupés dans le couloir, le portable vissé à l'oreille.

Kylie s'est efforcée de nous ouvrir un chemin à grands cris.

— NYPD ! Poussez-vous, bordel !

En nous apercevant, un agent de sécurité de l'hôtel a poussé la porte métallique donnant sur l'extérieur. La maire s'est arrêtée en sentant l'air frais de la nuit sur son visage.

— Je vous en prie. Je suis trop vieille pour ce genre de connerie. Laissez-moi au moins reprendre mon souffle.

— Désolée, madame, a réagi Kylie. On ne peut pas s'arrêter ici. Il ne reste plus qu'une trentaine de mètres à parcourir. Veuillez continuer, sinon Zach et moi allons devoir vous porter jusqu'à la voiture.

La maire lui a adressé un regard indéchiffrable. Je n'aurais pas su dire si elle exprimait son mépris, ou bien sa gratitude.

— Personne…, a-t-elle répondu d'une voix essoufflée. Personne… ne portera Muriel Sykes… Je vous suis.

Nous avons remonté en file indienne une ruelle pleine de poubelles et j'en ai profité pour contacter son entourage par radio.

La ruelle débouchait sur la 61e Rue Est, entre Madison et la 5e Avenue. Le 4 × 4 noir de la maire s'est immobilisé le long du trottoir à l'entrée du boyau. Son chauffeur personnel, Charlie, est descendu en hâte pour ouvrir sa portière. La maire m'a repoussé d'un geste quand j'ai fait mine de l'aider à monter.

— Je ne ferai pas un pas de plus.

— Madame, ça pourrait être dangereux, a insisté Kylie.

— Un fou vient de déclencher une bombe dans ma ville, inspecteur, a-t-elle rétorqué. Il en va de *ma* responsabilité.

— C'est vrai, madame, mais les fous ont parfois la mauvaise habitude de déclencher des engins secondaires destinés à faucher les rescapés. Et il en va de *notre* responsabilité de vous mettre à l'abri.

— Madame la maire, est intervenu Charlie. Ils sont en train d'installer un QG dans l'arsenal de Park Avenue. Je peux vous y conduire en moins de deux minutes.

Crise évitée. La maire est montée dans son 4 × 4. Elle a claqué sa portière et baissé sa vitre.

— Je vous remercie tous les deux.

Et c'est tout. Elle a remonté sa vitre, le gros Ford Explorer blindé a démarré sur les chapeaux de roues, sirène hurlante et gyrophare allumé. Muriel Sykes allait connaître la nuit la plus longue de son mandat tout neuf.

— Si tu savais ce que ces missions de baby-sitting m'ennuient, a déclaré Kylie. Il est grand temps d'aller exercer nos talents d'enquêteurs.

L'instant suivant, nous remontions la ruelle en courant. Direction le salon dévasté par l'attentat.

2

Nous nous sommes mêlés à la foule des flics et des pompiers venus secourir les blessés. L'explosion d'une bombe dans un lieu public provoque inévitablement des réactions pavloviennes au sein des services concernés. À 22 heures, alors que les chaînes de télévision diffusaient les premières images du drame, le Pierre était devenu la scène de crime la plus courue des États-Unis. Les fédéraux, la police d'État, le NYPD, les pompiers de New York et même les Stups se disputaient le moindre centimètre carré de terrain.

Fort heureusement, cette guerre de mouvement a pris fin avant même que se dissipe le nuage de fumée grise et âcre qui avait envahi le salon Cotillion. Avec Kylie, nous nous sommes retrouvés en présence de Howard Malley, un technicien du FBI que nous avions déjà eu l'occasion de croiser.

Malley est un spécialiste des explosifs hors pair doté d'un caractère new-yorkais bien trempé. Il peut se montrer aussi susceptible qu'un cobra quand vous avez le malheur de ne pas être d'accord avec lui. Bref, le portrait craché de Kylie. C'est sans doute ce qui explique que je l'apprécie autant.

Nous avons commencé par enfiler des combinaisons Tyvek jetables, des protège-chaussures et des masques avant de nous enfoncer à travers Ground Zero. Le fond de la pièce avait curieusement été épargné, les arrangements floraux et les verres à vin attendaient sagement sur les tables qu'on vienne les débarrasser.

Nous nous sommes approchés de l'endroit où Del Fairfax, Princeton Wells et Muriel Sykes se tenaient une heure plus tôt afin de s'adresser à leurs bienfaiteurs. Les fenêtres étaient en miettes, les lambris parsemés d'éclats, le sol jonché de débris divers : des morceaux de rideaux roussis, des pampilles arrachées aux lustres en cristal, des chaises retournées, des couverts, des chaussures, des sacs à main couverts d'une épaisse couche de poussière et maculés de sang. Autant de souvenirs épars d'une soirée de gala qui avait tourné au cauchemar.

Le vétéran du FBI accroupi à l'extrémité de la masse calcinée du podium s'efforçait de donner un sens à cet acte insensé. L'agent Malley, crâne lisse et barbe grise, une loupe à la main, a relevé la tête de l'objet qu'il examinait en nous entendant arriver.

— Tiens, tiens ! Jordan et MacDonald. Comment se porte la brigade des riches ?

— Formidablement bien, a répondu Kylie sans s'émouvoir. Tu as trouvé des indices intéressants ?

Malley s'est relevé.

— Peut-être bien. Je crois avoir trouvé une aiguille dans cette immense botte de foin. Regardez-moi ça.

Malley a tendu vers nous une pince entre les mâchoires de laquelle se trouvait un fil électrique.

Trois fils, plus exactement : un rouge, un blanc et un bleu tressés ensemble. Le tout était aussi fin que du vermicelle chinois et mesurait moins de cinq centimètres.

J'ai haussé les sourcils.

— C'est ça, ton indice ?

— Comme je le disais il y a un instant, rien n'est sûr. On considère comme des bouchers les terroristes qui fabriquent ces engins, mais eux se voient comme des *artistes*, m'a-t-il répondu en prononçant le dernier mot à la française, de façon affectée. Et comme tout artiste qui se respecte, ils signent leurs chefs-d'œuvre. Comme c'est la première fois que je vois un câble bleu-blanc-rouge comme celui-ci, j'ai pensé qu'il s'agissait peut-être de la signature de notre homme.

— Bleu-blanc-rouge, comme la bannière étoilée, a réagi Kylie. Quel message veut-il nous transmettre ? Mort à l'Amérique ?

— Cette bombe était conçue pour tuer, reste à savoir qui l'a fabriquée.

— Bleu-blanc-rouge, a répété Kylie. Tu crois que c'est un Américain ?

— Va savoir s'il ne s'agit pas d'un Letton daltonien. J'aimerais comprendre la signification symbolique de ces fils de couleur, mais le plus utile serait de retrouver la marque de fabrique de notre homme dans notre base de données. Je verrai tout à l'heure au bureau ce que ça donne.

— Quel est ton sentiment ? ai-je demandé.

Il a déposé le fragment de fil dans un sachet qu'il a soigneusement identifié.

— Ce n'était pas un acte terroriste.

— Tu en es certain ?

— Bien sûr que non, je suis un modeste fonctionnaire sous-payé, pas Harry Potter. Mais tu me demandais mon *sentiment*, et je te le livre après avoir fouillé la scène de crime pendant vingt minutes. Mon opinion serait de peu de poids dans un tribunal, mais à ce stade, avec seulement un mort et vingt-deux blessés, mon sentiment est que nous n'avons pas affaire avec un djihadiste pur et dur entraîné en Syrie.

— Je te signale que ce type a atteint vingt-trois personnes avec sa bombe, Howard, a réagi Kylie. Si ça ne s'appelle pas du terrorisme, je ne sais pas ce que c'est.

— Tu ne m'écoutes pas, s'est aussitôt défendu Malley. Je n'ai pas dit que ce type n'était pas un pro. C'est tout le contraire, mais son engin était conçu pour tuer une personne en particulier. Les vingt-deux autres sont des dommages collatéraux. Certaines ont été victimes du souffle de l'explosion, mais la plupart ont été blessées lors du mouvement de panique qui a suivi. Sans être un spécialiste des milliardaires comme vous deux, j'imagine qu'il devait y avoir dans la salle pas mal de gens assez égocentrés. Sans ce mouvement de panique, il y aurait eu moins de fractures. Notre homme en voulait à Fairfax. Ce n'était donc pas un acte terroriste, mais une vengeance personnelle.

— Si c'était le cas, a repris Kylie, pourquoi ne pas le tuer dans son lit ?

Malley a haussé les épaules.

— Sans doute souhaitait-il marquer le coup. Reste à comprendre le message qu'il voulait envoyer, mais ce n'est pas mon problème, a-t-il conclu avec un clin d'œil.

3

Malley avait raison. Le terrorisme relève de la Sécurité intérieure, mais un meurtre, surtout celui d'un homme aussi important que Del Fairfax, tombait dans notre escarcelle.

Si ce n'est le fait que nous avions assisté à ses derniers instants de vie, nous ne savions rien de lui. Il nous fallait commencer par nous renseigner à son sujet et Princeton Wells était encore le mieux placé pour éclairer notre lanterne. Le jeune milliardaire n'avait pas quitté l'hôtel, mais il avait été évacué au trente-huitième étage.

— Je serais heureux de pouvoir vous aider, a-t-il déclaré en nous ouvrant la porte de sa suite, dotée d'une vue magnifique sur Central Park.

Il avait ôté sa tenue de soirée et enfilé un vieux short en toile, un T-shirt gris usé, et se tenait pieds nus.

La maire nous avait présentés à Wells en début de soirée et nous lui avions donné nos cartes respectives. Sur le ton de la plaisanterie, il avait espéré ne jamais en avoir besoin, et voilà qu'avant même la fin de la journée, nous le suivions dans le salon de sa suite.

— Asseyez-vous, nous a-t-il invités en se dirigeant vers un bar bien fourni. Je peux vous offrir un verre ?

Nous avons refusé, mais il s'est versé une solide dose de vodka Grey Goose avec des glaçons avant d'ouvrir une bouteille de vin blanc et de remplir généreusement un verre en cristal. Il a avalé une gorgée de vodka puis s'est installé face à nous en posant le vin blanc sur la table basse qui nous séparait.

— De quels éléments disposez-vous à cette heure ?

C'est moi qui lui ai répondu.

— Nous sommes désolés pour votre ami. Dans la mesure où il est le seul à avoir trouvé la mort dans l'explosion, il est possible qu'il ait été la véritable cible de cet attentat.

— C'est insensé, s'est récrié Wells. Qui aurait pu en vouloir à Del ?

— C'est précisément la question que nous sommes venus vous poser. Vous le connaissiez bien ?

— C'est mon meilleur ami depuis le lycée. On partageait la même piaule à l'université et nous avons fondé Silver Bullet ensemble il y a vingt ans avec Arnie Zimmer et Nathan Hirsch. Nous étions comme deux frères avec Del.

— Lui connaissiez-vous des ennemis ?

— Je n'arrive pas à le croire, a-t-il répondu en vidant son verre avant d'aller se resservir au bar.

Princeton Wells aurait été mieux inspiré d'arrêter de boire, et je ne me serais pas privé de le lui dire si j'avais été un flic de base face à un citoyen lambda. En tant que membre du Red, j'ai appris à gérer les très riches, sobres ou bourrés. Il a rempli son verre de vodka, sans s'embarrasser de glaçons cette fois.

— Quel endroit magnifique, s'est extasiée Kylie, soucieuse de faire diversion.

Il lui a adressé un sourire.

— Je vous remercie. Ça fait trois ans que je vis ici. La vue est incroyable quand il neige. Un feu de cheminée, une bouteille de vin…

— Quelqu'un a parlé de vin ?

Kenda Whithouse nous a rejoints, les cheveux enturbannés dans une serviette-éponge, vêtue en tout et pour tout d'une chemise de smoking.

— Ton verre t'attend, a répondu Wells en pointant du doigt le vin blanc posé sur la table basse.

Elle l'a pris au passage et s'est installée nonchalamment sur le canapé.

— Kenda, je te présente deux inspecteurs du NYPD.

— Ravie de vous rencontrer. On a déjà arrêté les coupables ?

J'ai haussé les épaules.

— On y travaille.

— Quelle horreur ! On se serait cru dans un film catastrophe, sauf que c'était en vrai. J'ai eu de la chance d'en réchapper. J'étais couverte de tout ce qui a volé au moment de l'explosion. Je ressemblais à l'une de ces SDF pour lesquelles Princeton veut construire des logements. J'ai dû me laver trois fois les cheveux pour me débarrasser de cette horrible odeur.

Wells a pris place à côté d'elle et avalé une gorgée de vodka avant de se tourner vers nous.

— Vous voulez mon avis ? Je suis convaincu que cette bombe était destinée à la maire. Elle était debout sur ce même podium quelques instants avant l'explosion. C'est la seule explication plausible. Les politiques ont tous des ennemis, alors que tout le monde adorait Del Fairfax et la bande que nous formons avec Nathan et Arnie. Nous avons réussi à lever des centaines de millions de dollars pour les plus démunis. Nous leur fournissons de la nourriture et des logements, nous veillons à ce qu'ils reçoivent une éducation, nous leur offrons de l'espoir…

Il a laissé sa phrase en suspens et regardé son verre avant de le reposer.

— Je suis désolé. Après deux verres, je zappe en mode humanitaire. Je veux dire qu'on ne tue pas la poule aux œufs d'or. Silver Bullet n'a pas d'ennemis.

— Que savez-vous de la vie privée de Fairfax ? l'a interrogé Kylie.

— Del était un play-boy. Il ne s'est jamais marié. À quoi bon ? Il était riche, beau garçon, et les filles l'adoraient.

— Les *filles* en question avaient-elles des maris ?

— Jamais de la vie ! Del était un dragueur impénitent, mais il n'aimait pas se compliquer l'existence.

Mon téléphone a sonné. Cates. Je me suis isolé dans l'entrée de la suite.

— Où en êtes-vous ? a-t-elle voulu savoir.

— Le spécialiste du FBI affirme que ce n'est pas une attaque terroriste. Il est persuadé que quelqu'un en voulait à la victime. De son côté, Princeton Wells prétend que son ami était un saint et que la bombe était forcément destinée à la maire.

— J'en doute. Sykes n'était pas censée venir, elle s'est décidée à la dernière minute. Cette attaque a été soigneusement préparée et planifiée. Je vais tout de même prévenir les services de sécurité de la mairie. Quoi d'autre ?

— Rien, patron. Il y avait quatre cents personnes dans cette pièce, y compris votre serviteur, et personne n'a rien remarqué.

— Dans combien de temps pensez-vous pouvoir vous libérer ?

— Dix secondes. On a terminé ici.

— Dans ce cas, rendez-vous au plus vite à Roosevelt Island. Chuck Dryden voudrait vous présenter un macchabée.

— Un autre meurtre ? Qui relève du Red ?

— Je sais, Jordan. Mauvaise soirée pour les célébrités.

4

— Il ne faut jamais sous-estimer la folie de ceux qui ont du fric, a décrété Kylie.

— Tu as lu ça dans un biscuit chinois ?

Nous étions dans la voiture, en route pour Roosevelt Island.

— Je fais allusion à Princeton Wells. Pour quelle raison loue-t-il à l'année une suite géante à l'hôtel Pierre alors qu'il est propriétaire d'un hôtel particulier de cinq étages sur Central Park West, à un kilomètre de là ? Ça relève de la folie.

— Pourquoi Bruce Wayne endosse-t-il une cape et un masque pour s'attaquer à la pègre de Gotham City quand il pourrait se prélasser dans son manoir ? Les riches ont leurs propres codes en matière de folie, Kylie.

— Je devrais m'y être habituée depuis près d'un an que j'ai intégré le Red. Quand Wells nous a dit qu'il se trouvait au trente-huitième étage de l'hôtel, j'ai cru qu'il avait pris une chambre pour la nuit.

— Les gens comme Wells ne prennent pas une chambre pour la nuit.

Ma remarque a fait sourire Kylie.

— Non, ils se contentent de prendre une femme pour la nuit. Quand je pense que cette pauvre chérie a été obligée de se laver trois fois les cheveux.

— J'en déduis que tu ne partages pas les goûts de Wells.

— Bien au contraire. C'est la fille parfaite pour un garçon comme lui qui consacre toute son énergie à aider les plus démunis.

La lueur qui brillait dans ses yeux m'a confirmé qu'elle n'avait pas encore atteint sa vitesse de croisière et qu'elle allait étriller Kenda Whithouse avec la même énergie que les comiques de la télé quand ils écharpent le clan Kardashian. La sonnerie de son portable l'a coupée dans son élan.

Elle a souri en voyant le nom de son correspondant s'afficher sur l'écran.

— Salut, mon bébé. Je ne pensais pas que tu allais m'appeler.

Mon bébé. Mon instinct de fin limier m'a fait soupçonner un appel privé. J'ai regardé ma montre et observé l'expression de Kylie du coin de l'œil. Il était 23 h 47 et elle paraissait ravie. Un appel très privé.

Son correspondant lui a parlé pendant une bonne minute sans que je puisse entendre ce qu'il lui disait.

— On ne gagne pas à tous les coups dans la vie, a fini par répondre Kylie avant d'ajouter après un blanc : J'aurais bien aimé, mais mon collègue et moi en sommes à notre deuxième meurtre de la soirée.

Elle a laissé échapper un petit rire.

— Ce n'est pas ma faute, c'est toi qui trouvais amusant de sortir avec une femme flic. On s'appelle demain.

Elle a raccroché.

— Bon Dieu, Zach, avec tous ces millionnaires qui passent l'arme à gauche, je n'ai plus de vie sociale. Je viens de refuser une invitation à boire un verre au PM, sur Gansevoort.

Elle essayait de me ferrer, certaine que j'allais lui demander de qui il s'agissait.

Tu peux toujours attendre. Je ne poserai pas la question.

— J'y suis allée la semaine dernière, la musique est trop stylée, mais le prix des bouteilles est stratosphérique.

Pas question de mordre à l'hameçon. Je continuais de conduire imperturbablement en regardant droit devant moi.

— Tu as déjà été au Ganz ? a-t-elle poursuivi.

— Jamais, mais je m'y précipite à l'instant où j'apprends qu'on y a découvert un cadavre.

Ma réplique lui a cloué le bec.

En temps ordinaire, les flics aiment bien parler de leur vie privée à leur coéquipier, mais ma relation avec Kylie n'a rien d'ordinaire. On s'est connus à l'école de police il y a plus de dix ans. Elle venait de larguer son petit ami toxico et je suis arrivé au bon moment pour combler un vide.

Je suis tombé fou amoureux d'elle et on ne s'est pas quittés pendant vingt-huit jours. Le vingt-neuvième, Spence Harrington, son ancien copain, a toqué à sa porte. Il sortait d'une cure de désintoxication et la suppliait de le reprendre. Kylie a accepté et ils se sont mariés un an plus tard.

Ils ont formé un couple parfait pendant dix ans. Kylie est aussi belle qu'intelligente, elle a été décorée pour son travail d'enquêtrice, et Spence s'est imposé comme l'un des meilleurs scénaristes et producteurs de télé de New York.

La dope a fini par le rattraper et il s'est enfoncé dans une spirale vertigineuse. Kylie a tout tenté pour le tirer de là avant de comprendre qu'on ne sauve pas un toxico patenté.

Spence a fini par la quitter il y a deux mois. Quand elle a compris qu'il ne reviendrait pas, Kylie a envisagé de se remettre timidement sur le marché.

Une armée de collègues flics se sont placés sur les rangs, dont elle a systématiquement refusé les avances.

— Pas question de sortir avec un flic, m'a-t-elle expliqué. Je l'ai fait une fois, ça m'a suffi.

Je n'ai pas voulu lui demander si c'était parce que j'avais placé la barre très haut, ou bien au contraire si je l'avais définitivement dégoûtée des flics.

Cela faisait plusieurs semaines qu'elle glissait régulièrement dans la conversation des allusions au nouvel homme de sa vie, mais je me serais fait couper en morceaux plutôt que de lui poser la moindre question.

Tout ce que je savais de ce type, c'est qu'il avait les moyens de se payer une bouteille au Ganz. Il faudra m'expliquer le plaisir qu'on peut avoir à dépenser une fortune pour une bouteille de gnôle qu'on achèterait cinquante dollars dans n'importe quel supermarché, tout ça pour se retrouver au milieu de gens bruyants avec de la musique qui vous casse les oreilles. Mais il ne faut jamais sous-estimer la folie de ceux qui ont du fric. Ce n'est pas moi qui le dis, c'est Kylie.

5

Roosevelt Island est une bande de terre de trois kilomètres posée sur l'East River. Large de deux cent cinquante mètres, on dirait un fil dentaire planté entre les molaires que dessinent Manhattan et Queens.

Onze mille personnes vivent ici. L'immense majorité des huit millions et demi de New-Yorkais n'y ont jamais mis les pieds, sinon peut-être pour emmener leurs gamins dans le tram aérien reliant Roosevelt Island à Manhattan.

J'ai emprunté le pont Ed Koch et fait demi-tour à Queens avant de m'engager sur l'autre pont de l'île qui permet d'accéder à Main Street. En tout, nous aurons mis vingt-sept minutes, alors qu'il en faut trois par le tram.

On a suivi East Loop Road jusqu'à la pointe méridionale de l'île où stationnaient toutes sortes de véhicules officiels. Un camion du NYPD équipé d'un groupe électrogène éclairait d'une lumière crue une énorme silhouette de pierre grise ressemblant à un château du Moyen Âge abandonné.

— Bonjour, nous a salués une voix dans l'obscurité.

Comme il était minuit passé, la formule se justifiait théoriquement, et personne n'est plus à cheval sur la théorie que Chuck Dryden, notre technicien de police psychorigide préféré.

— C'est la première fois que je m'occupe d'un meurtre dans le 10044, nous a-t-il déclaré en faisant allusion au code postal de Roosevelt Island.

J'ai souri intérieurement. Je l'imaginais déjà pressé de rentrer chez lui pour colorier un quartier inédit sur son plan de la ville.

— Que savez-vous de l'asphyxie autoérotique ? s'est-il enquis.

— L'équivalent de la roulette russe, a répondu Kylie. Il suffit d'une fois pour perdre définitivement. Qui est la victime ?

— Une femme blanche de trente-huit ans. Le permis de conduire retrouvé dans son sac précise qu'elle s'appelait Aubrey Davenport.

Voilà qui expliquait l'implication du Red. Davenport était une cinéaste connue, auteur de documentaires à succès consacrés aux grandes questions de société : l'impact des marées noires sur la planète, les erreurs opératoires, l'usage des armes à feu aux États-Unis… Le style de journalisme polémique qui pousse certains à écrire à leur député, et d'autres à envoyer des lettres d'insulte à la réalisatrice concernée.

Nous avons slalomé entre les débris qui jonchaient le sol jusqu'à une couverture sur laquelle Davenport reposait à plat ventre. Elle était nue, à l'exception de sa culotte, descendue au niveau des chevilles. Son dos était couvert de zébrures et elle était ligotée à l'aide de plusieurs longueurs de cordelette bleue. L'une d'elles, reliée à celle qui lui entravait les chevilles, lui emprisonnait le cou. J'ai vu des centaines de corps dans ma vie, mais j'ai serré machinalement les poings en découvrant celui-là, tant il était grotesque.

— Des traces d'agression sexuelle ? a voulu savoir Kylie.

— Aucun signe de pénétration, a répondu Dryden. Elle ne semble pas s'être débattue. Il est clair qu'elle était de mèche avec celui qui l'a ligotée. Une sorte de victime volontaire.

J'ai froncé les sourcils.

— Tu veux dire qu'il s'agit d'un suicide ? Avec toutes ces marques de coups de fouet ?

Dryden a secoué la tête.

— Il te reste beaucoup à apprendre sur les déviances sexuelles, Petit Scarabée.

— Je sais uniquement ce que m'ont enseigné les missionnaires. Je vous laisse le soin d'éclairer ma lanterne, maître.

Il m'a gratifié d'un sourire, une marque d'enthousiasme rare chez Chuck Dryden.

— L'asphyxie autoérotique est une activité essentiellement masculine qui touche des gens auxquels on ne s'attend pas. Des pères de famille respectés dans leur communauté qui prennent leur pied en jouant avec la mort. Ils s'attachent une corde autour du cou, fixent l'autre extrémité à un tuyau ou une poignée de porte, et se masturbent en tirant progressivement sur la corde de façon à priver le cerveau d'oxygène. Il paraît que c'est un moyen infaillible de parvenir à un orgasme fabuleux. L'ennui, c'est que c'est parfois le dernier.

« La plupart des décès enregistrés en pareille circonstance sont le résultat de pratiques solitaires. Ce n'était pas le cas de cette femme. Elle souhaitait éviter les accidents en faisant appel à un complice, sans doute un homme. L'individu en question se chargeait de la ligoter et de veiller à ce que tout se déroule au mieux. Elle a eu le grand tort de lui accorder sa confiance. Regarde-moi un peu ce nœud.

Il désignait une boucle au niveau du cordon.

— On a normalement recours à un nœud coulant qu'il est facile de défaire pour se libérer. Notre homme a noué la cordelette de sorte qu'elle se resserre au lieu de se relâcher.

— Un bon avocat prétendra qu'il s'agissait d'un accident, a remarqué Kylie. Tout le monde n'est pas diplômé en nœuds autoérotiques.

— C'est précisément ce dont voudrait nous persuader l'assassin, a rétorqué Dryden. Regardez un peu les marques qu'elle a autour du cou. Si elle avait contrôlé le débit d'oxygène, ces ecchymoses descendraient en direction des jambes alors qu'elles se dirigent vers le haut. En outre, elles sont anormalement profondes. C'est la preuve à mes yeux qu'il se tenait au-dessus d'elle et tirait le cordon. Je serais curieux de voir comment un avocat pourrait l'expliquer.

— Et les griffures qu'elle a autour du cou ?

— C'est elle qui s'est griffée quand elle a compris à quoi jouait l'assassin, mais il était trop tard, m'a répondu Dryden. Elle n'avait plus la force de lui résister. Résultat des courses : Aubrey Davenport n'est pas morte à la suite d'un jeu pervers. Elle a été assassinée.

— Merci, Chuck. J'attends impatiemment le jour où tu témoigneras au procès. Qui a découvert le corps ?

— Des gamins de quatorze ans armés d'un pack de bières qui comptaient passer une soirée mémorable et qui en ont eu pour leur argent. Ils ont appelé police secours à 21 h 36. Le décès est intervenu au cours des huit heures qui ont précédé.

— Que contenait son sac, en dehors de son permis de conduire ?

— De l'argent liquide, des cartes bancaires, un portable, un ticket de parking d'un garage de Brooklyn tamponné à 16 h 52, et un SIG Sauer P238 dont elle n'a pas eu l'occasion de se servir.

— Des empreintes ?

— Il n'y a pas assez de surfaces lisses ici pour qu'on puisse relever des empreintes digitales dignes de ce nom. En revanche, j'ai retrouvé trois empreintes de pied intéressantes.

— Assez pour exécuter un moule ? Déterminer la pointure ?

— Je ne parle pas de pieds qui portent des chaussures, a souri Dryden qui prenait un malin plaisir à entretenir le mystère.

Il a fait courir le faisceau de sa torche sur trois petits cercles dans la poussière.

— Ce sont les pattes d'un trépied. L'assassin a pris le temps de filmer la scène.

6

Il est devenu plus facile pour les meurtriers de s'en tirer à bon compte à New York.

Si nos chefs, dans leurs bureaux du One Police Plaza, insistent sur le taux de criminalité historiquement bas de la ville, ils oublient volontiers une autre statistique : dans quarante pour cent des cas, le meurtrier ne se fait jamais prendre.

Toutes les mégalopoles qui souffrent de ce problème insistent sur l'accroissement du trafic de drogue et l'importance des gangs. Chaque fois qu'un dealer ou le membre d'un gang commet un meurtre, les habitants de son quartier sont frappés d'amnésie. Faute de témoin, il ne peut y avoir d'arrestation.

New York a une autre raison d'avoir de mauvaises statistiques.

Les attentats du 11 septembre.

Lorsque les tours jumelles se sont effondrées, Ground Zero est devenu la plus grande scène de crime de l'histoire de la ville : 2 749 hommes, femmes et enfants ont été assassinés ce matin-là, et chacune des victimes a fait l'objet d'une attention particulière de la part des enquêteurs.

Les meilleurs éléments de la brigade criminelle ont eu la lourde tâche d'aider les familles à faire le deuil des disparus. Une besogne ardue, physiquement et psychologiquement. En l'espace de deux ans, trois mille des meilleurs limiers du NYPD ont jeté l'éponge en prenant leur retraite, et huit cents autres ont migré vers l'unité de lutte contre le terrorisme qui venait d'être créée.

Ce trou n'a jamais été comblé depuis. Aujourd'hui encore, il y a dans tous les commissariats de la ville des piles de dossiers consacrés à des crimes non élucidés. Il arrive davantage de nouvelles affaires qu'on ne peut en résoudre.

La situation est différente au sein du Red. Notre hiérarchie exige des résultats, si bien qu'on nous fournit tous les renforts dont on a besoin. À 1 h 45 du matin, Kylie et moi étions toujours en train de passer l'hôpital Renwick au peigne fin quand j'ai reçu un appel de Danny Corcoran, un collègue de Manhattan Nord.

Danny est un type intelligent et méticuleux, doté d'un sens de l'humour appuyé.

— Zach ? J'ai entendu dire que tu avais besoin d'un grouillot. Eh bien figure-toi que le grouillot, c'est moi.

Je lui ai fait un résumé succinct de la situation et demandé de mettre les scellés sur l'appartement et le bureau d'Aubrey Davenport à Manhattan, ainsi que sur sa voiture, qui devait se trouver dans ce garage de Brooklyn.

— J'ai surtout besoin que tu m'identifies un proche. Je me chargerai de lui annoncer la nouvelle avec Kylie.

— Je m'en occupe, a répondu Danny. À propos, on m'a refilé un nouvel équipier. Tommy Fischer.

— Et alors ?

— Il a des qualités et des défauts.

— Commence par les défauts.

— Il est intolérant au lactose. Côté qualités, il roule très bien les pelles.

Je me suis esclaffé en raccrochant. C'était la première fois que je riais depuis mon arrivée au Pierre avec la maire six heures plus tôt, et ça faisait du bien. Kylie et moi avions deux sales affaires sur les bras et il était rassurant de savoir que Danny Corcoran ferait régulièrement baisser la tension.

Il m'a rappelé vingt minutes plus tard.

— La victime a une sœur aînée, Claudia Davenport Moretti. Elle a un boulot administratif au Barnard College. Son mari, Nick Moretti, est contrôleur aérien à LaGuardia. Deux gamins, rien à signaler. Ces gens-là sont aussi normaux qu'on peut l'être.

Il m'a communiqué une adresse à Manhattan sur le 74e Rue Ouest.

Dix minutes plus tard, on reprenait la voiture pour annoncer la mauvaise nouvelle à la sœur. Kylie tenait le volant. Calé contre la portière côté passager, les yeux fermés, je me suis laissé bercer par le ronronnement des pneus sur la tôle du pont.

Mon portable m'a réveillé. C'était Cheryl.

Cheryl Robinson est la psychologue du Red. En dépit de ses origines largement irlandaises, elle a hérité du physique hispanique de sa grand-mère portoricaine. Cheryl était mariée quand on s'est rencontrés il y a quatre ans, de sorte que je la voyais uniquement comme une collègue incroyablement belle, mais pas libre.

Le jour où elle est devenue une collègue divorcée, je n'ai pas perdu une minute. À mon grand étonnement, elle a répondu à mes avances. C'est la première femme dont je tombais amoureux depuis Kylie, et je me lève tous les jours en priant le ciel de m'empêcher de gâcher ma chance.

C'était la cinquième fois qu'elle essayait de me joindre depuis l'attentat du Pierre.

— Les harceleurs ne se reposent jamais ?

— Je dormais, m'a-t-elle répondu, et puis je me suis réveillée et j'ai mis les infos. Les images de l'attentat passent en boucle à la télé. Tu aurais pu être tué, Zach.

— Je te rassure, je suis toujours là. Tout va bien, sinon que je suis épuisé. On n'a pas encore terminé notre journée avec Kylie.

— Quand tu fermeras la boutique, ne rentre pas chez toi. Je préfère que tu viennes ici, j'ai besoin de te serrer contre moi.

— On nous a refilé un second meurtre, il faut qu'on aille prévenir la famille de la victime. Tu me gardes ton câlin en réserve ?

— Tu as de la chance, les câlins sont servis avec un repas chaud et l'autorisation de dormir dans mon lit. Ça te dit ?

— J'ai dit que j'étais épuisé, pas que j'étais mort. J'arrive quand je peux.

— Je t'aime, a-t-elle susurré.

— Je t'aime aussi.

J'aurais pu susurrer moi aussi, mais je voulais être certain que Kylie m'entende.

7

On prétend que New York ne dort jamais, mais à 2 h 45 du matin en cette nuit de mai, la portion de Central Park West sur laquelle on roulait était déserte.

L'animation reprendrait lentement dans une heure avec les joggeurs de l'aube, les éboueurs et l'institution new-yorkaise que sont les camions de livraison du *New York Times* qui déposent les mauvaises nouvelles de la nuit à tous les portiers de ce quartier huppé.

Kylie et moi avions aussi notre lot de mauvaises nouvelles, sans avoir la possibilité de s'en décharger auprès d'un concierge. Nous allions devoir réveiller ces braves gens en pleine nuit, sachant que leur existence en serait bouleversée à jamais. C'est de loin la pire corvée dans ce boulot, et ça ne s'améliore pas avec les années.

Claudia et Nick Moretti, la sœur et le beau-frère d'Aubrey Davenport, vivaient au septième étage d'un immeuble en brique d'une rue arborée reliant Broadway à West End Avenue.

Nous avons demandé au portier de nous annoncer avant de monter. Le coup n'en serait pas moins rude pour les Moretti, mais ils auraient quelques minutes pour se préparer. Quand ils nous ont ouvert la porte et que nous avons sorti nos badges, ils s'attendaient au pire.

— C'est Aubrey ? s'est enquis Nick Moretti.

— Oui, monsieur, lui a répondu Kylie. On a découvert son corps à Roosevelt Island. Elle a été assassinée. Nous sommes sincèrement désolés.

Claudia portait un peignoir lavande, son mari avait enfilé à la hâte un jean et un sweat des Jets. Elle s'est réfugiée dans ses bras et a fondu en sanglots. Il l'a dirigée vers le canapé et ils se sont assis, serrés l'un contre l'autre.

Debout en face d'eux, nous avons attendu cinq bonnes minutes qu'ils relèvent la tête. C'est Nick qui a posé la question à laquelle on s'attendait.

— Sait-on qui est le coupable ?

— Pas encore, monsieur. Mais on le découvrira.

Claudia a glissé quelques mots à l'oreille de son mari.

Il a secoué la tête.

— Non, Claudia. Ça ne sert à rien.

— Comment peux-tu dire ça ? s'est-elle indignée en se dégageant de son étreinte.

Elle s'est tournée vers moi.

— Je l'avais alertée des dizaines de fois. J'étais la méchante grande sœur, la voix du destin, mais j'avais raison. Et voilà qu'elle est morte.

En cas de meurtre, les proches de la victime sont les mieux à même d'aider l'enquête, mais ils sont en général trop hébétés pour qu'on les interroge sur-le-champ. Il faut leur laisser le temps de surmonter le choc initial. Dans le cas présent, Claudia Moretti avait manifestement besoin de parler.

— À quel sujet l'avez-vous alertée ?

— Au sujet de Janek. Je lui avais bien dit de demander au juge une ordonnance restrictive et de porter une arme sur elle, sachant qu'il n'hésiterait pas à la tuer.

— Dites-nous qui est ce Janek.

— Janek Hoffmann, son cameraman. Son *protégé*. Elle l'a engagé à la sortie de l'école de cinéma. C'était un gamin de vingt-deux ans alors qu'elle en avait trente-huit. Elle prétendait qu'il avait du talent, mais allez savoir. Elle couchait avec lui.

— Pourquoi lui avoir conseillé d'acheter une arme ? a demandé Kylie. Pourquoi pensiez-vous qu'il allait la tuer ?

— Ils se disputaient sans arrêt. On les croyait éperdument amoureux, et puis ils se battaient comme chien et chat la minute suivante. Il était totalement imprévisible. Et dangereux. Il a un caractère épouvantable.

Nick a voulu ajouter son grain de sel.

— Tu parles d'un caractère épouvantable ! Il est gavé de stéroïdes, tu veux dire. Un soir, au restaurant, Janek s'en est pris au serveur pour une raison quelconque, il l'a frappé avec l'un de ces grands moulins à poivre. Le type s'est retrouvé à l'hôpital avec une fracture de la mâchoire.

— Il frappait Aubrey ?

— Constamment.

— Est-il arrivé à votre sœur d'appeler la police ? a voulu savoir Kylie.

— Ce n'était pas le genre d'Aubrey, a réagi Claudia. Il fallait toujours qu'elle règle elle-même ses problèmes. Elle l'a licencié à plusieurs reprises, avant de le reprendre à chaque fois. Je n'ai jamais compris pourquoi.

— Bon Dieu, Claudia ! Ouvre les yeux ! Elle en redemandait parce que ça la branchait de se laisser maltraiter. C'était une obsédée…

— Arrête ! Arrête ! Arrête ! a crié Claudia.

Nick l'a prise dans ses bras.

— Je suis désolé, ma chérie. Je ne voulais pas…

Elle l'a repoussé.

— Elle est morte ! Je t'interdis de la juger.

Claudia a laissé échapper un dernier cri et s'est réfugiée dans sa chambre, en pleurs.

Nick s'est précipité à sa suite.

— Je reviens tout de suite, ne partez pas, nous a-t-il recommandé avant de disparaître.

De toute façon, nous n'avions pas l'intention de nous en aller.

8

Claudia a craqué. De l'autre côté de la porte, ses pleurs ont laissé place à des hurlements alors qu'elle prenait toute la mesure de ce qui était arrivé à sa sœur. Une petite voix s'est bientôt jointe à la sienne et Nick, à bout de patience, s'est mis à crier.

— Tu es contente ? Tu as réveillé ce putain de bébé avec tes hurlements !

Il leur a fallu du temps pour se calmer, Nick ne nous a rejoints qu'un quart d'heure plus tard.

— Désolé de tout ce cirque, s'est-il excusé. Claudia n'a jamais voulu accepter les *problèmes* de sa sœur. Elle a toujours été dans le déni, persuadée que les difficultés finissent par disparaître quand on refuse de les voir.

— Elle affirme pourtant avoir alerté Aubrey au sujet de Janek Hoffmann. Elle ne refusait donc pas de voir le problème.

Il m'a regardé en secouant la tête.

— Vous n'avez pas compris. Ce n'était pas Janek, le problème. Je ne prétends pas qu'il n'est pas coupable, je n'en sais rien, mais ça pourrait tout aussi bien être un autre. Aubrey était ce qu'on appelait autrefois une nymphomane. De nos jours, on parle d'accro au sexe, mais Aubrey…

J'ai cru un instant qu'il cherchait ses mots, mais il n'en était rien. Il s'était refermé comme une huître.

— Je peux vous proposer de l'eau ? Ou du café ? nous a-t-il proposé.

Je ne suis pas tombé dans le piège.

— Nous enquêtons sur un meurtre, Nick. Dites-nous de quoi il retourne.

Il s'est laissé tomber dans un gros fauteuil avant de se relever d'un bond.

— Asseyez-vous. Je suis infichu de vous parler si vous restez debout à me regarder comme ça.

Nous avons pris place sur le canapé et Nick s'est rassis.

— Aubrey était accro au sexe, mais pas comme ces fêtardes qui adorent baiser. C'était différent.

— Différent comment ?

Kylie avait posé la question avec désinvolture, mais je la connais bien. Elle a un instinct de chasseur, c'est un puma prêt à bondir sur une gazelle.

Nick s'est enfoncé dans son fauteuil.

— Pour qu'elle prenne son pied, il fallait que son partenaire lui fasse mal, ou bien qu'il l'humilie de façon abjecte.

— Merci de votre franchise, a réagi Kylie. Votre femme avait du mal à l'accepter ?

— Ce n'est pas la question. Je doute que Claudia se soit doutée de quoi que ce soit.

— Dans ce cas, comment se fait-il que vous soyez au courant de la vie sexuelle de votre belle-sœur ?

a insisté Kylie en plongeant ses yeux verts dans le regard morne de son interlocuteur.

— Holà ! s'est écrié Nick en levant les mains. Du calme, madame.

— Je ne suis pas une dame, mais un inspecteur de la brigade criminelle. Ne vous avisez pas de me cacher quelque chose, sinon je vous passe les menottes et je vous arrête pour entrave à la justice.

Nick a cherché de l'aide en se tournant vers moi.

— Elle en est capable, et je ne peux pas lui donner tort. Répondez à la question : comment étiez-vous au courant des préférences sexuelles de votre belle-sœur ?

Il m'a regardé comme si je lui demandais de creuser sa propre tombe.

— Ça reste entre nous, d'accord ? Si jamais Claudia apprenait que…

— Si ça n'a pas de lien direct avec l'enquête, nous n'en parlerons pas à votre femme et ça ne figurera même pas dans notre rapport, a précisé Kylie.

Il a hoché la tête, conscient que rien n'était gravé dans le marbre, mais qu'il n'obtiendrait pas mieux.

— C'est arrivé il y a cinq ans, s'est-il lancé. Claudia venait d'accoucher de notre aîné, elle avait subi une césarienne et se trouvait à la maternité pendant quelques jours. Le deuxième soir, à la fin des visites, je suis reparti avec Aubrey. Tout a commencé de façon innocente, on a juste décidé d'aller boire un ou deux verres et de manger un morceau.

Il s'est tu, dans l'espoir qu'on lui évite d'avoir à raconter la suite. Le mieux était encore de l'aider.

— Et de fil en aiguille… ?

— Claudia avait eu une grossesse difficile, elle n'a plus voulu que je la touche à partir du sixième mois. J'étais carrément en manque, j'avais trop bu, Aubrey avait bu plus encore et elle était insistante. On a terminé la soirée chez elle.

— Ensuite ?

— Cette fille était complètement frappée. Je ne suis pas bégueule, je n'ai rien contre les tenues en cuir, les jeux de rôle et tout le cinéma dont on vous parle dans les magazines pour pimenter votre vie sexuelle, mais quand une fille me supplie de lui écraser une cigarette sur le bout du sein, je ne suis plus d'accord.

— Avez-vous consommé cette relation avec elle ?

— Non, j'ai dessaoulé vite fait et je suis reparti quand j'ai compris de quoi il retournait.

Il s'est penché vers nous.

— Vous devez penser que je suis un hypocrite de première. J'étais prêt à coucher avec la sœur de ma femme, mais je refusais de la frapper, de la fouetter et de lui pisser dessus. Cela dit, cette ville ne manque pas de mecs qui en sont capables, et elle savait où les trouver.

— En dehors de Janek Hoffmann, quels noms pouvez-vous nous fournir ?

— Aucun. Je vous jure, je ne voulais pas savoir. Je connaissais uniquement Janek parce que c'était son cameraman et qu'ils étaient ensemble en pointillé depuis plus d'un an. Je les ai souvent vus ensemble, j'ai surtout vu les bleus qu'elle avait. Inutile de demander qui était le coupable. Janek est le genre de type qui a besoin d'un souffre-douleur, et Aubrey avait besoin qu'on la frappe. Ils étaient faits l'un pour l'autre dans leur univers sado-maso.

— Connaissez-vous son adresse ?

— Je ne sais pas. Quelque part à Brooklyn.

Renseignement pris, le *quelque part* en question se trouvait à une rue du garage où Aubrey avait laissé sa voiture.

9

New York est sans doute un melting-pot, mais c'est indéniablement Brooklyn qui donne tout son sel à ce mélange des cultures. Il suffit de poser son doigt au hasard sur n'importe quel point du globe, on peut être certain de trouver à Brooklyn une communauté originaire de la région concernée.

Janek Hoffmann vivait à Little Poland, un micro-quartier de Greenpoint. Une fois franchi le pont Pulaski, nous avons suivi l'ordre alphabétique en croisant les rues Ash, Box, Clay, Dupont et Eagle avant d'arriver dans une enclave ouvrière où les pharmacies sont toutes des *apetkas*, les boucheries proposent des variétés infinies de saucisses *kielbasa*, et les restaurants ont des noms imprononçables, du style Karczma ou Lomzynianka.

Hoffmann avait élu domicile dans un immeuble sans ascenseur de trois étages en face d'une église, à deux pas de l'endroit où Aubrey Davenport avait garé sa voiture.

La règle numéro un quand on va interroger un suspect : éviter de le prévenir. Mon premier réflexe a été de sonner chez le gardien, que nous avons trouvé dans le hall tout habillé, un mug de café à la main, alors qu'il était seulement 5 h 15.

Règle numéro deux : rien n'oblige un gardien d'immeuble à vous ouvrir la porte d'un locataire au prétexte que vous souhaitez l'interroger. Il vous faut une bonne raison.

— NYPD, s'est présentée Kylie. Nous venons voir Janek Hoffmann. Sa petite amie a été assassinée et nous avons des raisons de croire qu'il a subi le même sort. On voudrait s'assurer qu'il est en vie.

Règle numéro trois : le gardien se doute presque toujours que vous lui racontez des bobards, mais il acceptera généralement de coopérer si vous lui fournissez une explication crédible.

Le baratin de Kylie a marché.

— 4B, nous a-t-il répondu en cherchant la bonne clé à l'anneau attaché à sa ceinture. Suivez-moi.

Nous sommes montés au troisième et il a déverrouillé la porte de Hoffmann avant de se carapater.

J'ai immédiatement été frappé par l'odeur. Les odeurs, devrais-je dire. Un survêtement taché de sueur abandonné dans un coin, des plats moisis sur la table de la cuisine et la puanteur de plastique brûlé qu'on trouve chez tous les consommateurs de crack.

Le type étendu sur le ventre dans le salon ne sentait pas la rose, lui non plus.

Kylie m'a montré de l'index la loque humaine et s'est frappé la poitrine. Traduction : *Cette ordure qui frappe les femmes m'appartient*.

Je lui ai signifié mon accord d'un hochement de tête et elle lui a envoyé un bon coup de pied dans les côtes.

Le type s'est retourné en poussant un grognement avant d'ouvrir les yeux.

— Qui vous êtes, putain de merde ?

— On est des journalistes de *Maisons et jardins*, on vient pour la séance photo.

Elle lui a montré son badge.

— Tu crois qu'on est qui, trou du cul ?

Il a instinctivement serré les poings quand elle lui a donné un nouveau coup de pied.

— Allez, frappe-moi, l'a-t-elle nargué.

Il s'est relevé en se gonflant de son importance, de façon peu convaincante puisqu'il mesurait à tout casser un mètre soixante-dix. En revanche, il était costaud, avec des biceps dignes des pubs destinées aux amateurs de gonflette. Sa chemise, tendue à craquer, dessinait la forme de ses pectoraux, deltoïdes et autres abdos.

— Vous êtes Janek Hoffmann ? lui a demandé Kylie.

— Oui, je vis ici. Comment vous êtes entrés ?

Il a titubé jusqu'à un vieux canapé vert citron dont n'aurait pas voulu l'Armée du Salut.

— La femme de ménage avait laissé la porte ouverte. Vous connaissez Aubrey Davenport ?

Il a tiqué en entendant le nom de sa patronne. De toute évidence, il cherchait à dissiper les brumes de son cerveau drogué.

— Je travaille pour elle. Techniquement, elle m'a viré, mais je sais qu'elle me reprendra. Comme toujours.

— Quand l'avez-vous vue pour la dernière fois ?

Il a serré les paupières pour se concentrer.

— Vendredi.

— Vous êtes certain de ne pas l'avoir vue hier soir ?

Il a rouvert brusquement des yeux agressifs.

— Je viens de vous l'expliquer, elle m'a viré. Cette salope va me laisser mariner une semaine avant de me redonner ma chance. Ça fait partie de son cinoche.

— Où étiez-vous hier soir ?

Il a montré d'un mouvement de menton le taudis qui lui servait d'appartement.

— Je faisais la fête tout seul.

— J'en doute, l'a contredit Kylie. La voiture d'Aubrey est garée tout près d'ici. Nous savons qu'elle était ici hier soir.

Il a affiché sa perplexité. Il a refermé les yeux en cherchant dans la passoire qui lui servait de mémoire, en vain.

— Vous êtes sûre ?

— C'est à vous que je pose la question, Janek.

Il s'est penché en avant sur le canapé en se massant les tempes.

— Je ne sais pas. Peut-être. J'ai pas les idées très claires depuis vendredi dernier. Pourquoi vous lui posez pas la question ?

Kylie, accroupie devant lui à le toucher, lui a glissé dans un murmure :

— Ce sera dur. Elle est morte.

— Morte ?

Les rouages de son cerveau dopé aux stéroïdes se sont mis à tourner à toute vitesse, il ne tarderait pas à se montrer capable d'additionner deux et deux.

— C'est pour ça que vous êtes là ? Vous croyez que je l'ai tuée ?

J'en avais assez que Kylie soit la seule à s'amuser.

— On ne croit pas que vous l'avez tuée. On le *sait*. Elle s'est garée à deux pas d'ici, vous avez pris votre voiture pour vous rendre à Roosevelt Island où vous l'avez ligotée, fouettée et étranglée avant de rentrer chez vous et de fumer votre élixir d'amnésie dans l'espoir de régler vos problèmes. Ce n'est malheureusement pas le cas. C'est votre sort qu'on va régler, et pour longtemps.

Il a ouvert de grands yeux.

— Roosevelt Island ? Dans la maison hantée ?

Si on avait décidé de l'arrêter, on aurait été obligés de lui expliquer que tout ce qu'il nous disait pouvait être retenu contre lui. Mais on ne l'avait pas arrêté, et aucune loi n'interdit à un petit bavard de s'enfoncer jusqu'au cou.

— Je constate que la mémoire vous revient. Oui, c'est bien là qu'on a retrouvé le corps. Vous êtes dans une belle merde, Janek, mais nous pouvons encore vous aider. Dites-nous tout ce que vous savez et on veillera à ce que le bureau du procureur vous attribue des bons points.

Un grand silence a accueilli ma recommandation. Kylie s'est assise sur le canapé à côté de lui et lui a parlé doucement, la main sur son épaule.

— Autant vous débarrasser tout de suite de ce fardeau, Janek. Dites-nous la vérité. Vous l'avez tuée ?

Il a fondu en larmes en secouant la tête.

— Je ne sais pas, je ne me souviens de rien.

10

Il y a deux façons de fouiller le logement d'un suspect : obtenir un mandat, ce qui peut prendre des heures, ou bien arracher l'autorisation à l'occupant des lieux, ce qui ne serait pas très compliqué vu l'état dans lequel était Janek Hoffmann. Kylie a repris la main.

— Ne le malmène pas trop, Zach, a-t-elle déclaré. Tu vois bien qu'il ne se souvient de rien. Après tout, ce n'est peut-être pas lui.

C'est pour ça que j'aime Kylie MacDonald. Quelques minutes plus tôt, elle le rouait de coups et l'insultait en usant de toutes les techniques recommandées par le *Manuel du parfait mauvais flic* pour obtenir une confession. Et voilà qu'elle se transformait en Mère Teresa, me laissant le soin d'endosser le costume du méchant.

— *Ce n'est peut-être pas lui ?* Et puis quoi encore ? Peut-être aussi qu'il mesurera un mètre quatre-vingt-cinq demain matin au réveil.

J'ai poursuivi d'une voix aiguë :

— Ce type est un alcoolo de première, un toxico fumeur de crack et un assassin. Le procureur aura beau jeu d'expliquer aux jurés qu'il était bourré de stéroïdes au moment des faits et ce sac à merde passera les quarante prochaines années de sa vie à enchaîner les pompes dans la cour du pénitencier de Green Haven.

— Laisse-lui au moins une chance de nous apporter la preuve de son innocence, a plaidé Kylie en se tournant vers Hoffmann. C'est possible, Janek ? Vous avez le moyen de nous prouver que vous étiez chez vous hier soir ?

Il a fait de son mieux.

— Si ça se trouve, des copains sont passés à la maison. Je peux donner quelques coups de fil, histoire de voir…

— Les gens sont prêts à mentir pour leurs potes, l'a coupé Kylie. Vous allez devoir trouver mieux que ça.

Il a secoué la tête, à court d'idées.

— J'ai vu qu'il y avait des restes de plats préparés. Vous vous êtes fait livrer à manger ?

— Probablement. Je fais ça tout le temps, a-t-il répondu en désignant fièrement les cartons de pizza, les barquettes de plats chinois et autres pièges à cafards qui traînaient dans la cuisine. Il suffit d'appeler et de voir si un des livreurs a le souvenir d'être passé ici.

— Mauvaise pioche. À en croire le procureur, les livreurs mentent encore plus que les potes. Le mieux serait de fouiller un peu et de voir si on ne retrouve pas un ticket de caisse avec la date.

Janek a failli sauter au plafond de joie quand on lui a proposé de l'aider à retrouver le ticket de caisse qui pourrait bien se transformer en ticket pour la liberté. Nous avons soigneusement omis de lui préciser ce qui se passerait si nous tombions par hasard sur un pied de caméra.

Comme il nous a fallu moins d'une minute pour découvrir ses pipes à crack et un sachet rempli d'herbe au fond d'un tiroir, on en a conclu que Janek n'était pas le roi de la planque. Un quart d'heure plus tard, nous avions la certitude qu'il n'y avait pas de pied de caméra dans son appartement.

— Mon ex bossait dans le cinéma, a déclaré Kylie alors que nous étions bredouilles. Comment se fait-il que vous n'ayez pas chez vous une tonne de matos ?

— Tout appartient à Aubrey, a répondu Janek. Elle entrepose tout dans son bureau. Vous avez retrouvé des tickets de caisse ?

— Aucun. En clair, vous n'avez toujours pas d'alibi. Donnez-moi votre portable. Le GPS me confirmera peut-être que vous n'avez pas bougé d'ici hier soir.

Il lui a aussitôt tendu son téléphone. Je me suis demandé ce qu'une réalisatrice aussi intelligente qu'Aubrey Davenport avait bien pu trouver à ce Néandertal décérébré.

Tous les doutes que j'aurais pu avoir sur le narcissisme de Janek se sont trouvés balayés par le contenu de son appli photo. Elle débordait de selfies de lui, huilé et musclé, en string moulant de bodybuildé. Nous avons également découvert des éléments nettement plus intéressants, à savoir une série de photos d'Aubrey, entièrement habillée, devant l'hôpital Renwick.

— Vous pouvez nous expliquer ça ? a demandé Kylie.

— C'est l'endroit dont je vous parlais.

— Quel endroit ?

— Ce vieux bâtiment sinistre à Roosevelt Island, là où vous l'avez retrouvée.

— Que fabriquiez-vous là-bas ?

— Aubrey voulait consacrer un docu à cet endroit. C'était un ancien mouroir, et la mort la fascinait. Elle préférait mille fois faire l'amour dans un cimetière plutôt que dans un palace cinq étoiles.

— Vous avez fait l'amour avec elle là-bas ?

— On a fait l'amour partout.

J'ai regardé la date des fichiers.

— Ces clichés datent du mois d'octobre dernier. Vous y êtes retournés depuis ?

— Deux ou trois fois, mais pas en hiver. Et sûrement pas hier soir.

Nous avons épluché longuement la liste de ses contacts, son journal d'appels, l'historique de son accès à Internet et ses textos, dont plusieurs dizaines de SMS de cul peu ragoûtants échangés avec Aubrey. Hormis le fait qu'ils entretenaient de longue date une relation où se mêlaient joyeusement le plaisir et le boulot, l'amour et la haine, il n'y avait rien là qui puisse l'incriminer.

Mon portable m'a signalé l'arrivée d'un SMS. Un message de Malley.

Je sais qui a fabriqué la bombe. Retrouvez-moi au bureau.

Il m'a fallu deux secondes pour comprendre. Tout m'est revenu d'un coup : le dîner de gala de la fondation Silver Bullet, Del Fairfax littéralement cisaillé en deux, le minuscule morceau de câble bleu-blanc-rouge. En plongée profonde dans l'univers glauque de Janek Hoffmann, j'avais complètement oublié que nous avions un autre meurtre sur les bras.

11

J'ai tendu mon portable à Kylie pour qu'elle puisse lire le SMS.

— C'est déjà bien que le FBI soit sur le pied de guerre, a reconnu Kylie. On est au point mort avec l'autre loque. Comment veux-tu qu'on sache s'il a tué Aubrey alors qu'il n'est pas capable de s'en souvenir ?

Elle parlait d'autant plus librement que Janek, avachi sur le canapé, ronflait comme un sonneur.

J'ai levé les yeux au ciel.

— Je le vois mal s'évaporer dans la nature.

— Ou même quitter cet appartement.

Le soleil venait de se lever quand nous avons retrouvé la rue. Il flottait dans l'air une odeur irrésistible. Guidés par notre odorat, nous avons découvert une minuscule boulangerie au coin de Java Street.

Le nom peint sur la vitrine, RZESZOWSKA, signifiait à n'en pas douter qu'on y trouvait les meilleurs petits pains au pavot et les *babkas* au fromage les plus succulentes de New York. Il ne nous manquait plus qu'à dénicher un Starbucks pour accompagner le tout d'un café.

Quelques minutes plus tard, nous reprenions le chemin de Manhattan en respectant à la lettre le cliché du flic de base, c'est-à-dire en ingurgitant des viennoiseries tout en passant en revue les événements de la demi-journée écoulée.

Le centre Jacob K. Javits au 26 Federal Plaza sur Foley Square, avec ses quarante étages, est un monstre de verre, d'acier et de bureaucratie tatillonne. Il abrite une nuée d'agences fédérales, qu'il s'agisse de la Sécurité intérieure, de l'Administration des services généraux et de la protection sociale, sans oublier l'antenne new-yorkaise du FBI, installée au vingt-deuxième.

Howard Malley nous attendait dans son bureau.

— Tu acceptes les pots-de-vin ? lui a-t-on demandé en posant devant lui les viennoiseries polonaises rescapées.

— C'est le premier truc qu'on nous apprend à Quantico, a répondu Malley en sortant du sachet une part de gâteau aux pommes. J'ai retrouvé votre artificier. C'est un as dans sa partie, l'un des meilleurs de la profession.

— Son nom ? l'a interrogé Kylie, carnet et stylo en main.

— Sa véritable identité est Flynn Samuels, mais Interpol lui a donné un nom de code : Sammillésime.

— Drôle de surnom.

— Notre homme a l'habitude de déclencher ses bombes à l'aide d'une date symbolique. S'il décidait de faire sauter Independence Hall à Philadelphie, il choisirait 1776.

— De quels chiffres s'est-il servi cette fois ?

— C'est impossible à savoir, a répondu Malley en enfournant une bonne moitié de son gâteau.

Il a attendu d'avoir mastiqué sa bouchée géante avant de poursuivre.

— L'attentat d'hier n'en porte pas moins sa signature. Ce type-là conçoit des engins capables de tuer une cible choisie. Vous vous souvenez de ces fils bleu-blanc-rouge ? Vous avez émis l'hypothèse d'une référence au drapeau américain. Vous ne vous étiez pas trompés de beaucoup. Il s'agit en fait d'une référence à l'Australie dont il est originaire. Devinez quelles sont les couleurs du drapeau australien ?

— On a sa photo, au moins ? Ça nous permettrait de lancer un avis de recherche.

— Pas la peine de te fatiguer, Kylie. Il moisit dans une prison thaïlandaise, après avoir fait sauter le ministre de la Justice local il y a quinze ans. Un boulot soigné, sans aucun dommage collatéral. Ses commanditaires étaient nettement moins doués et ils se sont fait choper. Comme ils risquaient la peine de mort, ils ont passé un accord avec le système judiciaire et obtenu la promesse d'une condamnation moins lourde en échange du nom de leur artificier. Les flics ont arrêté Samuels à l'aéroport de Bangkok au moment où il s'apprêtait à monter dans un vol à destination de l'Australie. Le lendemain matin, les crétins qui l'avaient engagé étaient fusillés à la mitrailleuse. Samuels n'a pas eu cette chance et il croupit à l'heure qu'il est dans une geôle thaïlandaise.

— Si c'est le cas, il a un disciple, a estimé Kylie. Quelqu'un à qui il a enseigné son art.

— J'en doute. Samuels obtenait des sommes faramineuses pour ses bombes cousues main. Il vivait de ça et je le crois trop malin pour avoir accepté de partager ses petits secrets avec quelqu'un.

Une question me taraudait.

— Sait-on quand il doit sortir de prison ?

Malley a puisé dans le sachet une viennoiserie polonaise poisseuse de sucre.

— Bonne question, Zach. Laisse-moi vérifier sur un calendrier. Mais non, suis-je bête ! J'oubliais qu'il s'agit de la Thaïlande. Il n'en sortira jamais.

12

Nous avons regagné le commissariat où j'ai commencé par prendre une douche et me raser avant d'enfiler la tenue propre que je garde dans mon casier. Le temps que je regagne mon bureau, Kylie s'était déjà débarbouillée et vérifiait ses e-mails.

— On a droit à une lettre de la maire nous exprimant toute sa gratitude. Tiens, regarde !

J'avais la tête ailleurs, j'aurais de loin préféré rejoindre Cheryl chez elle.

— Tu n'as qu'à m'en donner la substantifique moelle.

— Pas de souci, a-t-elle accepté en s'éloignant de l'écran. « Bla bla bla, Jordan et MacDonald, courage et excellence », suivi de quatre paragraphes de « bla bla bla ». En résumé, nous sommes les chouchous du mois.

— Je me demande si c'est une bénédiction ou une malédiction.

— Ce sont les joies de la politique, Zach. Un savant mélange des deux emballés dans une lettre d'amour numérique envoyée en copie à Cates, au chef de la Criminelle et au préfet de police en personne.

Elle s'est levée.

— Allez, on met les voiles. Nos renforts nous attendent à notre snack habituel.

— Je te retrouve là-bas dans cinq minutes, le temps de passer dire bonjour à la psychologue du service.

Elle a regardé sa montre d'un air dubitatif.

— *Seulement* cinq minutes ?

— Mettons dix. Je trouverai peut-être le moyen de lui dire un peu plus que bonjour.

Je suis descendu par les escaliers jusqu'au premier étage où travaille Cheryl. Assise derrière son bureau, elle lisait un épais rapport. Avec ses cheveux d'un noir de jais qui encadraient ses traits fins, elle formait un tableau magnifique.

Quelle femme sublime.

Il est bien possible que j'aie pensé tout haut parce qu'elle a relevé la tête et prononcé mon nom. L'instant d'après, elle jaillissait de son siège et me tirait à l'intérieur du bureau avant de refermer la porte et de m'embrasser langoureusement. Le paradis.

— Tu es vivant.

— Et même de plus en plus vivant.

Elle s'est collée contre moi et j'ai reculé à regret.

— Autant éviter de nous lancer dans de grandes manœuvres qu'on ne pourra pas mener à leur terme. J'ai deux meurtres sur les bras, mais je reprendrais volontiers cette conversation à l'heure du dîner.

— Ne t'inquiète pas pour ça, m'a-t-elle rassuré, mais j'aime autant te prévenir : j'ai beau savoir que tu n'as pas dormi cette nuit, ne compte pas trop te rattraper la nuit prochaine.

Elle m'a gratifié d'un nouveau baiser et j'ai quitté son bureau aussi heureux qu'amoureux. En arrivant au Gerri's Diner, j'ai trouvé Kylie dans un box du fond avec nos renforts.

Danny Corcoran est un flic de la deuxième génération qui a rempilé pour cinq ans après avoir bouclé les deux décennies réglementaires. Il était tiré à quatre épingles, comme toujours, avec un costume gris de marque qui mettait en valeur son embonpoint et une casquette censée cacher sa calvitie naissante. Son visage rond d'Irlandais s'est illuminé quand il m'a vu. Il a abandonné son assiette généreusement garnie de pancakes et de saucisses pour me serrer contre lui.

J'ai pointé du doigt son petit déjeuner de bûcheron.

— Toujours au régime ?

Danny s'est gratté le bout du nez avec le majeur en guise de vengeance et m'a présenté Tommy Fischer. Comme tous les types avec qui Danny fait équipe depuis que je le connais, Fischer était du genre taiseux.

— Assez de préliminaires, les garçons, nous a rappelés à l'ordre Kylie. Passons aux affaires sérieuses.

— On a débarqué dans ce garage de Brooklyn vers 3 heures du matin, nous a expliqué Danny. La voiture d'Aubrey était bien là. L'employé qui lui avait donné un ticket était reparti depuis belle lurette, mais j'ai récupéré son adresse et on lui a rendu une petite visite.

J'ai haussé les sourcils.

— Et alors ? Il se souvenait d'elle ?

— Oh oui. Elle lui a refilé un billet de vingt pour qu'il gare sa voiture sur l'un des emplacements réservés aux bons clients. Elle a précisé qu'elle n'en avait pas pour longtemps, mais elle n'est jamais revenue, bien sûr.

— Le type la connaissait ?

— Sans avoir ses habitudes dans ce parking, elle s'était déjà garée là. Le plus souvent la nuit. L'employé se souvenait de l'avoir vue à plusieurs reprises en compagnie d'un loubard deux fois plus jeune qu'elle. « Arnold Schwarzenegger en jeune », selon sa formule.

— Le portrait-robot de notre suspect préféré. Un certain Janek Hoffmann qui travaillait pour elle comme cameraman. Où se trouve la voiture à l'heure qu'il est ?

— J'ai demandé son enlèvement. Les gars du labo la passent au peigne fin.

— Et son appartement ? a demandé Kylie.

— La maison de Barbie, version obsédée sexuelle. Juge par toi-même, a-t-il proposé à Kylie en lui tendant son portable.

Corcoran avait photographié un placard dont le contenu aurait fait rougir la majorité des gens, mais qui constituait l'ordinaire d'Aubrey Davenport. J'ai regardé cette étrange collection par-dessus l'épaule de Kylie. Pas de quoi nous surprendre, après ce que nous avions appris sur son compte.

— De la drogue ? a poursuivi Kylie.

Fischer a ouvert son carnet.

— De la coke, de l'ecstasy, des poppers, de l'herbe, ainsi que des ordonnances de Paxil et de Zoloft. Son médecin traitant s'appelle Morris Longford. J'ai noté son numéro.

Il a déchiré une page de son carnet et me l'a tendue.

— On cherche ses caméras vidéo et son ordinateur. Vous n'avez rien vu chez elle ?

— Non.

— Son bureau ?

— Il était fermé, on a posté deux plantons en uniforme devant la porte, m'a répondu Corcoran. Ils nous ont appelés il y a un instant, l'assistant d'Aubrey vient d'arriver, un certain Troy Marschand. Ils nous le gardent au chaud. Vous souhaitez lui parler ?

J'ai hoché la tête.

— Oui, on s'en occupe. Pendant ce temps-là, retournez voir l'employé du parking et montrez-lui les photos de six jeunes Arnold Schwarzenegger, dont une de Janek Hoffmann. Vous trouverez le nécessaire dans notre banque de données.

Danny a planté sa fourchette dans sa pile de pancakes avec un petit sourire.

— J'en aurai besoin de quatre seulement. J'utiliserai un selfie en guise de cinquième photo.

13

Le bureau d'Aubrey était situé sur la 17e Rue Ouest dans le quartier du Flatiron, à deux pas d'Union Square. La liste des occupants affichée dans le hall précisait que la société Davenport Films était logée dans le bureau 303. Nous avons pris l'ascenseur jusqu'à l'étage concerné où nous attendait une collègue en uniforme.

Le badge accroché à sa poitrine m'a appris son nom.

— Bonjour, Hairston. Vous montiez la garde ici quand l'assistant de Davenport est arrivé ?

— Oui, inspecteur. Il ne comprenait pas ce qui se passait, alors on lui a expliqué avec mon collègue que sa patronne avait été retrouvée morte. J'ai bien fait ?

Ce n'était pas le cas, mais j'ai préféré n'en rien dire. En pareil cas, Kylie se montre nettement moins arrangeante.

— Non, vous n'avez pas bien fait, a-t-elle déclaré sèchement. Dans notre métier, il est toujours instructif de voir la réaction de quelqu'un quand on lui annonce la mort d'un proche. Cette fois-ci, c'est raté. Comment a-t-il accueilli la nouvelle ?

— Il a flippé.

— Les gens flippent aussi quand ils gagnent au loto, Hairston. Vous allez devoir vous montrer plus précis si vous souhaitez mener une enquête digne de ce nom.

— Je suis désolée, inspecteur. Il était complètement effondré. Il n'a pas pleuré, mais on voyait bien qu'il était secoué. Bouleversé. Désespéré.

— Désespéré comme quelqu'un qui aurait couché avec elle ?

— Non, inspecteur. Il était perturbé parce qu'il a perdu son boulot avec la mort de sa patronne. Il arrêtait pas de répéter : « Mais qu'est-ce que je vais devenir ? » De toute façon, il couchait sûrement pas avec elle. Il est gay.

— Allons bon, a réagi Kylie. Et comment le savez-vous ?

— Il nous a demandé la permission d'appeler son fiancé parce qu'il se sentait mal, et on a dit oui. Quand un type a un fiancé, j'en déduis qu'il est gay.

Hairston venait de marquer un point, et elle a eu la sagesse de ne pas le montrer sur son visage. Elle a ouvert la porte du bureau, fait signe à son collègue de la rejoindre, et Kylie et moi sommes entrés.

Avec ses projecteurs et son fond d'écran blanc accroché à un mur, la pièce ressemblait à un grand studio photo : deux tables, un comptoir de maquillage doté d'un miroir éclairant, un fauteuil de coiffeur, et une kitchenette où étaient assis deux jeunes trentenaires devant des mugs de café.

On dit souvent que les contraires s'attirent, mais ce n'était pas le cas en l'occurrence. Les deux types se ressemblaient beaucoup. Ils étaient minces, des cheveux bruns clairsemés et une ombre de barbe très tendance. Seules leurs chemises étaient différentes : celle du premier était bleue, alors que le second avait opté pour du jaune.

Le type en bleu s'est levé.

— Je suis Troy Marschand, l'assistant d'Aubrey. Sait-on qui l'a tuée ?

— Pas encore, mais on y travaille.

Je me suis tourné vers l'homme en jaune.

— Et vous êtes ?

— Dylan Freemont. Je ne la connaissais pas. C'est-à-dire, je l'avais croisée deux ou trois fois, mais rien de plus. Je suis venu apporter mon soutien à Troy. Je peux vous poser une question ?

— Normalement, c'est notre boulot, a rétorqué Kylie.

— Je sais, je regarde beaucoup de séries télé, mais j'aimerais savoir si ce qu'on raconte sur le Web est vrai.

— De quoi parlez-vous ?

— Il paraît qu'Aubrey est morte dans des conditions très scabreuses.

— Où avez-vous vu ça ?

— Quand Troy m'a prévenu, j'ai fait une recherche sur les réseaux sociaux et les blogs people. On aurait retrouvé Aubrey dans un bâtiment hanté à Roosevelt Island et elle serait morte en s'adonnant à des pratiques sexuelles bizarres. C'est vrai ?

— Nous n'avons pas l'habitude de commenter les rumeurs qui circulent sur Internet, a répondu Kylie.

— Je ne serais pas surpris que ce soit vrai, est intervenu Troy. Aubrey avait deux obsessions dans la vie : le sexe et le cinéma. C'est ironique qu'elle soit morte de cette façon-là, si c'est le cas.

— Messieurs, les a rappelés à l'ordre Kylie, nous enquêtons sur un meurtre et vous nous faites perdre un temps précieux. Monsieur Marschand, en premier chef, nous avons besoin d'avoir accès à l'ordinateur de votre patronne. Si vous refusez de nous le donner, nous obtiendrons une autorisation du juge.

— Je vous le donnerais bien volontiers, mais je ne l'ai pas. Aubrey ne se déplaçait jamais sans son ordi. J'imagine qu'il se trouve chez elle.

— Ce n'est pas le cas. Qui pourrait l'avoir en sa possession ? Nous devons absolument en analyser le contenu.

Troy a secoué la tête.

— Jamais Aubrey n'aurait confié son ordi à quelqu'un. Si ça se trouve, elle l'avait déposé dans le coffre de sa voiture.

— Ce n'est pas le cas, a répété Kylie.

— De toute façon, elle effectuait religieusement des sauvegardes. Je n'aurai aucun mal à récupérer ses dossiers sur le cloud. J'en ai pour quelques heures à peine.

— Je vous remercie. Quand vous aurez terminé, adressez-vous aux deux agents qui montent la garde dans le couloir, ils se chargeront de nous les transmettre. Nous aimerions également jeter un œil à ses équipements vidéo.

— Par ici.

Troy nous a entraînés dans les profondeurs du studio.

— Vous ne trouverez rien de très intéressant. Il s'agit essentiellement de vieilles caméras qu'elle ne voulait pas jeter. Elle fait appel à des sociétés de location de matériel quand elle a un tournage.

Il a déverrouillé la porte d'un réduit dans lequel se trouvaient des étagères métalliques pleines de caméras, d'objectifs, de valises et de trépieds.

— Je vous prie de refermer cette porte à clé en attendant l'arrivée de nos techniciens. Qui d'autre que vous a accès à ce local ?

— Aubrey uniquement.

— Et son cameraman ?

Troy a fait la grimace.

— Janek ? Jamais de la vie. Tout ce bazar n'a pas énormément de valeur, mais il suffirait que je lui donne la clé pour qu'il vende tout sur le Net.

— Vous n'avez pas une très haute opinion de M. Hoffmann.

— Ce type est un loser. Je n'ai jamais compris ce qu'elle lui trouvait. C'est probablement lui qui…

Il a laissé sa phrase en suspens en entendant sonner mon téléphone. J'ai jeté un coup d'œil au nom de mon correspondant. Le portable a sonné à nouveau sans que je décroche.

— Poursuivez, monsieur Marschand.

— Vous avez un appel.

— Rien d'urgent, mais achevez d'exprimer votre pensée.

— Janek Hoffmann est une brute doublée d'un toxico au caractère violent. Il m'a toujours fichu la trouille. Je ne dis pas qu'il l'a tuée, mais je ne peux pas dire que je serais surpris si c'était le cas.

J'ai hoché la tête en ajoutant intérieurement le nom de Troy Marschand à la liste des témoins de l'accusation. Comme mon téléphone continuait de sonner, j'ai décroché en affectant un ton détaché.

— Bonjour, madame la maire. Comment allez-vous par ce beau matin ?

14

La maire n'était pas au mieux de sa forme par ce beau matin. Elle était en pétard et ne s'est pas privée de lâcher une bordée de jurons peu conformes à l'idée que l'on peut se faire de sa fonction, mais parfaitement cohérents avec la rude éducation qu'elle a reçue au cours de son enfance dans le quartier de Hell's Kitchen.

Fort heureusement, sa colère n'était pas dirigée contre ses deux inspecteurs préférés, mais contre Arnie Zimmer, l'un des trois fondateurs survivants de Silver Bullet.

— Cet enfant de salaud a le culot de m'appeler chez moi pour me dire qu'il n'apprécie pas la façon dont mes *inspecteurs hyperstressés* enquêtent sur le meurtre de son associé et l'attentat perpétré contre sa fondation.

— Madame la maire, Kylie et moi nous sommes contentés de contacter l'expert du FBI et nous avançons aussi rapidement que…

— Vous n'avez pas à vous défendre, Zach. Je ne vous appelle pas pour vous reprocher de ne pas avoir bouclé une enquête aussi sensible douze heures après les faits. En revanche, j'ai besoin de vous pour me débarrasser de cet enfoiré.

Dans la police, on apprend très vite que les priorités de votre hiérarchie sont également les vôtres. En matière de hiérarchie, la femme qui dirige la ville se pose là et Arnie Zimmer est immédiatement devenu ma priorité.

— Où puis-je le trouver ?

— Chez Princeton Wells, avec le troisième associé. Ils vous attendent.

Elle a raccroché.

Un quart d'heure plus tard, nous nous garions sur Central Park West à hauteur d'un immeuble en brique et pierre de taille de style Beaux-Arts. Dans une ville où le prix du mètre carré est aussi ridiculement élevé, peu de maisons de ville méritent la qualification d'hôtel particulier. « Chez Princeton Wells », comme l'avait exprimé la maire, était bel et bien un hôtel particulier.

J'ai sonné, m'attendant à ce qu'un majordome en livrée m'ouvre la porte, mais c'est Wells en personne qui est apparu sur le seuil. Il était tout droit sorti du catalogue J. Crew.

— Je suis désolé, a-t-il dit en secouant la tête. Arnie est particulièrement remonté.

Au Red, on apprend à mettre les formes.

— C'est compréhensible. J'imagine qu'il a du mal à se remettre du choc d'hier soir.

— Je ne crois pas, a répliqué Wells en nous entraînant à sa suite vers le monumental escalier de marbre qui trônait dans l'immense vestibule. Arnie est le roi du micromanagement. Il faut toujours qu'il mette son grain de sel partout.

— La maire me dit qu'il n'est pas content de la façon dont nous menons l'enquête. Je suis tout disposé à le rassurer sur…

— Je vous arrête tout de suite, m'a coupé Wells. Arnie a déjà passé un savon de première à la maire. Vous êtes uniquement là pour qu'il puisse se défouler sur vous.

Kylie a hoché discrètement la tête. L'une des qualités qu'on attend de vous quand vous travaillez pour les très riches est de supporter leurs insultes alors que vous vous crevez le cul pour les aider. C'est le principal inconvénient de notre boulot, et je fais preuve d'infiniment plus de souplesse que Kylie en pareil cas. Son hochement de tête me signalait qu'elle comptait sur moi pour lui servir de paravent quand les balles commenceraient à voler.

En même temps, le principal intérêt de notre boulot est de bénéficier par ricochet du confort incroyable que procure la fortune, mais nous n'étions pas là ce matin-là pour nous prélasser. Nous étions là pour prendre des coups.

— Ils sont dans mon bureau, nous a expliqué Wells en arrivant à l'étage.

Il a poussé une porte en acajou et nous sommes entrés dans une vaste pièce lambrissée, très haute de plafond, meublée de fauteuils en cuir dans une atmosphère évoquant les clubs anglais d'autrefois. L'espace d'un instant, je me suis pris à rêver au plaisir de déguster un verre de single malt dans un endroit pareil, à la fin d'une longue journée. Mon rêve s'est brisé net dès que Wells a fait les présentations.

J'avais pris le temps de me renseigner en chemin sur les deux autres cofondateurs. Nathan Hirsch était un avocat d'affaires issu d'une université de l'Ivy League qui facturait ses clients mille dollars de l'heure. En chair et en os, il n'était pas à la hauteur de son pedigree. Il avait la main moite et le regard fuyant. Mon radar intérieur s'est aussitôt mis en route, je me suis demandé s'il se trouvait toujours sous le coup des événements de la veille ou bien s'il n'avait pas la conscience tranquille.

Arnie Zimmer, propriétaire du groupe de BTP Zim, était nettement plus grand et mince. Il a immédiatement enfilé son costume de brute de cour d'école.

— Vous savez combien j'ai donné à Muriel Sykes pour sa campagne électorale ? a-t-il aboyé en ignorant la main que je lui tendais.

— Pas du tout.

— Suffisamment pour qu'on ne me traite pas comme la dernière roue du carrosse. Si elle espère que je lui donne un sou la prochaine fois, elle ferait mieux de vous mettre sur cette enquête à temps plein.

— Je suis désolé de la mort de votre ami, monsieur, mais je peux vous assurer que nous sommes sur le pont. Nous n'avons pas fermé l'œil depuis l'attentat.

— N'essayez pas de jouer au plus fin avec moi. J'ai des relations au NYPD. Vous enquêtez simultanément sur un attentat terroriste qui a fait la une de tous les journaux et sur un crime sordide digne des faits divers.

— Monsieur Zimmer, je comprends votre frustration, mais je peux vous assurer que Mme Sykes nous a affectés en priorité sur cette affaire. Nous ne travaillons pas seuls. Avec l'aide du FBI, nous avons pu identifier l'individu qui a fabriqué la bombe.

— Je me fous bien de savoir si cette putain de bombe a été fabriquée par Lockheed Martin. Je vous demande de découvrir qui l'a déclenchée. Del était lié au monde du bâtiment et je ne sais pas si vous êtes au courant, mais on utilise fréquemment des explosifs dans le secteur du BTP. J'imagine que le coupable sera un connard quelconque qui en voulait à Del de lui avoir raflé un marché sous le nez.

Sur ces mots, le trou du cul en colère qui me postillonnait à la figure a quitté la pièce.

Je me suis tourné vers Wells.

— La réunion est terminée ?

Il a souri.

— Comme nous étions tous convoqués par Arnie, la décision lui appartenait. Je dirai à la maire que vous l'avez admirablement défendue.

Je lui ai tendu ma carte.

— Je préférerais que vous donniez mon numéro de téléphone à M. Zimmer.

— Vous avez bien vu comme il est, inspecteur. Vous êtes sûr de vouloir qu'il vous harcèle ?

— Tant qu'il veut, du moment qu'il cesse de harceler la maire.

Il a pris ma carte à regret.

— Nathan et moi nous efforcerons de le tenir à distance, mais Arnie est un pitbull. Il va vous compliquer la tâche.

Je me suis contenté de hausser les épaules, mais l'avenir allait me montrer que j'avais tort. Je n'imaginais pas à quel point Arnie Zimmer allait nous compliquer la tâche.

15

J'étais prêt à m'en aller, mais ce n'était pas le cas de Kylie, qui n'avait pas desserré les dents depuis notre arrivée.

— Une dernière question, a-t-elle dit à Wells. Lequel de vous deux connaissait le vrai Del Fairfax ? Vous, ou M. Zimmer ?

Wells a affiché un air perplexe.

— Je ne comprends pas, inspecteur. On se connaît tous les quatre depuis le lycée et je ne vois pas où vous voulez en venir.

— Hier soir, alors que tout indiquait que M. Fairfax était la cible de l'attentat, je vous ai demandé si vous lui connaissiez des ennemis. Vous vous souvenez de votre réponse ?

— Pas mot pour mot, mais je vous ai répondu par la négative. Les gens l'appréciaient beaucoup.

— J'ai pris des notes. Vous nous avez dit très exactement : « Tout le monde adorait Del Fairfax et la bande que nous formons avec Nathan et Arnie. » Vous avez alors suggéré que la bombe était destinée à la maire. Ce matin, M. Zimmer exprime un point de vue radicalement différent. Il nous a parlé d'un concurrent échaudé avant de quitter la pièce en pétard, ce qui ne nous a pas permis de lui demander s'il pensait à quelqu'un en particulier. Je vous repose donc la même question qu'hier soir : connaîtriez-vous quelqu'un, en particulier dans le monde du bâtiment, qui n'aimait *pas* M. Fairfax au point de vouloir sa mort ?

— Très bien, je comprends. Je vous ai dressé un tableau un peu trop idyllique de la situation, mais vous avez raison, a reconnu Wells. Nous donnons d'importantes sommes d'argent, mais nous n'avons pas les moyens d'apporter notre soutien à toutes les causes, de donner du boulot à tous ceux qui en ont besoin. Beaucoup de gens nous sont reconnaissants de l'action que nous menons, d'autres sont déçus. C'est la vie, ce sont les affaires, mais je ne crois pas que ce soit suffisant pour justifier un meurtre.

Kylie s'est tournée vers Hirsch.

— Maître, toute aide est bienvenue. Que souhaiteriez-vous ajouter ?

On ne peut pas dire que Hirsch manifestait beaucoup d'enthousiasme, mais elle ne lui avait pas facilité la tâche et il pouvait difficilement refuser de répondre.

— Arnie ne pense pas à mal, mais je crois qu'il a… tort, a-t-il déclaré en pesant chaque mot. L'horreur d'hier soir ne relève pas d'une vengeance professionnelle. Je souhaite que vous réussissiez à trouver l'assassin de Del comme tout le monde, mais vous perdriez votre temps en allant chercher du côté d'entrepreneurs de BTP jaloux.

— Dans ce cas, où concentrer nos recherches ? À entendre M. Wells, tout le monde vous aime.

Hirsch a eu un sourire forcé.

— Je suis infiniment plus cynique que Princeton, inspecteur. Nous vivons dans une ville où cohabitent ceux qui ont tout et ceux qui n'ont rien. Je suis persuadé que de nombreuses personnes se sont réjouies d'apprendre que quelqu'un avait fait exploser une bombe lors d'un dîner de gala auquel participaient des dizaines de bonnes âmes riches et blanches. J'espère avoir pu vous aider.

C'était davantage le cas qu'il ne l'imaginait. Nous avons remercié les deux hommes et j'ai attendu que nous ayons regagné la voiture pour prendre la parole.

— Bien joué, Kylie. Tu te doutais que Hirsch nous cachait un secret, ou bien tu y es allée au flan ?

— Un peu des deux. Tu as remarqué où il était assis hier soir ?

— Oui, à une des premières tables, légèrement à gauche.

— Et tu as remarqué ce qu'il a fait quand Princeton Wells a présenté sa petite amie ?

— Non, mais je suppose qu'il a remercié les dieux du décolleté de s'être montrés aussi généreux avec Mlle Whithouse ?

— Pas du tout. Pendant que tu admirais les seins de Kenda, j'ai vu Nathan Hirsch se lever discrètement de table et quitter la salle.

Mon portable a sonné. À la vue du nom qui s'affichait à l'écran, j'ai décidé de décrocher au lieu de laisser le répondeur prendre le relais.

— Inspecteur Jordan.

— Docteur Langford à l'appareil. Je vous contacte suite à votre appel. J'étais… j'étais le psychiatre d'Aubrey Davenport. Je suis effondré d'apprendre sa disparition. On parle de meurtre sur le Net. C'est vrai ?

— Oui, docteur. Ma collègue MacDonald et moi-même aimerions vous poser quelques questions. Nous pouvons passer tout de suite à votre cabinet si vous voulez.

— C'est impossible, a-t-il répondu.

Je m'attendais à ce qu'il invoque le secret professionnel, mais pas du tout.

— J'assiste à un congrès médical à Albany et je suis coincé là-bas jusqu'à demain matin au plus tôt. J'ai bien conscience que le temps vous est compté, mais je n'ai pas mes notes avec moi. Le dossier d'Aubrey se trouve à mon cabinet.

— Mais vous êtes disposé à nous aider ?

— Bien sûr. La loi m'empêche de partager des informations relatives à des patients vivants, mais la mort d'Aubrey me délivre du secret professionnel. Je vous propose de passer au cabinet demain à 10 heures.

Il m'a indiqué son adresse et j'ai raccroché.

— Une bonne nouvelle dans l'affaire Davenport. Où en étions-nous du meurtre de Fairfax ?

— Pendant que tu reluquais les nibards de Kenda Whithouse, je me suis demandé pourquoi Nathan Hirsch se rendait aux toilettes au moment où la maire allait s'exprimer. Aujourd'hui, je me dis que c'est une heureuse coïncidence qu'il ait quitté la salle juste avant que la bombe explose.

Elle a souri.

— Tu sais ce qu'on pense des coïncidences dans ce métier.

16

Il était grand temps de nous intéresser de plus près aux associés de Del Fairfax. Par chance, ce n'était pas la matière qui manquait.

— Ces types font couler beaucoup d'encre, a remarqué Kylie.

— Les pauvres se passionnent toujours pour les riches. Le monde est rempli d'ermites, de reclus et d'âmes solitaires, jamais Howard Hughes n'aurait été aussi célèbre s'il n'avait pas été milliardaire.

Après avoir lu des dizaines d'articles et d'interviews, nous sommes parvenus à la conclusion que les quatre créateurs de la fondation étaient des citoyens modèles. Princeton Wells l'avait fort bien résumé la veille en affirmant que Silver Bullet n'avait pas d'ennemis, personne ne souhaitant tuer la poule aux œufs d'or.

À 13 heures, nous savions tout de leur vie publique, et les réserves de Red Bull de la planète n'auraient pas suffi à nous maintenir éveillés plus longtemps. Cela faisait trente heures non-stop que nous étions sur le pont et nous avons décidé de raccrocher. Je suis rentré chez moi où j'ai dormi cinq heures et pris une douche avant de retrouver Cheryl chez elle à 19 heures. Une délicieuse odeur de jambalaya m'a accueilli lorsqu'elle a ouvert la porte.

Voyant qu'elle avait une cuillère en bois à la main, je me suis contenté de la gratifier d'un baiser rapide et elle est retournée à ses fourneaux pendant que je me dirigeais en droite ligne vers la bouteille de chardonnay ouverte sur le plan de travail.

— Tu m'autorises à m'affranchir de l'une de nos règles d'or ce soir ? m'a-t-elle demandé en remplissant un plat d'une quantité impressionnante de morceaux de poulet, de crevettes, de saucisses, de légumes et de riz.

— Laisse-moi le temps de humer ce vin et je t'autorise à t'affranchir de tout ce que tu veux.

— Remballe tes gaules, mon joli. Je parle des règles d'or à table.

— Tu parles de celle qui interdit à Zach de se servir de son téléphone en mangeant alors que Cheryl en a le droit, au prétexte qu'elle est psychologue ?

— Celle-là est gravée dans le marbre. Non, je veux parler de la règle qui nous interdit de parler boulot en mangeant. J'ai eu toutes sortes d'échos indirects sur l'attentat aujourd'hui, je suis impatiente de connaître la vérité vraie.

Entre deux bouchées du délice créole qu'elle avait préparé, arrosées d'un chardonnay fruité servi à la température idéale, je lui ai fait un compte rendu complet de la situation, sans m'étendre sur le carnage pour mieux m'attarder sur des pépites comme les trois shampooings de Kenda Whithouse, histoire de détendre l'atmosphère.

La bouteille était vide quand je suis arrivé à la volée de bois vert à laquelle j'avais eu droit de la part d'Arnie Zimmer.

— Tu dois être épuisé, a fait Cheryl en ouvrant un autre chardonnay. Je remarque que tu n'as toujours pas trouvé de mobile pour cet attentat.

— Sans parler du second meurtre que j'ai sur les bras. À propos, j'ai une question à te poser : as-tu déjà entendu parler d'un psy nommé Morris Langford ?

— Morris Langford ? Bien sûr, c'est le grand spécialiste des problèmes psychosexuels. Pourquoi ?

— Kylie et moi avons rendez-vous avec lui demain matin.

— Mon chéri, c'est formidable ! s'est-elle écriée en remplissant mon verre. Il était grand temps que vous abordiez la question, avec Kylie. Morris vous sera d'un grand secours.

— Merci, mais j'ai déjà droit à une thérapie gratuite de la part de Gerri chaque fois que je prends mon petit déjeuner dans son snack. Il se trouve que ma seconde victime de meurtre, Aubrey Davenport, était une patiente de Langford, et il accepte de nous aider. Pour une fois qu'un toubib ne se retranche pas derrière le secret professionnel !

— Morris est tout sauf un pétochard. Je suis allée le consulter il y a quelques mois.

— Tu es sérieuse ? Tu as vu un thérapeute spécialisé dans les problèmes d'ordre sexuel et tu ne m'en as rien dit ?

— Calme-toi, Roméo. Il n'était pas question de toi. Je suis la psychologue du service, au cas où tu l'aurais oublié. Tu crois peut-être que je ne traite que des syndromes posttraumatiques et des problèmes d'alcoolisme ? Les flics ont au moins autant de problèmes d'ordre sexuel que les politiciens. Ça ne me regarde pas jusqu'au jour où ils viennent m'en parler, ou bien lorsqu'un hiérarque quelconque me demande dans quelle mesure ça influe sur leur travail.

— Pour quelle raison as-tu consulté Langford ?

— Un flic affecté au métro qui souffrait de frotteurisme. Comme je n'y connaissais rien, je me suis adressée à Langford qui m'a expliqué de quoi il retournait en long, en large et en travers.

— Je ne savais même pas que ce genre de déviance existait.

— Tant mieux. Promets de rester le garçon rustique que j'aime.

— *Rustique* ? Mais enfin, docteur ! Comment pouvez-vous dire un truc pareil ? Vous savez pourtant quelles sont mes positions favorites, vous les connaissez toutes les trois.

— Ah bon ? a-t-elle demandé, les yeux dans les yeux, en jouant machinalement avec une boucle noire. Il y en a trois ?

Je me suis levé et je l'ai incitée à m'imiter en lui prenant la main avant de l'enlacer.

— Je me demande si je ne souffre pas moi-même d'un grave trouble d'ordre sexuel.

— Je suis médecin, a-t-elle murmuré en m'embrassant dans le cou. Vous devriez vous déshabiller et venir vous allonger dans mon cabinet. Je crois pouvoir vous aider.

Je me suis frotté contre elle.

— Votre traitement me fait déjà du bien.

— Trois ? Vous en êtes sûr ? a-t-elle insisté en m'entraînant dans sa chambre. Vous allez devoir me rafraîchir la mémoire.

17

Kylie était déjà installée derrière son bureau quand je suis arrivé au commissariat le lendemain matin.

— Tu as passé une bonne soirée ?

— Formidable, a-t-elle répondu avec une lueur dans les yeux.

Elle attendait visiblement que je lui demande des détails. Comme rien ne venait, elle a enchaîné :

— Et toi, ta soirée ?

— Très instructive. J'ai appris un nouveau mot.

— Je t'écoute.

— Frotteurisme. Ça s'applique…

— Merci, Zach, je suis au courant. J'ai arrêté un frotteur il y a quelques années sur la ligne 6. Le wagon était blindé à l'heure de pointe et ce salopard frottait son bazar contre la femme qui se trouvait à côté de lui.

— Il est rare qu'on attrape les pervers de ce genre. La femme a eu de la chance qu'il y ait un flic dans le wagon.

Elle a souri d'un air narquois.

— C'est surtout ce connard qui n'a pas eu de chance de se frotter contre une flic.

Elle a été interrompue par la sonnerie de son téléphone.

— Salut, Jason. Alors, quoi de neuf ?

Jason White a longtemps appartenu à l'unité technologique du NYPD. Grâce à lui, nous allions pouvoir en apprendre davantage sur la vie privée de Wells, Hirsch et Zimmer. Jason est une sorte de Big Brother, il est capable de suivre n'importe qui à la trace sur la Toile. Nous nous étions adressés à lui la veille après avoir fait chou blanc.

Kylie s'est tournée vers moi en raccrochant.

— Nathan Hirsch vit avec sa femme et leurs trois enfants à Forest Hills Gardens, un quartier de Queens, mais il loue également un appartement sur Hudson Terrace à Fort Lee, dans le New Jersey. Son badge de télépéage confirme qu'il franchit le pont George Washington tous les jeudis aux alentours de 15 heures.

— Rien ne nous dit que l'appartement n'abrite pas sa vieille mère à laquelle il rend visite chaque semaine, en fils modèle.

— D'après Jason, maman est noire, elle a des implants aussi volumineux que des boules disco et s'appelle Tiffany Wilde.

— Je n'en reviens pas qu'il arrive à obtenir autant d'informations aussi rapidement.

— Tu n'es pas le seul, mais il serait malvenu de lui poser la question. Moins on en sait, plus on fera preuve de candeur à la barre le jour du procès.

— Si je comprends bien, Nathan le Nerveux a une dulcinée. De quoi lui valoir un divorce, mais rien qui justifie un meurtre. Et rien qui puisse convaincre le procureur de nous autoriser à pister nos trois philanthropes éclairés.

— Tu connais les riches, a décrété Kylie, le doigt en l'air. Ce méchant petit secret étant sans doute la partie visible de l'iceberg, les jeudis dans le New Jersey de Nathan ne lui suffisent probablement pas s'il est accro au sexe. Les avocats à mille dollars de l'heure qui aiment les putes ne traînent pas dans la 12e Avenue en quête d'une bonne affaire.

— C'est juste. Et ceux qui en ont les moyens finissent invariablement dans les filets du principal pourvoyeur de jeunes femmes de qualité à l'intention des messieurs bien élevés.

— Appelle-le et demande-lui s'il connaît l'un ou l'autre de nos oiseaux.

Q le Magnifique, de son vrai nom Quentin LaTrelle, en connaît assez sur la vie sexuelle des riches et célèbres pour écrire un livre. Mais comme c'est lui qui exauce leurs désirs les plus secrets, il est aussi discret qu'un moine muet dans un couvent. Comme toujours, il y a une exception, à savoir qu'il accepte de partager avec nous certains secrets. En échange, il nous est arrivé de l'aider à naviguer dans les eaux périlleuses de la justice lorsque l'un de ses clients se retrouvait menotté à un agent, et non à un lit.

J'ai composé le numéro de Q et branché le haut-parleur de façon que Kylie puisse participer à la conversation.

— Hello, chers inspecteurs, a-t-il répondu. En quoi puis-je être utile à la glorieuse police new-yorkaise ?

— Nous nous intéressons à trois individus dont nous serions curieux de connaître les habitudes amoureuses.

— La vie est curieusement faite. Figurez-vous que j'avais l'intention de vous appeler, à une heure plus décente, toutefois. Mais qui songerait à se plaindre de manquer de sommeil quand les dieux portent sur nous un regard aussi favorable ? M'autorisez-vous à vous exposer ce qui me préoccupe ?

— Nous d'abord, a répondu Kylie. Princeton Wells, Arnie Zimmer et Nathan Hirsch, ces noms vous parlent-ils ?

— Quel enfant du ghetto n'aurait pas entendu parler des illustres bienfaiteurs de la fondation Silver Bullet ? Je suppose que c'est en rapport avec l'incident regrettable survenu à l'hôtel Pierre avant-hier.

— Pas de commentaire. Vous les connaissez ?

— Les deux premiers de réputation seulement, mais Macanudo Nate est l'un de nos précieux clients. Il a une passion marquée pour les femmes de couleur.

— Que savez-vous d'autre ?

— À part le fait qu'il flotte autour de lui une odeur de moisi, aucune de mes filles n'a jamais eu à se plaindre de lui.

— J'aimerais bien que vous posiez la question autour de vous.

— Avec plaisir. En attendant, j'aimerais que vous puissiez raisonner quelqu'un pour moi.

— Qui donc ?

— Un juge. Avant de refuser, sachez que c'est aussi un client.

— Dans ce cas, quel est le problème ?

— Il m'accuse de chantage.

— À juste titre ? ai-je demandé.

— Je prendrai cette question comme une erreur de jugement et non comme une réprobation, inspecteur Jordan.

— Vous vous en remettrez, Q. Je suis flic, c'est ma façon de fonctionner. Qui est le juge en question ?

— Le juge Michael J. Rafferty.

— Qu'est-ce qui vous a pris ? Vous auriez été mieux inspiré de vous embrouiller avec Attila. Rafferty est le pire enfoiré de toute la magistrature. Personne ne l'aime et personne n'a jamais été capable de le ramener à la raison.

— Je suis convaincu que vous trouverez un moyen quand vous saurez de quoi il retourne.

— On vous écoute.

— Pas par téléphone. Je peux demander à Rodrigo de me conduire au commissariat du 19e.

— On a un rendez-vous à l'extérieur à 10 heures. Le mieux serait que vous soyez ici avant… attendez une petite seconde.

La porte de Cates s'est ouverte à la volée et elle s'est dirigée vers notre bureau d'un pas martial en faisant tinter ses talons sur le carrelage.

— Grouillez-vous, nous a-t-elle hurlé avant même d'avoir parcouru la moitié du couloir. Un attentat au carrefour de la 68e et de York !

— Qu'y a-t-il là-bas ?

— Un chantier de construction. La bombe a fait un mort.

— Qui ?

Je ne sais pas pourquoi j'ai posé la question, je connaissais déjà la réponse.

— Le propriétaire du chantier. Arnold Zimmer.

18

— On dirait qu'Arnie Zimmer a eu ce qu'il cherchait, a commenté Kylie en chemin.

— Tu es dure. Ce type était un connard, mais il ne méritait pas de mourir.

— Putain, Zach ! Je n'ai pas dit qu'il avait eu ce qu'il *méritait*. J'ai dit qu'il avait eu ce qu'il cherchait. C'està-dire nous.

— Pas tout à fait. Il voulait surtout qu'on s'occupe exclusivement de lui. Techniquement, il va encore devoir nous partager avec Aubrey Davenport.

— À l'heure qu'il est, Arnie Zimmer a notre pleine et entière attention. Aubrey attendra. Tu ne veux pas appeler le docteur Langford et lui dire qu'on sera en retard à notre cours d'éducation sexuelle ?

L'agenda de Langford était plein après 11 heures, si bien que j'ai reprogrammé pour 20 heures. C'était son premier créneau de libre. La journée s'annonçait longue.

L'explosion avait eu lieu sur le campus de l'université Rockefeller. Minuscule à l'aune des établissements de haut vol du même acabit, il occupe tout de même cinq pâtés de maisons sur York Avenue. Cette digne institution compense par le renom ce qui lui manque en taille. Spécialisée dans la recherche biomédicale, cette université produit des prix Nobel comme d'autres fabriquent des champions de basket.

Zim Construction faisait partie des entreprises engagées pour construire de nouveaux laboratoires sur le campus. La cabane de chantier qui leur servait de bureau était un parallélépipède métallique de deux mètres cinquante sur six installé dans un coin reculé. Howard Malley nous attendait, prêt à nous fournir ses conclusions.

— Un mort, Arnold Zimmer, le patron de l'entreprise concernée. Apparemment, personne d'autre n'a été blessé. D'après ce que j'ai pu reconstituer des événements, la victime est arrivée vers 7 h 30. Zimmer a déverrouillé la porte, s'est approché du climatiseur, et la bombe l'a vaporisé.

— Il a déclenché le mécanisme en allumant la clim ? a demandé Kylie.

— Non. La détonation a été provoquée à distance à l'aide d'une télécommande. Le poseur de bombes savait que Zimmer serait visible de la rue quand il gagnerait la fenêtre, il s'est contenté de l'attendre.

— Il s'agit du même homme ?

— La bombe est similaire, mais il nous faudra fouiller les décombres à la recherche de sa signature.

— Y a-t-il sur place un contremaître ou un représentant quelconque de Zim ? a voulu savoir Kylie. Nous aurions quelques questions auxquelles tu ne pourras pas répondre.

— Moi qui croyais tout savoir. Mais si tu cherches le chef de chantier, il était là il y a un instant. Je l'ai prévenu que vous voudriez lui parler. Il travaille dans une autre cabane de chantier un peu plus loin, près de l'entrée du campus située sur la 64e Rue, mais personne n'est autorisé à y pénétrer tant que l'équipe cynophile de déminage n'a pas vérifié le site. Vous ne pouvez pas le manquer, un géant de plus d'un mètre quatre-vingt-dix en tenue de chantier, un casque jaune sur le crâne. Il s'appelle Bill Neill.

— Super, l'a remercié Kylie. Quand penses-tu nous dire s'il s'agit bien du même poseur de bombes ?

Malley a souri d'un air rusé.

— Voilà bien une question à laquelle je suis incapable de répondre.

Nous avons repéré Bill Neill sous un arbre, le portable à l'oreille. Malley ne s'était pas trompé, il était facilement reconnaissable. Nous aussi, avec nos badges accrochés à une chaîne autour du cou.

— Barbara, c'est la police, a-t-il annoncé à son interlocutrice. Je te rappelle. Je t'aime aussi.

Il a raccroché.

— Ma femme, nous a-t-il expliqué. Elle a entendu aux infos qu'une bombe avait explosé sur un chantier de l'université Rockefeller, elle était dans tous ses états. L'agent du FBI m'a prévenu que vous voudriez m'interroger, mais j'étais à plusieurs centaines de mètres de là quand l'explosion s'est produite. J'ai entendu la détonation, mais je n'ai rien vu.

Je l'ai rassuré d'un geste.

— Pas de souci. Vous serez quand même en mesure de nous aider. Combien de personnes avaient la clé de ce bureau de chantier ?

— Arnie, moi, et je ne sais pas qui d'autre, mais ce n'est pas très important. La porte était équipée d'une serrure de base. N'importe qui peut l'ouvrir avec un trombone.

— C'était pourtant le bureau de votre patron, s'est étonnée Kylie. Ça ne méritait pas des mesures de sécurité plus strictes ?

— Il n'y avait rien à voler. Un bureau, des classeurs métalliques, un frigo, un micro-ondes, une cafetière, et c'est à peu près tout.

— Pas de caméra de surveillance ?

— Les entrées du campus sont munies de caméras et il y en a un peu partout dans l'enceinte, mais le bureau d'Arnie se trouvait à l'écart. Rien de plus facile que d'escalader la clôture, forcer la serrure, et repartir sans attirer l'attention.

— Connaissiez-vous des ennemis à M. Zimmer ?

Neill a haussé les épaules.

— Sûrement, mais aucun qui soit capable de le réduire en bouillie. Arnie énervait beaucoup de gens. Il n'hésitait pas à dire ce qu'il pensait quand tout n'allait pas comme il aurait voulu. Vous êtes bien placés pour le savoir.

— Pourquoi dites-vous ça ?

— Hier après-midi, Arnie m'a raconté la façon dont il avait volé dans les plumes de la maire avant de sonner les cloches de deux superflics qui ne se donnaient pas assez de mal pour découvrir l'assassin de Del Fairfax. J'ai pensé qu'il s'agissait de vous.

J'ai fait la moue.

— On n'est pas des superflics.

— Mais vous enquêtez sur le premier attentat, et vous en avez désormais un autre sur les bras. Vous avez des pistes ?

— On y travaille.

J'avais à peine lâché cette phrase que je me suis souvenu d'avoir donné la même réponse à Arnie Zimmer vingt-quatre heures plus tôt.

19

Nous avons remercié Bill Neill et regagné notre voiture que nous avions dû abandonner sur la 70e Rue parce que York Avenue était bloquée par les véhicules de secours. Un minimum d'ordre avait été rétabli depuis. La moitié des camions de pompier et des voitures de patrouille étaient repartis, les camionnettes des chaînes d'info s'étaient réfugiées dans les rues voisines et le flot des voitures entre la 61e et la 72e Rue avait été détourné vers les 1re et 2e Avenues. Deux files de York Avenue restaient ouvertes à la circulation pour les véhicules officiels et je n'ai eu aucun mal à reconnaître le 4 × 4 noir garé devant l'entrée du campus donnant sur la 68e Rue.

— Inspecteurs ! a tonné une voix.

Celle de Charlie, le chauffeur de la maire. Il nous a fait signe d'approcher, puis il a ouvert la portière arrière et nous nous sommes engouffrés à l'intérieur de l'habitacle où se trouvait Muriel Sykes.

— Quand je vous ai demandé hier de me débarrasser d'Arnie Zimmer, ce n'est pas à ça que je pensais. Il trouve le moyen de m'emmerder plus encore mort que vivant. J'ai bien conscience que la poussière de l'explosion n'est pas encore retombée, mais que pouvez-vous me dire ? Un meurtre est une tragédie. Deux, ça relève de la conspiration.

— Madame la maire, a répondu Kylie. Quand nous avons rencontré les trois fondateurs survivants de Silver Bullet hier, Arnie Zimmer a tenté de nous convaincre que Del Fairfax avait été tué par un entrepreneur du bâtiment qui lui en voulait. S'il y a conspiration contre eux quatre, Zimmer a dû en être le premier surpris.

— Si je comprends bien, vous n'avez rien. Pas l'ombre d'un suspect ou d'une piste.

— Pas encore.

— Et Aubrey Davenport ? Sa mort n'a pas fait la une des journaux à cause de l'attentat, mais c'est une réalisatrice connue et la façon dont elle a été assassinée fera vendre du papier. Où en êtes-vous de ce côté-là ?

Nous lui avons dit ce que nous savions.

— Corrigez-moi si je me trompe, a-t-elle résumé. Ce Janek Hoffmann est son cameraman attitré et tout indique qu'il y avait un pied de caméra sur le lieu du crime. Le beau-frère affirme que ce type est violent, la voiture de Davenport est retrouvée à côté de chez lui et il n'a pas le moindre alibi. Vous tenez le suspect idéal.

— À ceci près que nous ne pouvons pas l'arrêter, faute de preuves.

— Je connais la musique, Zach. J'ai été procureure générale de cet État et lorsque je me suis présentée à la mairie, j'ai fait campagne sur le thème de la sécurité. Que vont penser les électeurs si je me retrouve avec deux affaires non élucidées quatre mois après mon élection ? J'ai besoin d'une arrestation, et vous êtes plus avancés dans le cas de Davenport que dans celui des attentats.

— Madame la maire, si nous allons trouver Mick Wilson en lui suggérant d'inculper Janek Hoffmann, il nous chassera de son bureau à coups de…

— Je n'ai que deux mots pour notre cher procureur, a aboyé Sykes.

J'ai tendu le dos.

— Selma Kaplan.

— Je vous demande pardon ?

— Selma est la procureure adjointe la plus intelligente du comté de New York. Si quelqu'un peut nous aider à obtenir des gros titres flatteurs, c'est bien elle. Sans compter qu'elle a les couilles de tenir tête à Wilson et qu'elle est extrêmement loyale. On a fait notre droit ensemble à Brooklyn. Allez la trouver et voyez ce qu'elle peut vous proposer.

Elle s'est penchée pour ouvrir la portière.

— S'il vous plaît…

Une demi-heure plus tard, nous pénétrions dans l'immeuble Louis J. Lefkowitz où nous attendait la procureure dont Sykes nous avait vanté les mérites.

Kaplan s'est levée pour nous serrer la main.

— J'aurais été ravie de passer les vingt prochaines minutes à discuter avec vous, mais les habitants de ce modeste village accumulent les délits plus vite que je n'arrive à les enfermer. Vous avez réussi à franchir ma porte uniquement parce que ma vieille copine Muriel a mon portable et qu'elle n'a pas hésité à me supplier à genoux. Elle m'a expliqué de quoi il retournait, mais j'aimerais en savoir davantage sur ce Janek Hoffmann.

Nous avons éclairé sa lanterne. Nos explications terminées, Kaplan a secoué la tête, le front barré d'un pli.

— Si je veux obtenir une condamnation, j'aurai besoin de biscuit, et pas uniquement d'un toxico dépourvu d'alibi qui s'amuse à rejouer *Cinquante nuances de glauque* avec la victime.

J'ai opiné.

— C'est exactement ce que nous avons expliqué à la maire.

— Je ne peux vraiment pas. Mais… et c'est un *mais* de taille, mon instinct me dit que vous avez assez d'indices concordants pour convaincre un grand jury de l'incarcérer. Surtout si on leur explique qu'il est capable de sauter dans le premier avion à destination de Varsovie. Amenez-le-moi, je me charge de l'inculper, ce qui vous laissera le temps d'enquêter sur son compte, ou alors de « découvrir le véritable assassin », pour paraphraser O. J. Simpson.

— Merci, Selma, a répondu Kylie. On vous revaudra ça.

— Pas du tout, ma chérie. C'est Muriel qui me revaudra ça. Et dites-lui bien qu'elle a intérêt à me rembourser.

20

L'efficacité de l'avertissement Miranda tient à sa simplicité. Et pourtant, quelques instants après avoir prévenu Janek Hoffmann que tout ce qu'il disait pourrait être « utilisé contre lui devant une cour de justice », il s'écriait : « Je ne l'ai pas tuée. Et si je l'ai fait, je n'en ai jamais eu l'intention. »

Kylie m'a adressé un sourire en coin qui résumait parfaitement ce que nous pensions l'un et l'autre : à défaut d'avoir suffisamment de preuves pour obtenir la condamnation de cet idiot, il se passerait lui-même la corde au cou.

Nous avons commencé par demander pour lui la désignation d'un avocat commis d'office avant de l'écrouer sans possibilité de libération sous caution. Les conseillers de la maire s'en sont donné à cœur joie avec les médias, mais dans cette ville où l'on ne croit que ce que l'on voit, ce sont les deux attentats à la bombe qui mobilisaient l'attention des journalistes.

À 18 h 30, nous avions noirci toute la paperasse nécessaire, et comme le cabinet du docteur Langford se trouvait au diable, nous en avons profité pour nous accorder une pause repas à la pizzeria Sirenetta sur Amsterdam Avenue.

Quatre-vingt-dix minutes plus tard, nous nous garions devant une borne à incendie sur une portion bordée d'arbres de West End Avenue, à la hauteur de l'immeuble de Langford. Avec Kylie, nous avions pris la précaution de faire une recherche Google sur son compte avant de quitter le bureau. À quarante-sept ans, il avait cinq bouquins à son actif et ses yeux bleus de surfeur, son sourire télégénique et sa tignasse rousse lui valaient le titre d'expert à la télévision.

— C'est bien notre chance, avait grommelé Kylie sur le moment. Un psy insupportable de plus.

Nous avons l'un et l'autre connu notre lot de psychiatres célèbres par le passé, et il faut bien reconnaître qu'ils ne brillent guère par leur humilité. En règle générale, plus ils sont célèbres, plus ils sont arrogants. J'avais toutefois précisé à Kylie que Cheryl l'appréciait.

— Elle affirme que c'est un type droit.

— Permets-moi d'émettre des doutes sur le jugement de Cheryl. Il suffit de voir avec qui elle sort.

Cheryl avait pourtant raison. Nous avons tout de suite trouvé Langford sympathique. Deux minutes après avoir pénétré dans sa salle d'attente, il sortait de son bureau, raccompagnait son dernier patient de la journée, et nous rejoignait.

— Morris Langford, s'est-il présenté. J'ai souvent entendu parler de vous deux. Je suis toutefois désolé de vous rencontrer dans des circonstances aussi tragiques. Je n'ai pas eu le temps de suivre l'actualité depuis ce matin. L'enquête a-t-elle fait des progrès ?

— Pas suffisamment.

Je ne me suis pas étendu sur le sujet, de peur que l'annonce de l'arrestation de Hoffmann n'influence l'opinion de Langford.

Il nous a entraînés dans son bureau, une pièce à l'ambiance chaleureuse avec des fenêtres à rideaux, des sièges tapissés, un tapis persan d'un beau rouge et, en lieu et place de la galerie habituelle de diplômes encadrés, de vieilles affiches de cinéma aux murs. J'ai pris le temps d'admirer celle qui se trouvait derrière son fauteuil.

— Ah ! a souri Langford. L'éléphant dans le magasin de porcelaine.

Il s'agissait bien d'un éléphant, plus exactement le Dumbo de Walt Disney.

J'ai souri à mon tour.

— J'ai vu ce film quand j'étais petit, et j'avoue ne pas voir le rapport entre cet éléphant volant et la sexothérapie.

Ma franchise l'a fait rire.

— Je ne traite pas uniquement des patients souffrant de dysfonctionnements sexuels. En revanche, tous ont des difficultés au niveau de l'estime de soi. Ces affiches sont là avant tout parce que je suis un passionné de cinéma et qu'elles apportent une touche de gaieté à cette pièce. Cela dit, le message de *Dumbo* n'est pas aussi subliminal qu'il y paraît. Il symbolise notre capacité de croire en nous-mêmes, et donc d'essayer d'avancer. Ceux qui n'ont pas foi en eux renoncent tout de suite.

— Que pouvez-vous nous dire au sujet d'Aubrey ? est intervenue Kylie.

— Je vous ai préparé son dossier, a répondu Langford en glissant une enveloppe dans notre direction. J'ai bien peur que ces notes soient très cliniques, sans doute est-il préférable que vous me posiez des questions.

— Tout d'abord, vous lui avez prescrit du Paxil et du Zoloft. Pourquoi ces médicaments ?

— Ce sont des antidépresseurs, m'a répondu Langford, et si vous regardez les dates figurant sur les flacons, vous constaterez que je ne les ai pas prescrits au même moment. J'ai commencé par le Paxil, mais comme elle se plaignait de prendre du poids, je suis passé au Zoloft.

— Ce traitement s'est révélé efficace pour sa dépression ?

— Elle n'était pas dépressive. Aubrey souffrait de pulsions sexuelles compulsives qui la poussaient à avoir des rapports avec des partenaires potentiellement dangereux. Les antidépresseurs ont généralement un effet sur la libido. Je m'en servais dans ce but, mais ça ne réglait pas le problème. C'était le rôle de nos séances hebdomadaires. Je constate que je n'ai pas été à la hauteur.

— Vous savez, docteur, nous autres flics en connaissons un rayon sur le complexe de culpabilité du survivant. Vous vous êtes efforcé de l'aider, et ce n'est pas votre faute si quelqu'un l'a étranglée.

— C'est gentil, inspecteur. Et vous avez raison. Aubrey était enlisée dans son addiction quand elle est venue me voir la première fois. Elle envisageait le sexe comme une expiation dénuée de toute connotation amoureuse. À l'image de tous les toxicos, elle cherchait en permanence à aller plus loin dans le plaisir. De ce fait, elle choisissait des partenaires toujours plus dangereux. Elle ne prenait plus les mêmes précautions, elle a été laissée pour morte par des partenaires à deux reprises. Elle aurait aimé sortir de cet engrenage, mais elle n'y arrivait pas. C'est pour cette raison qu'elle est venue me trouver. À défaut d'affirmer que je n'ai pas été à la hauteur, disons que je n'ai pas réussi. Je ferai tout pour vous aider à retrouver ce salaud.

— Son dossier médical nous sera utile, à condition qu'il comporte des noms.

— Vous savez, inspecteur, Aubrey vivait dans un enfer où les hommes et les femmes échangent leurs fluides corporels, mais pas leur carte. Quand elle faisait allusion à quelqu'un qu'elle voyait plusieurs fois, elle lui donnait un surnom. « Celui qui respire comme Darth Vader », ou bien « Le Portoricain que j'ai levé dans le métro et qui m'a collé un œil au beurre noir ». Vous trouverez toutefois un nom dans ce dossier, celui d'un homme dont elle me parlait souvent : Janek Hoffmann, son cameraman.

— Que savez-vous de lui ? a demandé Kylie.

— Personne ne l'effrayait autant que Janek.

— Pour quelle raison ? Que lui faisait-il subir de plus que les autres ?

— Vous aurez sans doute du mal à le comprendre, mais après avoir passé des années à se laisser malmener par des hommes qui la traitaient comme une moins-que-rien indigne d'être aimée, Janek a commis l'impensable.

Langford s'est arrêté, le temps de prendre longuement sa respiration.

— Il lui a dit qu'il l'aimait.

21

Un grand silence s'est installé. Il nous fallait mesurer les implications de l'affirmation du docteur Langford. Les psychiatres, on le sait, n'ont pas de problème avec le silence. Contrairement à Kylie.

— Arrêtez-moi si je me trompe, a-t-elle déclaré. Aubrey vous a dit que Janek Hoffmann la brutalisait physiquement et mentalement.

Langford a hoché la tête.

— Ce qui ne l'empêchait pas d'en redemander.

Nouveau hochement de tête.

— Mais quand il lui a avoué qu'il l'aimait, elle a eu la trouille de sa vie ? C'est bien ça ?

— Bienvenue dans le monde des troubles psychosexuels, inspecteur MacDonald. J'ai consacré plusieurs ouvrages à ce sujet. Puis-je vous en offrir un ?

— Non merci, sans façon. En attendant, nous avons arrêté Janek Hoffmann. Comme nous ne disposons pas de preuves formelles, le procureur aura besoin de votre témoignage.

— Sans problème, à condition de bien préciser au procureur que je n'ai jamais vu M. Hoffmann. Je ne sais pas si c'est un meurtrier, ce qui ne m'empêchera pas de témoigner qu'il en avait l'étoffe, selon les dires d'Aubrey.

Nous l'avons remercié, il nous a raccompagnés jusqu'à la porte et nous avons rejoint notre voiture.

— Ce type me plaît bien, a déclaré Kylie. Cheryl est plus avisée que je ne l'aurais cru. Dis-lui que je lui donne vingt sur vingt.

J'ai préféré ne pas commenter.

— Tu sais combien un psychiatre est payé pour témoigner en qualité d'expert lors d'un procès de ce genre ?

— Non, mais ça ne doit pas être des cacahuètes.

— J'ai vu l'autre jour sur le Net un reportage sur une affaire jugée à Dallas. L'avocat qui défendait l'inculpé a versé cent cinquante mille dollars à un psychiatre pour qu'il accepte de témoigner.

— C'est dingue.

— C'est cher, mais pas aussi fou qu'il y paraît. L'inculpé a été relaxé. Le sexe est gratuit, Zach. Pas les thérapeutes.

Son téléphone s'est mis en branle. Comme il était posé entre nous deux, j'ai vu s'afficher comme elle le nom de son correspondant : Shelley Trager, l'ancien patron de Spence.

Kylie a branché le haut-parleur.

— Bonjour, Shelley. Je suis en voiture avec Zach, j'ai mis le haut-parleur. C'est au sujet de Spence ?

— Non, c'est personnel. Je pensais que votre journée était terminée. Vous êtes encore en service, tous les deux ?

— On n'arrête pas.

— Tant mieux. J'ai besoin d'un flic. Deux, ce sera encore mieux. On m'a détroussé.

— On arrive tout de suite. Vous êtes à l'appartement, ou au studio ?

— Je suis à l'hôtel Mark, au carrefour de la 77e et de Madison. J'avais organisé une partie de poker entre copains quand deux types armés ont fait irruption dans la pièce. Ils sont repartis avec huit cent mille dollars.

— Seigneur, Shelley ! Vous n'êtes pas blessé, au moins ?

— Non, tout le monde va bien. L'argent n'est pas vraiment un problème, mais on ne voudrait pas que ça se sache. Le *News* et le *Post* s'en donneraient à cœur joie s'ils apprenaient que huit connards blindés de fric misent cent mille doll' chacun pendant que des millions de NewYorkais se contentent de manger des Big Mac et de jouer au loto. On aurait fait profil bas si les voleurs n'avaient pas chloroformé Bob Reitzfeld qui montait la garde devant la porte.

— Il va bien, au moins ?

— Tout à fait. Il a essentiellement souffert au niveau de son amour-propre. Il s'en veut au prétexte que nous étions en présence d'amateurs et qu'il s'est fait avoir. Quoi qu'il en soit, ils l'ont bâillonné avec du gaffeur et attaché à une canalisation dans la cage d'escalier. On n'aurait rien dit à personne si un maudit Bon Samaritain n'avait pas appelé la police en découvrant Reitzfeld ficelé comme un chapon de Noël.

— Y a-t-il des flics en uniforme sur place en ce moment ?

— Plutôt deux fois qu'une, il en arrive de tous les côtés !

— C'est le signe que le NYPD a la situation en main.

— Pas du tout, Kylie ! Pourquoi croyez-vous que je vous appelle ? On est harcelés de questions par tous ces flics et on n'a aucune envie de leur répondre.

— Je comprends. En quoi pouvons-nous vous aider, avec Zach ?

— Rappliquez au Mark et débarrassez-nous de ces satanés fouille-merde.

22

— L'hôtel se trouve à deux pâtés de maisons de ton appartement, m'a fait remarquer Kylie alors que nous traversions Central Park. Cette histoire est une plaisanterie, je n'ai qu'à te déposer devant chez toi pour t'éviter ces conneries.

— J'ai mieux à te proposer. Pourquoi ne pas me laisser sur le nuage dont je suis tombé avec la dernière pluie ? Tu me prends pour un abruti ou quoi ? Depuis quand le vol de huit cent mille dollars est-il une plaisanterie ?

— Mais enfin, Zach, tu as entendu Shelley. Il aura la honte de sa vie si cette histoire se sait. Il veut qu'on enterre l'affaire.

— Ce serait jouable si on était encore en 1987, mais si on s'amuse à ça aujourd'hui, on aura de la chance si on met des PV dans le Bronx jusqu'à la retraite.

— Shelley a été un père pour Spence et moi. Je suis prête à prendre le risque, sans que tu aies besoin de t'exposer.

— Désolé, mais une équipière insupportable suffit amplement à mon bonheur. Pourquoi voudrais-tu que j'en forme une autre ?

Elle m'a adressé un doigt d'honneur et nous avons poursuivi notre route en silence.

Deux voitures de patrouille étaient garées devant le Mark. J'ai montré mon badge au portier qui s'est contenté d'un hochement de tête en me glissant du bout des dents : « Quatorzième. » La discrétion façon cinq étoiles.

On est sortis de l'ascenseur à l'étage indiqué avant de remonter un couloir interminable à l'extrémité duquel Bob Reitzfeld s'expliquait avec quatre flics en uniforme du 19ᵉ. Le commissariat où le Red a ses bureaux.

— Vous arrivez trop tard, inspecteur, s'est écrié l'un des agents. On est en 91 et 98.

J'en suis resté comme deux ronds de flan, sous le regard ironique de Kylie. Dans notre jargon radio, le 91 signale qu'aucun délit n'a été commis, et le 98 ordonne aux flics concernés de reprendre leur patrouille.

— Au cas où ma capitaine me poserait la question, qui a décrété que c'était un 91 ?

— Le lieutenant, m'a répondu le flic en désignant Reitzfeld.

Reitzfeld n'a absolument pas le grade de lieutenant. Il a passé trente ans au NYPD dont il a pris sa retraite avec les honneurs et une promotion, c'est vrai, mais il est retourné depuis à la vie civile et travaille comme responsable de la sécurité des studios Silvercup de Shelley Trager.

Les quatre flics nous ont salués et sont repartis en direction des ascenseurs.

— Zach, Kylie, je suis sincèrement désolé de vous avoir entraînés dans cette galère.

J'ai ouvert de grands yeux.

— Quelle galère ? Il y a dix minutes, Shelley nous appelle pour nous signaler un hold-up. On découvre en arrivant qu'il ne s'est rien passé et que tu as renvoyé la cavalerie. À quoi ça rime ?

— Ne t'inquiète pas, je gère, s'est défendu Reitzfeld.

— Bob, je te signale que quelqu'un a téléphoné à police-secours. Ce n'est plus comme autrefois, tout est répertorié de nos jours.

— Relax, Zach ! Police-secours a été averti qu'on avait découvert un individu attaché à une canalisation dans une cage d'escalier. J'ai expliqué à ces quatre flics que c'était un malentendu. Le type qui a contacté la police ne savait pas que Shelley est producteur de cinéma, il ne pouvait pas deviner qu'on tournait un film.

— Et ils t'ont cru ?

— Pas une seule seconde, mais quand leur chef les interrogera, ils auront une réponse toute trouvée.

— Dans ce cas, merci.

— De quoi ?

— D'avoir menti. Kylie s'apprêtait à le faire, mais elle risque gros si quelqu'un découvre le pot aux roses, et pas toi.

— Crois-moi, je m'en veux de leur avoir raconté des bobards, mais tu sais ce que c'est. Les copains de Shelley se fichent éperdument de perdre cent mille boules, mais ils ne seraient pas contents du tout si ce petit incident faisait le tour des réseaux sociaux.

— Tu veux bien nous expliquer ce qui s'est vraiment passé ? On n'est plus en service avec Kylie, et tu sais qu'elle se jetterait par la fenêtre pour Shelley.

— De quoi êtes-vous au courant ?

— Shelly nous a parlé de deux types armés, d'un magot de huit cent mille dollars, et de son chef de la sécurité retrouvé ligoté comme un chapon de Noël. En revanche, je ne crois pas l'avoir entendu prononcer l'expression *petit incident*.

Reitzfeld est parti d'un rire franc.

— Ce vieux Shelley organise tous les quinze jours une partie de poker à cent mille dollars le jeton d'entrée. Toujours les mêmes, une douzaine en tout qui tournent. Il loue toujours les deux mêmes suites attenantes pour l'occasion. La première pour la partie, l'autre sert de purgatoire aux perdants. Il y a de quoi boire pour tout le monde, mais le room service ne va jamais dans la suite où se trouvent les joueurs, à cause du fric. Je monte la garde devant les deux portes. Une sinécure. Jamais rencontré un seul problème.

— Et ce soir ?

— Je me tenais dans le couloir quand je vois arriver un aveugle avec une canne. J'ai reniflé un mauvais coup en remarquant son Apple Watch. Une montre pour un aveugle ? J'allais prendre les devants quand on m'assomme par-derrière. Je n'ai pas vu venir son complice, je suppose qu'il est passé par l'issue de secours. Quand je suis revenu à moi, j'étais attaché à une canalisation d'eau dans l'escalier, une longueur de gaffeur sur la bouche.

— Tu pourrais identifier le faux aveugle ? lui a demandé Kylie.

— Non, mais c'est un amateur, je l'ai repéré à dix mètres. Il est plus chanceux que malin. Je suis prêt à parier qu'à l'heure où je vous parle, ces deux imbéciles se vantent de leur exploit en dépensant de l'argent à n'en plus finir. Je compte bien les retrouver.

Kylie a hoché la tête.

— On a pas mal de contacts dans le monde de la rue. On peut faire circuler l'info.

— C'est gentil de le proposer, mais c'est hors de question. Si vous avez un problème avec ça tous les deux, adressez-vous au patron. Je le préviens que vous êtes là.

23

Reitzfeld nous a ouvert la porte et j'allais pénétrer dans la suite quand Kylie m'a pris par le coude et glissé à l'oreille :

— Ne dis rien.

— À quel sujet ?

— Je t'expliquerai plus tard, a-t-elle ajouté dans un murmure tendu. Reste cool et contente-toi de ne rien dire.

J'ai fait mine de tirer une fermeture Éclair sur ma bouche.

— Je fais vœu de silence.

J'ai immédiatement compris pourquoi Shelley ne souhaitait pas claironner la nouvelle du hold-up en reconnaissant la plupart des joueurs : un ancien champion de la NBA devenu commentateur sportif sur la chaîne ESPN, un comique, un réalisateur de cinéma, un acteur et une gloire du rock vieillissante. En revanche, je n'avais jamais vu l'homme perché sur le canapé au fond de la pièce, un portable à l'oreille.

Shelley Trager, une pile électrique à soixante ans en dépit de ses cheveux clairsemés et de son embonpoint naissant, s'est précipité à notre rencontre. Il a pris Kylie dans ses bras et l'a embrassée chaleureusement sur la joue. Shelley est un grand producteur de cinéma et un patron de studio, mais il n'a rien de commun avec tous ces professionnels d'Hollywood qui se la jouent. Shelley est newyorkais jusqu'à la moelle et son affection n'avait rien de factice.

— Merci à vous d'être venus.

— Tu appelles, on rapplique, a rétorqué Kylie. Jour et nuit.

— J'ai bien conscience d'abuser, je sais à quel point vous être mobilisés par ces attentats. Sans parler du meurtre de Davenport. Mon histoire n'est que de la petite bière en comparaison.

— Peut-être, a fait une voix, mais de la petite bière à cent mille dollars, ça fait pas mal de houblon.

Rick Button, le comique. Il était installé au bar.

— J'étais venu en pensant y laisser cent mille dollars, mais je ne m'attendais pas à ce que ça aille aussi vite. Ces deux types étaient armés et on voyait bien qu'ils ne bluffaient pas.

— Tu veux ton argent, Rick? Je te fais un chèque sur-le-champ.

— Je ne veux pas de ton fric. Il me suffirait de transformer cette histoire en sketch pour devenir riche.

— Essaye seulement, et tu seras mort avant d'avoir pu en dépenser un sou, l'a averti Shelley. Mes deux camarades ici présents n'auront que l'embarras du choix en matière de suspects quand ils enquêteront sur ton assassinat.

Kylie a posé une main sur le bras de Shelley.

— Je suis contente de constater que vous trouvez le moyen de plaisanter à cette heure, mais je vous signale que deux gangsters paradent actuellement en ville en se prenant pour des caïds et qu'ils n'hésiteront pas à recommencer. La prochaine fois, ça pourrait être nettement moins drôle. Vous êtes vraiment sûrs de ne pas vouloir déclencher une enquête officielle ?

— Je ne peux pas, s'est récrié Shelley. Vous avez vu le type qui téléphone, sur le canapé ? Il s'agit d'Eitan Ben David. Le *docteur* Eitan Ben David, un grand spécialiste de chirurgie plastique au service des riches et ridés. Si vous croyez que ces enfoirés du showbiz auraient la honte au cas où cette histoire serait rendue publique, je vous laisse imaginer la tête d'un honorable citoyen tel qu'Eitan Ben David. Vous avez fait du bon boulot, les gars.

— On n'a rien fait du tout, s'est défendue Kylie. Reitzfeld avait déjà la situation bien en main quand on est arrivés.

— Dans ce cas, la messe est dite.

— Loin de là, Shelley. Bob Reitzfeld a la ferme intention de retrouver vos deux rigolos. C'est un flic de première disposant de tous les moyens nécessaires, je ne serais pas surprise s'il parvenait à ses fins. Vous avez réussi à museler les flics, mais il faudra bien dire ce qui s'est passé quand la justice se mettra en marche et que la Ville poursuivra ces types.

— Je sais, mais ça peut se dérouler en toute discrétion, sans que la presse s'en mêle. Je serai officiellement le seul plaignant et on évitera un procès en les incitant à accepter l'arrangement du bureau du procureur grâce à des arguments sonnants et trébuchants.

— Ça vous permettra de retrouver votre argent.
— Je me fiche de l'argent.
— Alors pourquoi se donner autant de mal?
— En premier chef, pour se débarrasser de ces connards. Ensuite, pour que Reitzfeld puisse rendre la monnaie de leur pièce à ces deux crétins qui l'ont humilié.
Kylie a haussé les épaules.
— Je loue vos bonnes intentions. N'hésitez pas à nous appeler en cas de besoin.
— Encore merci d'être venus, nous a remerciés Shelley. Une dernière question, Kylie : vous avez des nouvelles de Spence?
Elle a secoué la tête.
— Pas un mot. Et vous?
— Rien.
La porte de la suite voisine s'est ouverte et un type armé d'une bière et d'une assiette de crevettes est entré. Il a posé son repas et levé les bras en l'air.
— Kylie!
Il s'est précipité vers elle et l'a serrée dans ses bras en l'embrassant. Un baiser sans grand rapport avec celui, affectueux et paternel, dont Shelley l'avait gratifiée à notre arrivée. Un long baiser sur la bouche qui aurait pu déraper si huit témoins masculins n'avaient pas assisté à la scène.
Le fin limier que je suis en a tiré deux conclusions : j'ai tout d'abord compris pourquoi Kylie m'avait recommandé de ne rien dire quoi qu'il arrive; surtout, j'en ai déduit que je me trouvais en face du nouveau petit ami de mon estimée collègue.

24

Le type à la bière et aux crevettes s'appelait C. J. Berringer. Kylie était forcément au courant qu'il participait à la partie de poker de Shelley, d'où son envie soudaine de me déposer chez moi avant notre arrivée ici.

Voyant que je refusais de tomber dans le panneau, elle m'avait fait promettre de ne rien dire, quoi qu'il advienne. J'avais tenu ma parole jusque-là, mais il a bien fallu qu'elle me présente à C. J.

— Je n'arrive pas à croire que je fais enfin connaissance avec l'équipier de Kylie.

Berringer m'a serré la main chaleureusement. Il devait avoir mon âge, il était un peu plus grand que moi, avec une belle gueule agaçante. C'était un vrai moulin à paroles, il m'a entrepris pendant une bonne dizaine de minutes, Kylie a dû trouver le temps long.

Né à Hawaï d'une mère hawaïenne et d'un père euro-américain, il avait ramé tout au long de sa première année de fac parce qu'il passait davantage de temps à jouer aux cartes qu'à fourrer le nez dans ses bouquins. Jusqu'au jour où il a eu une révélation : à quoi bon suivre des études ? Il a décroché et s'est lancé dans une carrière de joueur professionnel.

Il m'a demandé si Kylie m'avait expliqué les circonstances de leur rencontre. *Non, pas du tout.* Il s'est montré trop heureux de m'éclairer.

— C'est arrivé quelques semaines après que son mari…

Il s'est interrompu, sans doute me laissait-il le soin d'achever la phrase à sa place. *Avait pris la poudre d'escampette* ? *S'était défilé* ? *L'avait abandonnée comme une vieille chaussette* ?

— Toujours est-il qu'elle a pris le premier avion à destination des Bahamas pour se changer les idées. Je me rendais là-bas dans le cadre d'un tournoi de black jack. On se trouvait sur le même vol, mais on s'est seulement croisés à la livraison des bagages. Nous avons partagé un taxi jusqu'à l'Atlantis. J'ai eu du mal à la croire quand elle m'a dit qu'elle était flic. Jamais je n'aurais pensé qu'une flic puisse être… Je veux dire, il suffit de la regarder. En tout cas, j'ai perdu cinquante mille dollars, mais ça aura été le week-end le plus chanceux de toute mon existence. Après tout… eh bien…

Il me laissait une fois de plus imaginer la suite.

Je me suis senti obligé de mentir.

— C'est une histoire géniale. Sinon, comment connaissez-vous Shelley ?

— Kylie nous a présentés. Elle m'a expliqué que l'un de ses amis organisait un poker tous les quinze jours et elle s'est arrangée pour que je sois invité. C'est la troisième fois que je viens ici. Les deux autres fois, je me suis fait ratisser par un chirurgien esthétique.

Connaissant Kylie, elle ne lui avait sûrement pas dit que nous étions sortis ensemble.

— Mais assez parlé de moi, à votre tour. Venez donc vous en jeter quelques-uns avec moi dans la suite des perdants.

La suite des perdants! Quel crétin je faisais. Bien sûr qu'elle lui avait raconté notre histoire, et cet enfoiré me le faisait comprendre avec beaucoup de délicatesse.

J'ai regardé ma montre.

— Une autre fois. Il faut que je rentre chez moi pour piquer le chat.

Il a ouvert de grands yeux en souriant de toutes ses dents blanches.

— Mon chat est diabétique, il a besoin d'une dose d'insuline toutes les douze heures.

— Ah, *piquer le chat*. C'est mignon.

Je l'ai laissé rire tout seul. Mon appartement se trouve à deux rues de là, je suis rentré chez moi en prenant mon temps, préoccupé.

Je comprenais très bien que Shelley ne souhaite pas voir le NYPD ouvrir une enquête, et pas uniquement à cause de la publicité que ne manquerait pas d'attirer le hold-up. La presse voudrait interroger les victimes, fouiller leur vie privée. En cas d'arrestation, il y aurait des dépositions, des comparutions devant la justice, un procès. Autant de désagréments pour tous ces flambeurs. Comme l'avait dit l'humoriste, quitte à perdre du fric, autant éviter de se retrouver au centre d'une enquête criminelle.

Sauf que l'enquêteur dans l'âme que je suis refusait de lâcher prise. Les parties de poker de Shelley sont un secret bien gardé. On n'y participe que sur invitation. Reitzfeld nous avait bien précisé que les deux types armés étaient des amateurs. Dans ce cas, comment expliquer qu'ils aient su où et quand agir ? Comment pouvaient-ils connaître aussi bien les lieux, au point de prendre Reitzfeld à revers ?

La réponse s'imposait d'elle-même : le coup avait été monté de l'intérieur.

Les gangsters avaient été rencardés par quelqu'un qui connaissait les tenants et les aboutissants. Il pouvait s'agir de quelqu'un de l'hôtel : l'un des gérants, un employé chargé des réservations, un serveur attaché au service en chambre. Il pouvait également s'agir de l'un des participants à la partie.

D'après Reitzfeld, la majorité des joueurs étaient des habitués. Il nous avait bien précisé que le casting ne changeait jamais. Une douzaine de personnes en tout, qui tournaient. À l'exception du nouveau, une fripouille sympathique qui avait laissé cent mille dollars au chirurgien esthétique lors des deux parties précédentes. C. J. Berringer.

En arrivant au carrefour de la 77e Rue et de Lexington Avenue, j'ai jeté un coup d'œil en direction de mon immeuble. Rien d'urgent ne m'attendait chez moi. Ce n'est pas comme si j'avais eu un chat.

J'ai poursuivi ma route sur Lexington, sachant que le commissariat se trouve quelques centaines de mètres plus loin. J'avais beau savoir que Shelley ne souhaitait pas voir le NYPD se mêler de ses oignons, il était trop tard. Je tenais un suspect de choix et rien n'aurait pu m'empêcher de faire quelques recherches sur l'un des ordinateurs du service.

J'étais tout d'abord curieux de savoir à quoi correspondaient les initiales C. J.

DEUXIÈME PARTIE

Le Hilton de Bangkok

25

Quelqu'un avait eu la bonne idée de préparer du café dans la salle de pause et j'y ai vu un signe encourageant. Je m'en suis versé une tasse avant de m'installer devant un ordinateur et de consulter l'Interstate Identification Index, la base de données fédérale sur laquelle sont répertoriés tous les criminels du pays. Si C. J. Berringer avait un casier, il apparaîtrait forcément sur le Triple I.

Il n'en avait pas.

J'ai tenté ma chance dans les archives de deux autres services, en vain. Soit ce type était honnête, soit il ne s'était jamais fait prendre.

— Cours toujours, C. J., je finirai bien par te coincer.

À force de m'escrimer, j'ai fini par toucher le jackpot.

Clyde Jerome Berringer, né à Hawaï, joueur professionnel de réputation internationale, était fort bien noté par les banques car il gagnait superbement sa vie aux cartes, mais il y avait un hic, même s'il n'avait rien à se reprocher sur le plan judiciaire : il était marié.

Mon premier réflexe a été d'appeler Kylie avant de refréner mes ardeurs en m'imaginant la conversation. *Salut Kylie, tu ne devineras jamais ce que j'ai découvert en faisant des recherches sur ton petit ami, en quête d'infos susceptibles de le conduire en prison.*

J'allais devoir mettre en œuvre un plan plus élaboré. En temps ordinaire, j'aurais demandé conseil à Cheryl. En l'occurrence, expliquer à ma petite amie que j'éprouvais le besoin d'enquêter sur le nouveau copain de mon ex relevait d'une sitcom qui verrait immanquablement le personnage de Zach y laisser des plumes.

Je ne sais pas si j'avais fouillé le passé de C. J. pour de bonnes raisons, mais à présent que je connaissais la vérité, il fallait bien que quelqu'un avertisse Kylie. De toute évidence, son beau joueur professionnel avait parié sur le fait qu'elle ne découvrirait jamais l'existence à huit mille kilomètres de là, à Honolulu, de Nalani, la femme avec qui il était marié depuis sept ans.

Je croyais savoir qui pouvait être le quelqu'un en question.

Le lendemain matin à 5 h 45, je poussais la porte du Gerri's Diner. Une pancarte accrochée à la porte précise : « Pas de chemise, pas de chaussures, pas de service. » La mention « Pas de limite » devrait également figurer dans la liste car à peine franchi le seuil, votre vie privée ne vous appartient plus. Elle appartient à Gerri Gomperts, la propriétaire.

Gerri règne en cuisine, mais elle pourrait tout aussi bien appartenir à la police des polices. La seule différence entre elle et les bœuf-carottes, c'est que les flics partagent volontiers leurs petits secrets avec elle.

— Bonjour, Zachary, m'a-t-elle accueilli. Que prends-tu ce matin ?

— Omelette à la grecque, pain de seigle toasté, café, et cinq minutes de votre temps.

— Tu préfères t'asseoir au comptoir, ou bien te mettre dans un confessionnal au fond de la salle ?

Je lui ai répondu par un sourire avant de jeter mon dévolu sur un box à l'écart.

— J'ai vu que tu avais arrêté quelqu'un pour le meurtre de la fille Davenport, m'a-t-elle dit en m'apportant la commande. Mais j'imagine que tu n'es pas venu me parler de ça.

Elle s'est assise sur la banquette opposée et je lui ai résumé les événements de la veille, depuis l'appel de Shelley jusqu'à mes recherches au sujet de C. J.

Elle n'a pas cillé quand je lui ai expliqué qu'il était marié.

— Vous ne dites rien ?

— Tu m'as posé une question ?

— Quelqu'un doit avertir Kylie que le type avec qui elle sort est marié. Comme ça ne peut pas être moi, j'ai pensé que peut-être…

— Elle sait déjà qu'il est marié, Zach. Elle m'en a parlé la semaine dernière.

— Elle… elle vous l'a *dit* ?

— Tu t'imagines peut-être que tu es le seul flic au monde à venir me raconter tes peines de cœur ? La semaine qui précède la Saint-Valentin, je suis obligée d'ouvrir plus tôt et de fermer plus tard pour répondre à la demande.

— Et ça ne la dérange pas de coucher avec un mec marié ?

— Au cas où tu l'aurais oublié, Kylie est mariée, elle aussi. Elle ne vit pas avec son mari, et C. J. ne vit pas avec sa femme. Il s'agit d'une relation entre adultes consentants, Zach. Laisse tomber.

— J'ai besoin d'une double dose de café.

— Avec un traitement antipsychotique en prime. Pourquoi diable fais-tu ça ?

— Je fais quoi ?

— Tu t'évertues une fois de plus à prouver à Kylie qu'elle se goure en choisissant un salopard qui n'est pas Zach Jordan.

— Inutile de m'apporter du café. L'addition suffira.

Elle s'est penchée au-dessus de la table en posant sa main sur la mienne.

— C'est ce que j'aime chez toi, Zach. Tu es toujours d'accord pour qu'on te prodigue des conseils, mais tu ne veux pas les entendre.

Elle s'est levée.

— C'est ma tournée.

— Merci, Gerri. Pour le petit déj' et le reste.

— D'autres questions ?

— Non, mais ne me laissez pas tomber.

— Pas de souci, mon chéri. J'adore les défis. Ne bouge pas, je t'apporte du café.

Elle a regagné les cuisines et j'ai jeté un coup d'œil à ma montre. 6 h 05. Kylie serait au bureau dans dix minutes. J'avais le temps de m'accorder une dernière tasse avant d'entamer une nouvelle journée interminable.

Je suis sorti de ma rêverie en entendant la voix de Gerri à l'entrée du diner.

— Attendez-moi, je reviens.

Elle s'est dirigée vers mon box, l'air grave, sans café.

— Zach, quelqu'un te demande à l'entrée.

— Qui ça ?

— Jamais vu. Ce n'est pas un flic. Un gros, aussi nerveux qu'une couenne de lard sur le gril, qui sent le cigare. Tu sais qui c'est ?

— Oh oui. Envoyez-le-moi.

Nathan Hirsch, le père de famille modèle de Queens qui entretenait une poule de luxe dans le New Jersey, n'a pas tardé à me rejoindre.

— Désolé d'interrompre votre petit déjeuner, s'est-il excusé, mais je suis passé à votre service, on m'a dit que je vous trouverais sans doute ici.

— Pas de souci. Ma collègue et moi comptions vous appeler ce matin. Nous sommes désolés pour M. Zimmer. Nous n'avons pas dételé depuis l'attentat dont il a été victime.

— Je suis déjà en mesure de vous fournir le nom du coupable. C'est également lui qui a tué Del.

Il s'est glissé péniblement sur la banquette en face de moi. Il avait le souffle court et ses mains tremblaient.

— Je suis le prochain sur la liste, m'a-t-il glissé dans un murmure.

26

J'ai appelé Kylie pour la tenir au courant. Le temps de regagner le commissariat avec Hirsch, elle nous attendait dans l'une des salles d'interrogatoire.

Il s'est arrêté net en voyant la caméra.

— Pas question, a-t-il décrété.

— On se sert uniquement des images en interne, a réagi Kylie. Notre capitaine n'est pas encore arrivée, elle est très…

— Non, inspecteur. Je m'apprête à vous livrer le nom d'un tueur en série. S'il apprend que c'est moi qui l'ai dénoncé, il trouvera le moyen d'avoir ma peau, même depuis sa prison. Je n'accepte de parler qu'à condition de bénéficier d'un anonymat plein et entier.

Kylie a replacé le bouchon sur l'objectif. Hirsch s'est assis et elle s'est installée en face de lui tandis que je restais debout.

— Je vous écoute, monsieur Hirsch.

— Il m'est arrivé de commettre des peccadilles quand j'étais jeune, mais il y a prescription depuis longtemps.

— La prescription est une chose, la rancune en est une autre. Qui vous en veut ?

— Avez-vous déjà entendu parler de Zoe Pound ?

À force de côtoyer les très riches, j'ai appris à percevoir chez eux une certaine forme de sophistication. Ils vivent dans une bulle que protège le vernis de leurs privilèges de classe, même lorsqu'ils sont confrontés aux crimes les plus sordides.

À l'inverse, vous ne trouverez pas la moindre sophistication chez Zoe Pound. Ce gang de rue d'une extrême violence, né dans les années 1990 au cœur du quartier de Little Haïti à Miami, a donné naissance depuis à l'une des entreprises criminelles les plus impitoyables des États-Unis. Je voyais mal comment un bourgeois grassouillet d'âge moyen tel que Hirsch pouvait être mêlé aux activités d'une organisation pratiquant indifféremment le trafic d'armes et de drogue, le vol et le meurtre sur commande.

— Vous voulez parler du cartel de drogue haïtien de Miami ?

— Son antenne new-yorkaise est très active à Brooklyn, m'a répondu Hirsch.

— Pourquoi ce gang voudrait-il vous tuer ? s'est étonnée Kylie.

— Leur *rancune*, pour reprendre le terme que vous avez employé, est vieille de vingt ans, à l'époque où nous étions à l'université.

— Nous ?

— Nous quatre : Del Fairfax, Arnie Zimmer, Princeton Wells et moi. Nous étions… disons, de bons clients.

Il a marqué un temps d'arrêt avant de reprendre :

— C'est un euphémisme. Nous leur avons acheté des tonnes de coke.

— Pour la revendre ?

— Pour l'utiliser et la partager avec notre entourage. En particulier nos amies femmes. Je n'ai pas la chance d'avoir un visage d'aristocrate comme Princeton ou Del, mais vous seriez surpris si je vous disais avec quelle facilité un gros dans mon genre peut se retrouver dans des sauteries à trois, quatre, ou plus quand il sème la blanche sur son passage.

« On dépensait une petite fortune en dope et nos fêtes étaient particulièrement courues. Nous vivions comme des rois, jusqu'au jour où Princeton a eu une idée de génie. Nous avions décidé de partir nous amuser pendant les vacances d'hiver, nous étions en dernière année, c'était notre baroud d'honneur. Princeton nous a suggéré de rapporter de l'héroïne pour le compte de Zoé, en échange de cocaïne.

« Il a organisé une rencontre avec Dingo Slide, qui était le chef incontesté de l'organisation à l'époque. Dingo a réfléchi longuement à la proposition, on aurait dit qu'il avait un doctorat en sciences éco. Tout en sachant qu'il perdait provisoirement de bons clients, il savait que nous viendrions rapidement à bout de nos réserves de coke. D'un autre côté, les fédéraux venaient de couper l'une de ses sources d'approvisionnement et il avait besoin de marchandise. Malique La Grande, l'un de ses lieutenants, était hostile à la manœuvre, mais la décision revenait à Dingo. Le cartel nous a fourni cent mille dollars et nous sommes partis en vacances tous frais payés.

— Vous leur avez servi de mules, a commenté Kylie.

— Des mules de luxe circulant à bord d'un jet privé. Le père de Princeton en possédait trois, il suffisait d'attendre qu'un équipage soit libre pour partir. Je vous parle d'avant le 11 septembre, quand on ne fouillait quasiment jamais les avions privés. Vous remarquerez que j'ai employé le mot *quasiment*.

— Vous vous êtes fait prendre.

— Magistralement. Jamais je n'ai eu aussi peur de ma vie. Heureusement pour nous, les flics et les juges sont aussi corrompus que les trafiquants de drogue. Nous avons retrouvé la liberté en graissant la patte à qui de droit, mais il était clair que Malique aurait notre peau dès qu'on remettrait les pieds aux États-Unis. Princeton a passé un deal avec Dingo, on lui a versé deux cent cinquante mille dollars et Dingo a ordonné à Malique de se tenir tranquille.

J'ai froncé les sourcils.

— C'est de l'histoire ancienne. Pourquoi décideraient-ils brusquement de changer d'avis et de vous tuer ?

— Dingo Slide est mort le mois dernier et Malique La Grande a pris sa suite. Contrairement à Dingo, ce n'est pas un homme d'affaires. C'est un tueur-né.

— Vous pensez donc qu'il a décidé de se venger au bout de vingt ans ?

— Oui, et j'ai besoin que vous l'arrêtiez avant qu'il ait ma peau.

— Qu'en pense Princeton Wells ?

Ma question n'a pas plu à Hirsch.

— Que voulez-vous que ça me fasse ?

— Si vous avez raison au sujet de Malique, Wells encourt les mêmes risques que vous.

— Ce n'est pas mon problème.

— C'est votre ami. Vous ne pensez pas qu'il faudrait au moins l'alerter ?

— Qu'il aille se faire foutre. C'est à cause de lui qu'on s'est retrouvés dans le pétrin. En plus, si je lui dis que Zoe Pound a décidé de se venger, il sautera dans son avion et disparaîtra à l'autre bout de la planète.

— Mais…

— Il n'y a pas de mais, inspecteur. Malique a décidé de nous tuer l'un après l'autre. Je cherche à sauver ma peau et ne comptez pas sur moi pour lui faciliter la tâche en sauvant celle de Princeton.

27

— Les compères de la fondation Silver Bullet ont fait un bon bout de chemin en peu de temps, a remarqué Kylie après le départ de Hirsch.

— Que veux-tu dire ?

— La première fois qu'on les a vus, ils s'adoraient tous. Deux d'entre eux sont morts aujourd'hui et le premier survivant n'a aucun scrupule à jeter le second sous les roues d'un bus pour sauver sa peau.

— On ne connaît jamais ses vrais amis tant qu'on n'a pas croisé la route d'un parrain de la drogue haïtien amateur de bombe.

Mon téléphone a sonné. Un coup d'œil à l'écran m'a renseigné sur l'identité de mon correspondant.

— À propos de bombe, c'est Howard Malley.

J'ai branché le haut-parleur.

— Tu tombes bien, je suis avec Kylie. Quoi de neuf ?

— La confirmation de ce qu'on pensait. Les deux bombes sont identiques. La seconde porte également la signature de Flynn Samuels.

— À ceci près que ce bon M. Samuels n'a pas pu la fabriquer puisqu'il est en prison en Thaïlande.

— Il y a des obligations jusqu'à la fin de ses jours, en effet, mais le plus curieux est qu'il n'a jamais enseigné à personne les ficelles du métier.

— Aurait-il pu se trouver un apprenti mystérieux en Haïti ? a demandé Kylie.

Malley a ri.

— Un fabricant de bombes australien incarcéré en Thaïlande et doté d'un fan haïtien. Je crois bien que vous avez trouvé la formule magique.

— Ce n'est pas drôle, Malley, a bougonné Kylie. Tu ne nous aides pas.

— Dans ce cas, mon boulot est terminé. Vous connaissez la devise du FBI ? « Nous ne sommes heureux que si vous êtes malheureux. »

Il a raccroché sur ces glorieuses paroles.

— Je ne sais pas s'il existe un lien entre Malique La Grande et Flynn Samuels, mais l'explication de Hirsch a au moins le mérite de nous fournir une piste crédible.

— Sauf s'il s'agit du délire d'un avocat paranoïaque, m'a rétorqué Kylie. La seule personne capable de confirmer ou d'infirmer les dires de Hirsch est La Grande, mais les types de son acabit donnent beaucoup d'argent à leurs avocats pour que des gens comme nous évitent de leur poser des questions.

— On peut toujours essayer.

J'ai pris mon téléphone, à la grande surprise de Kylie.

— Tu as Malique sur ta liste de contacts, ou bien tu comptes chercher *trafiquants d'héroïne à Brooklyn* sur Google ?

— Je ne sais pas si ça va marcher, mais j'ai peut-être une solution.

J'ai composé un numéro et mis sur haut-parleur.

— Qui appelles-tu ?

— Danny Corcoran.

Il a décroché à la première sonnerie.

— Danny, on a un service à te demander.

— Je t'écoute.

— Tu as bien travaillé aux Stups à Brooklyn, à un moment ?

— Pendant cinq années de rêve.

— Kylie et moi aimerions interroger Malique La Grande.

— Aucun souci, Zach. Malique dîne ce soir à la maison. Pourquoi vous ne venez pas prendre le dessert ? Angela et les enfants seront ravis.

— J'ai bien conscience de te poser une colle.

— Et même une grosse colle. Je n'ai pas exactement les meilleurs rapports du monde avec Malique. Je me vois mal lui demander d'accepter un rendez-vous avec deux de mes copains flics.

— Tu l'as arrêté ?

— Non, mais faute d'arriver à le coincer, j'ai passé des années à l'emmerder. J'ai bloqué sa voiture avec un sabot de Denver, je l'ai traîné au poste un nombre incalculable de fois au moindre prétexte bidon, j'ai même obligé un indic un jour à me dire où se trouvait sa cache, ce qui lui a coûté quelques flingues et quatre-vingts doses à dix dollars. On n'est pas exactement amis sur Facebook, si tu veux tout savoir. Depuis quand frayes-tu avec les dealers, Zach ?

— Il est possible qu'il soit mêlé aux deux attentats à la bombe.

— Ce n'est pas vraiment son style.

— Zoe Pound est la seule piste dont on dispose.

— C'est dommage que tu ne m'aies pas appelé il y a un mois. J'avais de bien meilleures relations avec son ancien boss, Dingo Slide.

— Oui, j'ai entendu dire que Dingo avait passé l'arme à gauche et que Malique avait pris sa succession.

— Celui qui t'a renseigné a omis certains détails. Dingo est mort de causes naturelles. Cancer du poumon. Son héritier était son neveu, Kevin Blades, mais il est mort trois jours après oncle Dingo. Empoisonnement au plomb. C'est seulement à ce moment-là que Malique a pris la relève.

— Je sais que tu es capable de miracles, Danny. J'en ai vraiment besoin.

— J'aurais moins de mal à t'obtenir une audience avec le pape ou des billets pour un concert de Springsteen, mais laisse-moi un jour ou deux. Je vais voir.

Je l'ai remercié avant de raccrocher.

— Je suis impressionnée, a déclaré Kylie.

— Il m'arrive d'avoir de bonnes idées.

— Ce n'est pas toi qui m'impressionnes, mais le fait que Corcoran puisse se procurer des billets pour un concert de Springsteen.

Un jeune flic en uniforme a entrouvert la porte du bureau.

— Inspecteurs, il y a un type devant le commissariat qui voudrait vous voir tous les deux, mais il refuse de rentrer.

— Tu lui as demandé son nom ?

— Non, madame. Il a dit simplement qu'il vous attendait dans sa voiture.

— Quel genre de voiture ?

— Une Mercedes S550 qui déchire.

Je me suis tourné vers Kylie.

— C'est Q. Je l'avais oublié, celui-là.

Kylie a adressé un signe de tête au jeune collègue.

— Va dire au type à la Mercedes qui déchire qu'on arrive tout de suite. C'est pas comme si on croulait sous le boulot.

28

La Mercedes était garée en double file, moteur au ralenti, portière arrière entrouverte. Nous nous étions à peine glissés sur la banquette à côté de Q que Rodrigo, son chauffeur, démarrait. Q est trop prudent pour mener ses affaires devant un commissariat.

— Bonjour à tous les deux, nous a-t-il salués. Sachant combien vous êtes occupés, j'ai pris la liberté de passer vous voir à l'improviste.

— Nous aussi, nous savons combien vous êtes occupé. Et tout en sachant que vous avez un juge aux trousses, nous avons pris la liberté de ne pas vous appeler.

— Vous me vexez, m'a répondu Q en posant les deux mains sur son pull en cachemire bleu pastel au niveau du cœur. Savez-vous ce qui m'amène ce matin ?

— Oui, vous avez besoin d'un service.

— Je vous trouve bien dur, Zachary. Je vous croyais habitué à davantage de ménagement, à force de côtoyer dans votre travail les citoyens les plus riches de cette ville. Vous devez pourtant savoir que j'en fais partie.

— Le Red a été créé pour protéger et servir les *contribuables* les plus riches de cette ville. En feriez-vous partie ?

— Joker, a répondu Q.

— Je suis persuadé en revanche que les flics des îles Caïmans sont aux petits soins avec vous.

— Laissez-moi vous exposer les raisons de ma venue, a repris Q. Pas plus tard qu'hier, vous me demandiez si je pouvais réunir des informations relatives à la fondation Silver Bullet.

— Qu'avez-vous trouvé ?

— Depuis notre conversation, une bombe a emporté un autre de ses membres éminents. Cela ne vous aura pas échappé puisque la presse en a parlé.

— C'est gentil à vous de le préciser, est intervenue Kylie. On avait remarqué.

Elle m'a adressé un coup d'œil amusé. Q le Magnifique aime bien nous titiller, mais uniquement lorsqu'il n'est pas demandeur. S'il avait eu besoin d'un service, il serait allé droit au but. Il avait une info et elle devait être de première importance pour qu'il nous fasse marcher de la sorte.

Le mieux était encore de jouer le jeu.

— Vous avez du nouveau sur l'affaire Silver Bullet ?

— Hélas non.

Il a regardé à travers sa vitre avant de tapoter l'épaule de son chauffeur.

— Nous en avons quasiment terminé, Rodrigo. Prends la 5e Avenue et reviens à notre point de départ.

Il a posé sur ses genoux son attaché-case noir.

— De l'autruche, nous a-t-il expliqué en caressant le cuir.

Il a ouvert la mallette et sorti un MacBook Air argenté.

— Je vous ai parlé hier d'un magistrat qui m'accusait de chantage.

— Le juge Rafferty.

— C'est un client de longue date porté sur les jeux de rôle. Je dispose sur cet ordinateur d'une vidéo de cet honorable magistrat occupé à *punir* une charmante prévenue qui s'est présentée devant lui vêtue en tout et pour tout d'une paire de menottes. La séquence ne dure que trois minutes, ce n'est que la bande-annonce du long-métrage à venir. Je me ferai une joie de vous la montrer, en vous alertant toutefois sur le fait que Rafferty, s'il est aussi hideux que dans son tribunal, est nettement plus grotesque sans sa robe de juge.

J'ai fait la grimace.

— Épargnez-nous ce supplice. Dites-nous en quoi nous pouvons vous aider.

— Une clé USB contenant le fichier de cette vidéo a été remise à Rafferty accompagnée d'une note anonyme : « Cent mille dollars, ou bien ces images seront rendues publiques. » Il en a aussitôt tiré des conclusions hâtives en m'accusant d'être le responsable de ce chantage.

— Ce qui ne vous ressemble pas.

— C'est précisément ce que je me suis évertué à dire à cet honorable personnage. En outre, la fille de la vidéo n'est pas l'une des miennes. Je ne savais pas de qui il pouvait s'agir et je m'en moquais, jusqu'à ce que j'ouvre le *Post* ce matin. J'ai bien compris que vous n'aviez aucune envie de visionner cette séquence, mais je tiens à vous en montrer une image.

Il a enfoncé une touche et une photo s'est affichée à l'écran. Q avait raison, ce n'était pas beau à voir. L'homme, sa peau blême et ridée couverte de taches de vieillesse, chevauchait par-derrière une femme beaucoup plus jeune.

— Putain de merde, a murmuré Kylie.

Ce n'était pas la vue de Michael J. Rafferty qui avait provoqué sa réaction, mais celle de la femme pliée en deux sur le bureau du juge, poignets menottés.

— J'imagine que vous la reconnaissez, a fait Q.

— Oh oui, a répliqué Kylie. On a fait sa connaissance il y a quelques jours à Roosevelt Island.

29

— Les mecs avec leur queue ! a réagi Kylie alors que nous achevions de visionner un double de la vidéo porno de Rafferty et Davenport.

— Les filles avec leur…

Il me manquait la chute.

— Avec leur quoi ? Leur penchant marqué pour le chantage ? m'a suggéré Kylie.

— On ne peut pas accuser Aubrey d'être le maître chanteur. J'imagine qu'elle comptait se servir de ces images contre le juge, mais ce n'est pas elle qui a envoyé le message à Rafferty puisqu'elle était déjà morte depuis plus de vingt-quatre heures.

— Dans ce cas, Janek l'a tuée avant de récupérer son ordinateur et de trouver cette vidéo. Il a sans doute pensé que c'était un excellent moyen de gagner du fric facilement…

J'ai fait non de la tête.

— Je n'y crois pas. Il n'a plus assez de neurones pour monter un truc pareil. Sans compter qu'à en croire Q, le juge a reçu les instructions de versement de la rançon par téléphone hier soir. Janek est en prison.

— Dans ce cas, soit Janek est l'assassin et quelqu'un d'autre fait chanter le juge, soit un inconnu est responsable de toute cette histoire et nous avons arrêté un innocent.

— Inutile de tout prendre sur notre dos. La maire et sa copine Kaplan nous ont bien aidés.

— On ferait mieux d'en parler à Cates. Pendant que je récupère la vidéo, tu as le temps de préparer du pop-corn.

— Tout le monde sait que les merdes volent en escadrille, a déclaré Cates en nous voyant passer la tête à la porte de son bureau. À voir votre mine, ça ne doit pas être piqué des vers.

— Auriez-vous quelques minutes à nous accorder ? lui a demandé Kylie. On voudrait vous montrer un petit film.

— Un film de quel genre ?

— Gériatrie pornographique.

Nous lui avons raconté notre entrevue avec Q avant de lui passer la vidéo.

— Seigneur ! s'est exclamée Cates après avoir visionné les images. Si cette vieille baderne refuse de verser les cent mille dollars, je propose qu'on organise une collecte dans le service pour épargner les plus jeunes. Si j'étais adolescente, je crois bien que je ferais vœu d'abstinence à tout jamais.

— Déjà qu'il fait peur en salle d'audience, a remarqué Kylie. J'ai témoigné devant lui à diverses reprises. Il a une façon répugnante de regarder les femmes et il ne s'en cache pas.

— À voir la façon dont il s'acharne sur cette malheureuse comme un porc en rut, il n'a pas l'air habitué à cacher grand-chose, a ajouté Cates.

— D'après Q, Rafferty organise ses parties fines au tribunal quand il n'y a plus personne. Ce n'est pas idiot, quand on y réfléchit. C'est moins risqué qu'un lieu public tel qu'un hôtel. À moins que la scène ne soit filmée.

— Il est clair qu'il n'a pas vu la caméra.

— J'imagine qu'elle était dissimulée dans le sac d'Aubrey.

— On sait déjà qu'elle n'a pas filmé cette séquence pour la poster sur Instagram, a dit Cates. Cette histoire sent le racket à plein nez.

— Sauf qu'en l'occurrence, Aubrey a été assassinée avant de réclamer quoi que ce soit au juge, a noté Kylie. Quelqu'un, peut-être l'assassin, aura compris quelle était la valeur marchande de cette vidéo.

— C'est peut-être uniquement la partie visible de l'iceberg, a poursuivi Cates. Rien ne nous dit qu'Aubrey Davenport ne filmait pas régulièrement ses ébats. Le maître chanteur, quel qu'il soit, ne se contentera pas de rançonner Rafferty. Avez-vous visionné le contenu de ses fichiers vidéo ?

J'ai haussé les épaules.

— Oui et non. Comme son ordinateur a disparu, son assistant nous a donné accès aux fichiers sauvegardés dans le cloud, mais nous n'avons rien trouvé d'intéressant. Pas même cette vidéo.

— Dans ce cas, je vous conseille de remettre la main sur cet ordinateur au plus vite.

— Nous avons mis une équipe sur le coup, a réagi Kylie, mais je me demande si le meilleur moyen de retrouver cet ordi ne serait pas d'identifier le maître chanteur.

— De quelle façon ?

J'ai repris la main.

— Le système mis en place pour déposer l'argent est malin. Impossible de le payer avec de faux billets ou de piéger les liasses. Nous avons besoin de l'aval du procureur pour obtenir une avance de cent mille dollars.

— Je passerai un coup de fil à Mick Wilson. Jamais il ne dirait oui si la victime était un pékin moyen, mais quel procureur digne de ce nom refuserait de s'offrir la gratitude éternelle d'un juge en exercice ?

— Merci, capitaine. Dès que nous aurons la somme, il nous faudra convaincre le juge Rafferty de la déposer à l'endroit prévu. Il n'y aura plus qu'à installer une souricière.

— C'est bon, allez-y, a décidé Cates, avant de nous rappeler alors que nous quittions son bureau : Un dernier détail. Quel âge a ce vieux schnock ?

— Soixante-quinze ans et des brouettes.

— Je croyais que les magistrats prenaient leur retraite à soixante-dix ans.

— C'est vrai, mais Rafferty siège à la Cour suprême de l'État et il est éligible à trois rallonges successives de deux ans si un panel composé de ses pairs décide qu'on a encore besoin de lui et qu'il est déclaré apte par un médecin.

— Je sais bien que ce n'était pas ragoûtant, mais tout indique qu'il assure encore.

— Une preuve supplémentaire de l'efficacité de l'industrie pharmaceutique.

— Quelqu'un devrait lui expliquer que le Viagra est mauvais pour la tension, m'a répondu Cates. À son âge, il devrait surtout manger des fibres.

30

— Vous êtes en train de me dire qu'elle n'était pas envoyée par l'agence d'hôtesses ?

J'ai hoché la tête.

— Exactement, monsieur le juge.

— La salope. Elle s'est présentée comme étant mon cadeau de Noël.

Nous nous trouvions dans le bureau du juge Rafferty. Il trônait dans un fauteuil en cuir au moins aussi vieux que lui, et nous étions debout. Une fois de plus, Kylie m'avait demandé d'alimenter la conversation.

— Je ne suis pas certain de comprendre, monsieur le juge. Un cadeau de Noël ?

Il s'est enfoncé dans son siège en croisant ses grandes mains anguleuses sur sa panse rebondie.

— La scène a été filmée le 24 décembre dernier, alors que le palais de justice était désert. Je buvais tranquillement un single malt de vingt-cinq ans d'âge quand elle a frappé à ma porte.

— Comment a-t-elle pu franchir la sécurité ?

— Qu'est-ce que vous voulez que ça me foute, inspecteur ? Elle a très bien pu pénétrer dans ces locaux avec le reste de la misère humaine qui traîne par ici à n'importe quelle heure de la journée. Quelle importance ?

— Excusez-moi, monsieur le juge. C'était une question idiote.

D'autant plus idiote qu'une jolie fille demandant à rencontrer le juge Rafferty en dehors des horaires habituels n'aurait eu aucun mal à convaincre les cerbères de l'entrée de la laisser passer. Quand bien même ils auraient aperçu une caméra en fouillant son sac, ils ne lui auraient pas posé de question. Un simple joujou du juge pour égayer ses soirées.

— Bref, a repris Rafferty, elle entre, ferme la porte derrière elle et se plante en face de moi. Plutôt belle fille, taille 38, peut-être 40. Elle portrait un trench avec un tout petit nœud rouge à la ceinture. Elle me dit : « J'ai un cadeau pour vous de la part du Père Noël. Il veut savoir si vous avez été gentil ou vilain. »

Il s'est arrêté dans ses explications, le temps d'un petit gloussement.

— Je vous laisse deviner ce que je lui ai répondu.

Le mieux était encore de me taire.

— Seigneur Dieu, vous n'êtes pas un rapide, vous. Que lui ai-je répondu, à votre avis ? Que le mieux était encore de déballer le cadeau pour voir.

Du coin de l'œil, j'ai vu que Kylie avait le visage fermé. Je savais que derrière ce masque stoïque, elle tremblait de rage et de dégoût.

— Alors, a enchaîné le juge, vous allez rire, c'était comme dans un film érotique. Elle a écarté les pans de son manteau et elle ne portait en dessous qu'un soutien-gorge, une culotte et des talons aiguilles. Je vous laisse imaginer la suite, inspecteur Jordan.

— Oui, monsieur le juge. À vrai dire, j'ai vu la vidéo.

— Cette salope a donc décidé de me soutirer du fric ? Qu'elle aille se faire foutre. J'ai soixante-quinze ans, ma femme est morte, je suis en retraite dans six mois, alors si elle s'imagine que j'ai peur d'être vu sur YouTube en train de tirer une femme deux fois plus jeune que moi, elle se fourre le doigt dans l'œil. Je m'empresserai d'envoyer le lien à mes copains, ils seront tous jaloux.

— Elle est morte, monsieur le juge. Elle a été assassinée.

Ça l'a stoppé net, mais il s'est vite repris.

— Dans ce cas, qui diable essaye de m'extorquer cent mille dollars ?

— Nous n'en savons rien, monsieur le juge. Il peut très bien s'agir de quelqu'un qui est tombé par hasard sur cette vidéo et qui a décidé de se mettre à son compte. À moins que ce ne soit l'assassin.

— En tout cas, je ne paierai pas un sou.

— Le procureur Wilson est prêt à avancer la somme.

— Je me contrefiche de la provenance de cet argent. Vous direz à Mick Wilson que Michael J. Rafferty ne négocie pas avec les terroristes.

— Vous n'êtes peut-être pas son unique victime, monsieur le juge.

— Vraiment ? Vous voulez dire que je ne suis pas le seul obsédé à m'être fait prendre la queue à la main ?

C'est leur problème, pas le mien. N'essayez pas de m'embrouiller les idées. C'est compris ?

— Oui, monsieur le juge.

— Bien. Vous pourrez dire à votre supérieure… Non, aucune importance. Vous n'êtes qu'un imbécile.

Il s'est tourné vers Kylie.

— Vous ne pouvez tout de même pas être aussi bête que votre collègue. Je vous laisse le soin de transmettre mon message à vos chefs.

— Oui, monsieur le juge.

— Vous leur direz quoi ?

— Que vous ne voyez aucun inconvénient à être immortalisé sur YouTube pour avoir accepté les avances d'une femme à Noël, mais que vous avez trop de principes pour aider le NYPD à coffrer un assassin.

Rafferty a bondi sur ses jambes. S'il avait eu un marteau, il l'aurait abattu de toutes ses forces sur son bureau. Il s'est contenté de son poing.

— Comment vous appelez-vous ? a-t-il tonné.

— Inspecteur de première catégorie Kylie MacDonald, unité du Red, monsieur le juge.

— Vous savez quc je pourrais vous inculper pour outrage à magistrat, MacDonald ?

— J'essaye de résoudre une affaire criminelle, monsieur le juge, pas de m'attirer les bonnes grâces des représentants de la magistrature. Je m'excuse si je vous ai offensé, mais je crois avoir parfaitement résumé la teneur de cet entretien.

Il est retombé dans son fauteuil. Un léger sourire a étiré ses lèvres, qui s'est transformé en rire aux éclats.

— Votre collègue en possède une belle paire, vous ne trouvez pas, Jordan ?

— Et encore, vous ne savez pas tout, monsieur le juge.

Il a secoué la tête.

— Vous n'êtes pas sans savoir que je ne suis pas le membre le plus estimé de la profession. Je connais le droit mieux que quiconque ou presque, mais les gens se souviendront de moi comme d'un vieillard libidineux dénué de patience, de tact et d'humilité. Et vous voudriez que je gâche une réputation vieille de plus de quarante ans en vous servant d'appât ?

— Vous êtes notre unique chance, monsieur le juge, a répondu Kylie. Acceptez-vous de nous aider ?

— J'hésite, inspecteur MacDonald.

— Qu'est-ce qui pourrait vous convaincre ?

Le menton posé sur sa main, il lui a répondu dans un murmure :

— Dîner ensemble.

— Ce serait un honneur, monsieur le juge, a réagi Kylie avec un sourire qui aurait transformé un glacier en lac tropical. Dînons tous les trois ensemble.

— Attendez une petite seconde. Vous ne croyez tout de même pas que je vais inviter cet ahuri ?

— Non, monsieur le juge. Ce n'était pas le troisième auquel je pensais.

Il a écarquillé les yeux.

— Mais alors, qui ?

— Vous, moi, et mon excellent ami M. Glock, a-t-elle répondu en tapotant l'arme de service accrochée à sa ceinture.

— Vous n'en aurez pas besoin. Je comptais vous emmener au Harvard Club. Vous dînerez royalement et je rendrai tous les autres fous de jalousie.

31

Le dîner de Kylie avec le juge Rafferty était programmé à 19 heures. Il était 23 heures quand elle m'a enfin appelé.

— C'est bon, il est d'accord, m'a-t-elle annoncé.

— Tu as pris ton temps. Comment s'est déroulé ce dîner au Harvard Club ?

— On a finalement décidé de ne pas manger, on a pris une chambre d'hôtel. Je t'enverrai le lien de la vidéo.

— Toute cette histoire t'amuse, pas vrai ?

— Oui, contrairement à toi. Tout simplement parce que ce n'est pas drôle pour l'ahuri qui n'est pas invité. On se voit demain matin à 7 heures, dors bien.

Le conseil était avisé, mais je remuais toute sorte de pensées dans ma tête, et C. J. Berringer y occupait une place de choix. J'ai fait une nouvelle recherche sur le Net, en quête de squelettes dans des placards qui auraient échappé à l'attention des banques de données officielles. Une demi-heure plus tard, je savais que C. J. était un joueur professionnel à la chance fluctuante, contrairement à son charme inaltérable.

J'ai éteint mon ordinateur à minuit et pris le temps de méditer. La manœuvre a fonctionné, même si j'ai conscience qu'il est ridicule d'avoir recours à une appli, alors que mes semblables pratiquent la méditation sans iPhone depuis des millénaires.

Je dormais depuis moins de trois heures quand mon téléphone m'a réveillé. Je l'ai cherché à tâtons sur la table de nuit avant de grommeler un allô pâteux.

— Zach, c'est Danny Corcoran.

— Quoi de neuf, Danny?

— J'ai réussi à entrer en contact avec Malique. Il accepte de te parler.

— Bien joué, Danny, mais pourquoi me prévenir en pleine nuit?

— Je n'avais pas vraiment le choix, Zach. Malique vient de me passer un coup de fil. Tu as jusqu'à 4 heures pour le retrouver à Brooklyn.

Je me suis dressé dans mon lit.

— Tu es sérieux?

— Il joue au jeu du plus fort. Comme il sait que tu n'as pas l'intention de l'inculper, il choisit lui-même le lieu et l'heure du rendez-vous. Il t'accorde dix minutes. C'est à prendre ou à laisser.

J'ai pris, bien sûr. Je me suis habillé après avoir appelé Kylie et je l'attendais au pied de mon immeuble cinq minutes plus tard. Il lui en a fallu trois de plus pour me rejoindre, et trente-sept pour rallier le quartier de Canarsie à Brooklyn.

Le Karayib Makèt occupe la moitié d'un pâté de maisons sur Rockaway Parkway. Ce supermarché attire essentiellement la clientèle de la communauté haïtienne la plus importante des États-Unis, en dehors de Miami. Il était 3 h 54 quand Kylie s'est rangée le long du trottoir. Un comité d'accueil de quatre hommes nous attendait, tous des géants tatoués avec de mauvaises dents. Le supermarché était fermé, mais un cinquième type nous a ouvert la porte et nous avons traversé le magasin en longeant des étalages de fruits et légumes, de viandes et de boîtes de conserve qu'on ne verra jamais dans l'Upper East Side à Manhattan.

Nous avons franchi la porte blindée d'une grande chambre froide. Une seconde porte s'ouvrait en face de nous. L'un de nos cicérones a entré un code sur un clavier, le battant s'est écarté et nous sommes entrés.

Un immense drapeau couvrait le mur du fond de la pièce : deux barres horizontales, l'une bleue et l'autre rouge, posées sur de grandes lettres grises formant les mots ZOE POUND. Le D final était maculé de gouttes de sang. Un écu central multicolore annonçait fièrement la devise de l'organisation en français : L'UNION FAIT LA FORCE.

Un énorme bureau de bois copieusement griffé dressait sa masse au centre de la pièce. Six hommes en armes étaient disposés tout autour de façon stratégique, en protection d'un septième, assis dans un fauteuil.

— Je suis Malique La Grande.

— Je suis l'inspecteur Zach…

— Je sais qui vous êtes et les raisons de votre présence ici, m'a coupé La Grande. Vous êtes persuadés que Zoe Pound a commandité les meurtres de Fairfax et Zimmer. Je suis ravi de les savoir morts, mais Zoe ne tue pas avec des bombes.

— Vous êtes en train de me dire que ce n'est pas vous qui les avez tués.

— Croyez-moi, inspecteur. Si on les avait tués, ils auraient mis beaucoup plus longtemps à mourir.

— Il n'empêche que vous aviez des raisons de leur en vouloir. Ils transportaient de la drogue pour vous, et elle leur a été confisquée.

— Pas pour *moi*. Pour mon prédécesseur. J'avais prévenu Dingo que c'était risqué d'employer comme mules des gosses de riches gâtés. L'histoire m'a donné raison.

— Comment ont-ils justifié leur échec ?

— Ils ont prétendu avoir acheté la drogue avant d'être arrêtés par la police à l'aéroport.

— Ils transportaient de l'héroïne ?

— Quatre kilos. Dingo leur avait donné cent mille doll' pour la transaction. J'ai su qu'ils mentaient quand ils sont rentrés les mains vides. Il aurait fallu les éliminer, mais Dingo a estimé que ce serait mauvais pour les affaires de tuer quatre gosses de riches blancs. Il s'est contenté d'accepter deux cent cinquante mille dollars en guise de dédommagement alors que la dope nous aurait rapporté cinq fois plus dans les rues de New York une fois coupée.

— Vous ne croyez pas à cette histoire de confiscation par les flics de l'aéroport ?

— Non.

— Que s'est-il réellement passé, à votre avis ?

— Je suis convaincu qu'ils nous ont blousés. Ils ont acheté la dope, en ont planqué une partie dans les affaires d'un gamin guatémaltèque qui leur a servi de pigeon, puis ils ont graissé la patte des flics avant de regagner tranquillement New York avec quelques kilos d'héroïne appartenant à Zoe Pound. Faute de pouvoir le prouver…

— Excusez-moi, l'a interrompu Kylie. Quel gamin guatémaltèque ?

— Celui qu'ils avaient emmené avec eux dans leur putain de jet privé. Un gamin d'une famille pouilleuse qui étudiait dans la même université qu'eux grâce à une bourse. Ils l'ont emmené avec eux pour mieux le piéger.

J'ai haussé les sourcils.

— Il y avait un cinquième larron ? Vous connaissez son nom ?

Malique a opiné.

— Segura. Geraldo Segura.

Il a regardé sa montre.

— L'entretien est terminé.

— Je vous remercie, monsieur La Grande. Vous nous avez été d'une grande utilité. Une dernière question, très vite : nous aimerions rencontrer ce M. Segura. Vous savez où le trouver ?

Malique a éclaté de rire et plusieurs de ses sbires ont esquissé un sourire.

— Geraldo Segura n'a pas quitté son asile depuis vingt ans et il risque fort d'y rester au chaud pendant les trois décennies à venir, a ricané La Grande.

— Quel asile ?
— Le Hilton de Bangkok.
Bangkok, la capitale de la Thaïlande.

32

Malique était parfaitement conscient de nous avoir pris par surprise.

— Bien, a-t-il enchaîné. Les âmes généreuses de la fondation Silver Bullet ont visiblement omis de vous signaler que leur petit camarade croupissait dans une geôle thaïlandaise.

J'ai acquiescé.

— Vous croyez Segura mêlé aux attentats ?

— Qu'entendez-vous par *mêlé* ?

— A-t-il pu les piloter à distance ?

— La question est curieuse, inspecteur. Comment penser qu'un type enchaîné dans une prison thaïlandaise soit en mesure de commettre des attentats à New York ? À moins que…

Il a caressé sa barbe drue.

— À moins que vous n'ayez *vous-même* omis un détail.

Danny Corcoran m'avait bien prévenu. « Tu peux titiller Malique, mais n'essaye pas de jouer au plus fin avec lui. »

— Il y a bien un détail, mais je n'ai pas *omis* de vous le signaler. Vous ne pouviez pas vous attendre à ce que je vous déballe tout ce que je sais. À présent que j'ai pu juger de votre bonne foi, je suis en mesure de vous en parler.

J'ai balayé des yeux son entourage pléthorique.

— On a vraiment besoin d'autant de témoins ?

Malique a aboyé un ordre en créole et cinq de ses gardes du corps ont quitté la pièce. Le sixième n'a pas bougé.

— C'est mon fils, nous a expliqué Malique.

— Les bombes utilisées lors des attentats portent la signature d'un Australien, un certain Flynn Samuels. Le hic, c'est qu'il est en prison depuis quinze ans.

Malique La Grande avait deux rangées de dents parfaites. J'aurais pu les compter quand il m'a souri.

— Laissez-moi deviner. Sa prison se trouve à Bangkok.

— Le monde est petit.

— Ils partagent la même cellule.

— Je n'en sais rien. Le gouvernement thaïlandais ne se montre pas très coopératif.

— Vous pensez que Segura pourrait disposer d'un réseau à New York ? est intervenue Kylie. Des gens susceptibles de vouloir le venger ?

— Son *réseau* s'arrête à sa grand-mère et plusieurs tantes. Je doute que ces vieilles dames guatémaltèques s'y connaissent en bombes. Si c'était le cas, elles n'auraient pas attendu vingt ans pour régler leurs comptes.

Malique a jeté un nouveau coup d'œil à sa montre.

— Je vous accorde une dernière minute. C'est mauvais pour ma réputation d'avoir une voiture de flic garée devant mon supermarché.

— C'est une voiture banalisée, a remarqué Kylie.

— Les gens du quartier n'ont pas vraiment besoin qu'elles soient siglées pour les reconnaître. Ils ont le nez fin.

La minute impartie nous a permis de poser deux ou trois dernières questions à La Grande que nous avons quitté après l'avoir remercié. À peine dans la voiture, j'ai passé un coup de fil à Cates pour lui annoncer un nouveau développement dans l'affaire Silver Bullet.

— Encore une bombe ? m'a-t-elle demandé.

— D'une certaine façon.

Kylie et moi avons fait halte dans un café à Queens. C'était étrange de se faire servir le petit déjeuner par quelqu'un qui ne savait rien de nos vies privées et s'en fichait complètement. J'en ai profité pour appeler Howard Malley au FBI, et nous étions à 6 h 20 dans le bureau de Cates à qui nous avons raconté notre expédition nocturne dans le supermarché haïtien de Canarsie.

— Segura était-il complice des quatre autres, à votre avis ? nous a demandé Cates.

— Malique pense qu'il n'était au courant de rien. Les flics thaïlandais ont retrouvé de l'héroïne dans son sac et ils ont été arrêtés tous les cinq. Une dizaine d'heures plus tard, un envoyé d'une banque de Bangkok rendait visite à un haut gradé de la police et les quatre gosses de riches reprenaient leur jet privé à destination des États-Unis. Segura est resté là-bas. Malique affirme que les autres l'ont emmené dans le seul but de s'en servir comme bouc émissaire.

— Comment savoir si ce type a pu croiser la route du fabricant de bombes ?

— D'après Howard Malley, il y a cent quarante-quatre prisons en Thaïlande, et un total de plus de deux cent mille détenus de sexe masculin. Je vois mal comment ces deux-là auraient pu se rencontrer, et j'imagine encore moins Flynn Samuels livrer à Segura ses petits secrets, mais on cherche un lien possible entre eux.

— Où en êtes-vous du meurtre de Davenport ?

— On brûle, a répondu Kylie.

— Ce n'est pas le genre de réponse que je vais pouvoir transmettre en haut lieu, MacDonald. J'ai besoin de détails.

— Pas de souci. En sortant d'ici, Zach et moi passons prendre cent mille dollars en liquide au bureau du procureur pour les confier à un vieux monsieur de soixante-quinze ans aux mœurs discutables, à charge pour lui de les donner à un maître chanteur qui pourrait bien être le meurtrier. Il ne reste plus qu'à croiser les doigts.

Cates n'a pas un sens de l'humour très développé dans le travail, mais elle n'a rien dit. Elle avait bien compris que Kylie ne plaisantait pas.

33

Deux heures plus tard, nous retrouvions Jason White, notre roi de la bidouille, dans le bureau du juge Rafferty. Kylie a gratifié ce dernier de son plus beau sourire, je me suis contenté de lui tendre une mallette pleine de fric.

Quelques explications s'imposaient.

— Cet attaché-case est équipé d'une puce miniature qui nous permet de pister l'argent.

— Ça ne servira à rien, a déclaré Rafferty. J'ai reçu de nouvelles instructions ce matin avec ceci.

Il a brandi un sac en plastique transparent, semblable à ceux dont on se sert pour recueillir les indices sur les scènes de crime. À l'inverse des nôtres, dont la zone imprimée permet aux enquêteurs de préciser la date et le contenu, celui-ci présentait sur un côté un formulaire de dépôt bancaire. Le maître chanteur l'avait sans doute acheté dans un Office Depot quelconque.

— Je suis censé placer l'argent là-dedans, a poursuivi le juge.

— Ce type est un petit malin, a réagi Kylie. Le sac est assez grand pour contenir vingt liasses de cinquante billets de cent dollars, sans nous laisser la possibilité d'y glisser la moindre puce.

— Monsieur le juge, vous parliez de nouvelles instructions.

— Oui, il veut me voir compter l'argent de façon à s'assurer qu'il ne s'agit pas de fausses coupures et que les liasses ne sont pas piégées.

— Il n'a qu'à passer ici dans la journée, il vous regardera compter les billets tranquillement, a plaisanté Kylie.

— Il préfère s'y prendre en direct sur Skype. Apparemment, il ne me fait pas confiance.

— Je peux facilement retracer l'origine du Skype, est intervenu Jason.

— Il le sait très bien. Ce type est tout sauf idiot, a précisé le juge. Il m'a également fait parvenir ceci.

Il m'a tendu un sachet en papier kraft de chez Starbucks.

— À quoi ça peut bien servir ?

— Il ne l'a pas précisé, inspecteur. Allez savoir s'il ne veut pas que je lui offre un gobelet de café par-dessus le marché.

— D'autres précisions ?

— Venir seul, sans flics.

— C'est hors de question, monsieur le juge, a décidé Kylie. Vous serez même entouré de flics : moi, Zach et une demi-douzaine d'inspecteurs en civil qui ont déjà pratiqué ce genre d'opération. On sera obligés de vous suivre de loin, mais vous serez équipé d'une oreillette pour communiquer avec nous, et d'un mouchard qui nous indiquera votre position à tout instant.

— Tant mieux, ça vous permettra de localiser facilement mon corps puisque nous avons affaire à un meurtrier.

Il a levé les bras en l'air.

— Vous n'avez plus qu'à poser le mouchard sur moi.

— Ça ne marche plus avec un fil comme avant, a souri Jason en lui montrant un petit boîtier noir de la taille d'un smartphone. Il suffit de le glisser dans la poche de poitrine de votre veste pour qu'on voie et qu'on entende tout. Si jamais il vous téléphone, placez votre portable le plus près possible du boîtier et on pourra suivre ses instructions en direct.

— Votre plan est excellent, mais je ne sais pas si vous avez remarqué, j'ai enfilé un pull à col roulé pour me couler dans mon rôle de James Bond. Je n'ai pas de poche.

— Ce n'est pas un problème, l'a rassuré Jason. Le service dispose de toute la garde-robe masculine nécessaire. Vous avez une couleur préférée, monsieur le juge ?

— Vous me ferez la surprise, a répondu Rafferty en s'enfonçant dans son vieux fauteuil en cuir avant de se plonger dans la lecture d'un dossier sans plus prêter attention à nous.

Il n'avait pas levé une seule fois le nez de ses papiers quand son portable a sonné, trois quarts d'heure plus tard. Un appel Skype. Il a décroché et aucune image n'est apparue à l'écran. Le maître chanteur avait débranché sa caméra, comme de juste.

Malgré son âge, le magistrat était étonnamment à l'aise avec le système. Il a placé son portable de façon que son correspondant puisse le voir et saisi une première liasse dont il a retiré la ganse afin de compter les cinquante billets de cent dollars. Il a réuni les billets, remis la ganse et placé l'argent dans le sachet en plastique avant de procéder de la même façon avec trois des liasses choisies au hasard par son correspondant. L'opération terminée, son interlocuteur lui a demandé de sceller le sac en plastique avec du ruban adhésif.

Jason avait disposé de tout le temps nécessaire pour identifier la ligne depuis laquelle appelait le maître chanteur. Il m'a fait signe de le suivre dans un coin de la pièce.

— Le numéro est celui d'une prof de maths d'un lycée du West Side, m'a-t-il glissé à l'oreille. J'ai téléphoné à l'agent de sécurité de l'établissement, elle est en cours à l'heure qu'il est.

Jason a fait non de la tête quand je lui ai demandé dans un chuchotement s'il pouvait localiser l'appel.

— Le type se trouve dans une zone de quelques pâtés de maisons à trois kilomètres du lycée, mais je ne peux pas en savoir davantage, il se déplace en permanence.

D'un coup d'œil, j'ai vu que le juge, le comptage achevé, scellait le sac en plastique. Faute de mouchard, nous allions devoir nous fier à l'efficacité de l'équipe placée en surveillance.

— Je vous écoute pour la suite, a dit le juge à l'écran vide de son téléphone.

— Vous mettez l'argent dans le sac Starbucks, vous prenez un taxi jusqu'au carrefour de la 23e Rue et de la 10e Avenue et vous attendez mes instructions.

Une dernière précision, monsieur le juge : au risque de me répéter, pas de flics ou je vous tue.

Le *whoop* caractéristique de Skype nous a confirmé que le maître chanteur avait raccroché.

Le juge a fait un doigt d'honneur à son téléphone.

Jason lui a tendu une veste de velours brun clair équipée d'une caméra dont l'objectif dépassait de la poche de poitrine.

Rafferty l'a enfilée avant de déposer le sac transparent contenant l'argent dans le cabas en papier Starbucks.

— Allez, a-t-il déclaré en se tournant vers nous. Allons nous occuper de ce salopard.

34

Malique La Grande avait raison. Les New-Yorkais de la rue, notamment ceux qui ont des raisons de se méfier des représentants de la loi, sentent les voitures banalisées à cent pas. C'est la raison pour laquelle le NYPD dispose d'une petite flotte de Ford Interceptor peintes en jaune, semblables en tout point aux treize mille taxis officiels que compte la ville.

Dans notre jargon, on appelle ça des « taxiflics ». Ce sont des véhicules idéaux pour réaliser des opérations de surveillance dans les quartiers chauds où les voitures banalisées seraient repérées en moins de deux, et je ne parle même pas des voitures de patrouille. Les taxiflics sont également très pratiques lorsqu'il s'agit de suivre la victime d'un chantage porteuse d'une rançon de cent mille dollars.

Le juge Rafferty a hélé un taxi normal à sa sortie du palais de justice tandis que Kylie prenait place derrière le volant de notre taxiflic. Elle m'a arrêté d'un geste au moment où j'ouvrais la portière avant, côté passager.

— Désolé, mon vieux, mais tu vas devoir monter derrière si tu veux qu'on soit crédibles.

— Pour être vraiment crédible, il faudrait que je choisisse un chauffeur moins blond et sexy. Tu vas te faire arrêter à tous les coins de rue par des types qui n'ont besoin d'aller nulle part.

— C'est injuste de me détester autant parce que je suis belle, a-t-elle roucoulé en battant des paupières sur ses grands yeux verts, une moue aguichante aux lèvres. La vraie Kylie MacDonald a rapidement retrouvé ses marques. Allez, grouille-toi de monter, ou bien trouve-toi un autre taxi.

Je me suis glissé sur la banquette arrière et elle a démarré. Elle a remonté Centre Street avant de tourner sur Canal quelques centaines de mètres plus loin en se fondant dans la masse jaune des taxis.

On aurait pu croire que le juge avait travaillé toute sa vie comme agent infiltré, à voir la façon dont il discutait avec son chauffeur. *D'où êtes-vous ? Ça fait longtemps que vous faites le métier ? Que pensez-vous des Mets cette saison ?* Tout en parlant, il avait trouvé le moyen de diriger l'œil de sa caméra vers la carte professionnelle du chauffeur, fixée au tableau de bord. Avant même d'arriver à destination, nous savions tout du chauffeur de taxi. Nous avions surtout la preuve qu'il ne s'agissait pas d'un complice du maître chanteur, placé à dessein à l'entrée du palais de justice.

Arrivé au coin de la 10e Avenue et de la 23e Rue, le juge est descendu de voiture.

— Ça ne me dit rien de bon, a marmonné Kylie en se garant à un arrêt de bus de l'autre côté de l'avenue. La station de métro la plus proche se trouve sur la 7e Avenue, à un bon kilomètre d'ici. En clair, ça veut dire que le type qui récupérera l'argent sera motorisé.

— Quel est le problème ?

— Le juge est bien trop vulnérable, tout seul sur son trottoir. On ferait mieux de descendre et de s'approcher, au cas où quelqu'un tenterait de le pousser de force dans une camionnette avec le fric.

J'allais ouvrir ma portière quand le portable de Rafferty a sonné dans nos oreillettes. Nous nous sommes figés.

— Je suis arrivé à votre putain de carrefour, a-t-il aboyé à son correspondant. Je fais quoi ?

— Vous remontez la 23e Rue vers l'ouest, a répondu une voix.

Le juge s'est mis en route, le portable toujours collé à l'oreille.

— J'ai un mauvais genou. Ne comptez pas sur moi pour marcher longtemps.

— À mi-chemin du prochain carrefour, vous verrez un ascenseur vert au bord du trottoir. Vous montez dedans et vous appuyez sur le bouton du premier étage.

— Saloperie, a grondé Kylie en me montrant du doigt un espace dégagé, une dizaine de mètres au-dessus de la rue. Il va retrouver le juge sur la High Line.

Cette coulée verte est l'un des jardins publics les plus originaux de New York, imaginé par deux types qui ont eu l'idée de convertir en jardin suspendu une ancienne ligne aérienne de chemin de fer. La High Line s'étend sur deux kilomètres de Gansevoort

Street, dans l'ancien quartier des abattoirs, jusqu'à Hudson Yards à hauteur de la 34e Rue.

J'ai aussitôt prévenu Danny Corcoran par radio.

— Le juge va déposer son paquet sur la coulée verte au niveau de la 23e Rue. Arrange-toi pour bloquer toutes les issues voisines, que le maître chanteur ne puisse pas regagner la rue. On s'occupe de la première avec Kylie. Poste une équipe à la sortie de la 20e Rue, et une autre à celle de la 26e Rue.

— Il sera coincé, a approuvé Corcoran. Je m'en occupe.

— Fais venir sur place un hélico. On a besoin de surveiller la scène depuis le ciel.

Je me suis tourné vers Kylie.

— Prends l'escalier, on se retrouve en haut.

Je me suis précipité vers l'ascenseur. Ce n'était pas le moyen le plus rapide, mais il ne s'agissait pas que quelqu'un redescende avec le fric si on prenait tous les deux l'escalier.

Ce n'était pas le cas. L'ascenseur était vide et je suis monté dans la cabine. Kylie m'attendait en haut. Je n'étais pas venu pour admirer le paysage, mais j'avoue être resté subjugué une fraction de seconde par ce jardin qui flotte au-dessus de Manhattan. Rien de surprenant à ce que ce chef-d'œuvre urbain attire cinq millions de touristes chaque année. J'ai pris Kylie par la main, histoire de faire illusion.

— Dirigez-vous vers le nord, a repris la voix dans le portable du juge.

Rafferty, nous apercevant à moins de vingt mètres, nous a adressé un signe de tête discret avant de se mettre en route. Nous lui avons emboîté le pas sans chercher à réduire l'écart qui nous séparait en feignant d'admirer la végétation.

— Red Leader, a fait la voix de Danny dans ma radio. Cavalerie aérienne en route et issues gardées. Tu veux que mes gars se rapprochent ?

— Il est encore trop tôt. Le juge se dirige vers le nord, préviens l'équipe de la 26e Rue de se tenir prête. Celle de la 20e Rue peut venir en renfort.

Le juge arrivait à hauteur de la 25e Rue quand il a reçu de nouvelles instructions.

— Vous allez trouver un banc un peu plus loin. Contentez-vous d'y déposer votre sac en papier avant de vous éloigner.

Non seulement on voyait très bien le juge devant nous, à distance respectable, mais les images transmises par la caméra installée dans sa poche s'affichaient en temps réel sur mon iPhone. J'ai vu apparaître à l'écran un magnifique banc en teck lové dans un épais bosquet. Le juge a ralenti le pas, posé son paquet sur le banc, et poursuivi son chemin.

J'ai transmis l'information à Danny par radio en lui recommandant de poster sa dernière équipe sur l'avenue, à notre hauteur.

— Tu vois quelqu'un ? m'a interrogé Kylie.

Un regard circulaire m'a montré que nous n'étions pas nombreux, pour la plupart des promeneurs insouciants que la présence de ce paquet sur un banc à l'écart ne semblait nullement concerner.

— Personne.

J'avais observé les alentours devant, derrière et sur les côtés, mais j'avais omis de lever les yeux vers le ciel, si bien que je n'ai pas remarqué le drone qui s'approchait discrètement de sa cible. Quand j'ai entendu le ronronnement des minuscules rotors, il était trop tard.

Le petit appareil s'est stabilisé au-dessus du banc, le crochet fixé à ses patins d'atterrissage a hameçonné les anses du sac Starbucks et le drone a pris son envol vers l'est avec sa proie.

Je me suis rué sur ma radio.

— De Red Leader sur la coulée verte au soutien aérien. Où êtes-vous ? On a besoin de vous ! Tout de suite !

— Zach, que se passe-t-il ?

J'ai reconnu la voix de Danny Corcoran.

— On s'est fait avoir sur toute la ligne.

La formule n'était pas exagérée. Loin déjà, les cent mille dollars du procureur Wilson se dirigeaient vers l'est.

35

N'importe quel mortel ordinaire voyant s'évanouir tout ce fric aurait maudit le destin en levant le poing vers le ciel.

Il faut croire que les flics ne relèvent pas du commun des mortels. Ce n'est pas notre cas avec Kylie, en tout cas, car au lieu de perdre notre temps en invectives, nous nous sommes élancés vers la sortie de la 26e Rue. C'était la plus proche, à défaut de nous rapprocher de la voiture.

Le juge Rafferty, entouré de Danny Corcoran, son équipier Tommy Fischer et quatre agents en uniforme, avait déjà rejoint l'escalier.

— Je suis en contact radio avec le pilote de l'hélico, m'a annoncé Corcoran. Il piste le drone. Ce n'était qu'un minuscule point noir au départ, mais il a réussi à le coincer dans le champ de sa caméra.

— On part à sa poursuite. Pendant ce temps, occupe-toi d'évacuer le juge avec Tommy.

— Je vais bien, inspecteur. Ne vous inquiétez pas pour moi.

— Je ne m'inquiète pas pour vous, monsieur le juge. Je m'inquiète de voir votre photo s'afficher sur le Net en moins de cinq minutes.

D'un geste ample, je lui ai montré la masse des promeneurs que le hasard avait placés au cœur d'une opération de police. La plupart d'entre eux braquaient leur portable vers le ciel, mais quelques-uns s'apprêtaient à mitrailler le petit groupe que nous formions au niveau de l'escalier.

— On a besoin d'une voiture de patrouille, a demandé Kylie.

L'un des flics en uniforme a sorti des clés de sa poche. Contrairement à ce qu'on voit au cinéma, les flics n'abandonnent pas leur véhicule en laissant le moteur tourner lorsqu'ils sont pressés. Ils en ont la responsabilité et beaucoup d'entre eux prennent le temps de verrouiller les portières en partant. Il a lancé les clés à Kylie, visiblement inquiet.

— J'aimerais autant savoir votre nom, inspecteur. En cas de pépin.

— Kylie MacDonald, unité du Red. J'ai garé mon taxiflic au carrefour de la 10e Avenue et de la 23e Rue. Je vous le laisse.

Elle lui a confié ses clés et nous avons dévalé les marches quatre à quatre.

Quelques instants plus tard, on filait à toute allure sur la 10e Avenue. J'ai appelé le pilote de l'hélico par radio.

— Soutien aérien, ici Red Leader. Quelle est la localisation du drone ?

Il m'a aussitôt corrigé.

— Il s'agit d'un véhicule aérien sans pilote, un VASP. Il vole à deux cent cinquante mètres au-dessus de la 9e Avenue, direction plein est, à moins de trente-cinq kilomètres-heure. Celui de mon gamin est plus rapide.

— N'oublions pas qu'il transporte cent mille dollars en liquide.

— Ce n'est pas ça qui ferait peur à mon gamin, mais… Attention Red Leader. Évitez, je répète, évitez la 30e Rue. Elle est bloquée par un semi en train de manœuvrer à l'entrée d'un entrepôt. Prenez plutôt la 34e.

C'est tout juste si Kylie a ralenti avant de virer à droite sur la 34e, une artère disposant de deux files dans chaque sens. Le trafic était dense, mais elle a trouvé le moyen de se faufiler entre les voitures, les camions, les bus et les piétons à grands coups de sirène et de gyrophare.

— Le VASP a entamé sa descente, nous a signalé le pilote. Il va devoir ralentir considérablement. Il se trouve à hauteur de la 31e et de la 7e Avenue. Je viens de vous repérer, vous remontez la 34e au niveau de la 8e Avenue.

Il n'avait pas encore achevé sa phrase que Kylie doublait un bus articulé et arrivait en vue de la 7e Avenue.

— Red Leader, le VASP n'est plus qu'à cent mètres du sol, tout indique qu'il va se poser. Il y a beaucoup de monde sur l'avenue, je risque de le perdre de vue. Demandez à des équipes au sol de prendre le relais.

J'ai contacté le centre d'appels en leur signalant la présence du drone au-dessus de la gare de Penn Station, afin qu'ils le signalent à tous les flics en service dans les parages.

— Le drone transporte cent mille dollars appartenant au service. Arrêtez le premier qui y touche.

— Prenez à droite, nous a recommandé notre ange gardien.

Un feu rouge bloquait la circulation. Kylie a franchi la double ligne jaune nous séparant des files opposées, donné deux coups de sirène, *woup woup*, et viré à la corde sur la 7e Avenue. Je me suis approché du pare-brise en levant les yeux vers le ciel entre les gratte-ciel. Rien.

— Soutien aérien, je ne le vois pas. Où est-il ?

— Il se trouve droit devant vous, il descend au-dessus de Penn Station. Vingt mètres, quinze mètres, dix mètres… Il vient de s'effacer du champ de vision de ma caméra. Il a disparu !

— Ça veut dire quoi, *disparu* ?

— Il a plongé sous la marquise protégeant l'entrée qui relie Penn Station à Madison Square Garden, à hauteur de la 32e Rue. Arrêtez-vous près de la station de taxis.

Kylie a pilé, immobilisant la voiture de patrouille sur l'un des passages cloutés les plus utilisés de Manhattan. Nous sommes descendus en trombe, plusieurs agents en uniforme qui avaient assisté à l'arrivée du drone se sont précipités à notre rencontre.

— Il transportait quoi ? nous a demandé un flic. Une bombe ?

— Non, de l'argent volé, a répondu Kylie. Vous l'avez vu se poser ?

— Il est passé sous cette corniche avant de disparaître.

— Trouvez-le-moi ! a-t-elle hurlé à la petite troupe de flics des deux sexes en uniforme.

Nous nous sommes tous rués d'un même élan à l'intérieur de l'immense catacombe qui étend ses ramifications sous Madison Square Garden. À l'inverse de la gare de Grand Central, celle de Penn est totalement dénuée de charme. Elle ne brille que par sa taille.

J'ai cherché des yeux le tableau des départs. Des trains s'ébranlaient en permanence. Ce lieu voit passer quotidiennement plus d'un demi-million de passagers, pour certains armés de valises à roulettes dont n'importe laquelle pouvait cacher à la vue le drone et l'argent de la rançon.

L'un des agents qui avaient assisté à la scène s'est tourné vers moi.

— Inspecteur, j'ai vu le drone entrer dans la gare et je suis certain qu'il n'en est pas ressorti. Il est forcément tout près.

Kylie m'a lancé un regard lourd de sens.

— Voilà une nouvelle qu'elle est bonne. Il ne nous reste plus qu'à trouver un sac en papier à l'intérieur de l'une des plus grandes gares du monde.

36

Le succès attire les individus comme des mouches. Quand une opération de police se passe sans encombre, vous aurez toujours une nuée de gens pour se vanter de sa réussite. C'est la raison pour laquelle vous voyez une foule de haut gradés derrière le préfet de police chaque fois qu'il donne une conférence de presse à la suite d'une action d'éclat.

L'échec est nettement moins recherché et les huiles n'hésitent jamais à trouver un coupable.

L'une des grandes qualités de Delia Cates est de manifester sa solidarité avec ses équipes quoi qu'il advienne.

Elle fixait l'écran de son ordinateur quand nous avons débarqué dans son bureau. Kylie a toqué au hublot de sa porte entrouverte.

— Capitaine, est-ce qu'on peut vous…

— Asseyez-vous, l'a coupée Cates sans lever les yeux de son clavier. J'étais en train de répondre à mes fans. C'est fou comme votre boîte mail se remplit vite quand cent mille dollars fournis par le procureur partent en fumée.

— Madame, vous n'êtes pas obligée de prendre des coups pour nous, a déclaré Kylie. C'est nous qui avons perdu ce fric, à nous d'en assumer les conséquences.

Cates a relevé la tête.

— MacDonald, au cas où ça vous aurait échappé, je suis une femme, noire de surcroît, avec les dents qui rayent le plancher. Alors je sais éviter les coups des blancs-becs en col blanc prêts à me jeter aux loups dès qu'il s'agit de défendre leurs intérêts.

Elle a repoussé son clavier.

— En outre, comme me le rappelait le procureur dans l'e-mail qu'il vient de m'envoyer, c'est moi qui l'ai appelé pour lui réclamer cet argent en lui promettant que tout se passerait comme dans un conte de fées.

— Que lui avez-vous répondu ?

— Mon premier brouillon était du style : « Cher Mick, ce sont des choses qui arrivent. » La version suivante avait un contenu similaire, mais sa forme finale tenait compte des conseils avisés prodigués par mes professeurs d'écriture à l'université Columbia.

— Vous avez eu des nouvelles du patron de la Criminelle ou du préfet ?

— Les deux m'ont contactée, parmi beaucoup d'autres. Écoutez-moi bien, MacDonald. Le dirigeant d'un service aussi sensible que celui-ci a des responsabilités comparables à celles d'un entraîneur de foot. Tout le monde vous soutient jusqu'au jour où votre équipe se plante lors d'un match. Je peux passer de l'enfer au paradis en l'espace d'une nuit, et me retrouver dans la merde à l'heure du déjeuner.

C'est *mon* boulot. Le vôtre est de coffrer les voyous. Alors assez de questions sur la politique de la maison, reprenez vos enquêtes.

J'ai pris le relais de Kylie.

— C'est la raison de notre présence ici. Nous avons besoin de votre aval pour placer Troy Marschand et Dylan Freemont sous surveillance.

— Qui sont ces gens ?

— Marschand était l'assistant d'Aubrey Davenport. M. Freemont est son fiancé.

— Qu'avez-vous sur eux ?

— Rien pour le moment. Marschand s'est montré très coopératif, mais vous vous souviendrez sans doute que l'ordinateur de Davenport est introuvable. Et c'est Marschand qui avait la charge de gérer les fichiers de sa patronne…

Cates m'a arrêté d'un geste.

— Je me souviens parfaitement de cette histoire d'ordinateur, Jordan, mais expliquez-moi précisément pourquoi vous souhaitez mettre ces deux garçons sous surveillance.

— Lors de notre rencontre avec Troy Marschand, il nous a expliqué qu'Aubrey avait deux obsessions dans la vie : le sexe et le cinéma. Quand nous avons récupéré ses dossiers informatiques sur le cloud, on pensait trouver toutes sortes de vidéos glauques, mais il n'y en avait aucune.

— Et les ébats d'Aubrey avec le juge ? m'a demandé Cates. Ça me semble bien relever de cette catégorie.

— Oui, madame, mais c'est Q qui nous a fourni cette vidéo. Il n'y en avait aucune du même acabit dans les fichiers fournis par Marschand.

Cates s'est calée dans son fauteuil, intriguée.

— Dans ce cas, comment M. Marschand pouvait-il connaître l'existence des vidéos pornographiques de Davenport ?

— C'est précisément la question que nous nous sommes posée. Nous pensons que Marschand et Freemont sont entrés en possession de l'ordinateur d'Aubrey et qu'ils ont décidé de se lancer dans une entreprise de chantage.

— Voire davantage, a réagi Cates. Ont-ils un alibi pour la nuit du crime ?

J'ai haussé les épaules.

— C'est-à-dire que… euh… on ne leur a pas posé la question.

— Pourquoi diable ?

— Capitaine, vous avez vu les photos de Roosevelt Island, est intervenue Kylie. Tout indiquait que nous étions en présence d'un crime d'ordre sexuel. Chuck Dryden, qui n'avance jamais d'hypothèse en l'absence d'éléments solides, nous a dit que l'assassin était « très certainement un homme ». Nous avons tout naturellement pensé à un hétérosexuel.

— Et vous avez estimé que leur homosexualité était un alibi.

— Je sais, ce n'est pas glorieux, a reconnu Kylie. À notre décharge, nous avions passé une nuit blanche qui avait démarré très fort avec un attentat à la bombe.

— Si cette opération de chantage est le résultat de circonstances fortuites, il est logique que nos regards se tournent vers Marschand et Freemont, a approuvé Cates. Après le succès de leur première tentative, ils voudront s'en prendre à une autre victime car il est peu probable que le juge soit le seul à s'être fait piéger par Aubrey.

— Exactement, a acquiescé Kylie. Vous acceptez donc de nous allouer le budget d'une mise sous surveillance ?

— Je veux bien mettre la main à la poche, mais pas vingt-quatre heures sur vingt-quatre. Une équipe douze heures par jour suffira. Et ne vous avisez pas de me réclamer un sou de plus s'il y a une nouvelle demande de rançon. Après le fiasco de ce matin, je refuserais de vous payer le péage du pont George Washington quand bien même vous auriez l'assurance que le maître chanteur se trouve dans le New Jersey.

37

Après avoir annoncé à Corcoran et Fischer qu'ils avaient la chance d'être choisis pour filer les deux suspects dans l'affaire du drone aux cent mille dollars, nous avons repris l'enquête consacrée aux attentats à partir des éléments communiqués par Malique La Grande lors de notre rendez-vous nocturne.

Une demi-heure plus tard, nous entrions dans le grand hall d'une tour de verre de Maiden Lane, dans le quartier de Wall Street.

— Tu sais ce que je déteste le plus dans ce boulot ? m'a demandé Kylie au moment de monter dans l'ascenseur.

— J'en ai tout une liste, mais je n'ai pas le temps de te la réciter puisqu'on monte seulement au douzième. Qu'est-ce qui t'horripile aujourd'hui ?

Elle a attendu que les portes de la cabine se referment pour répondre.

— Les lèche-culs.

— Tu peux te montrer plus précise ?

— Quand Nathan Hirsch nous a sorti sa grande confession sur ses démêlés avec Zoe Pound, il a oublié de nous fournir l'élément le plus essentiel. Il voulait uniquement qu'on arrête Malique.

— Ce type est une pourriture avec une femme et des gosses à Queens, et une pute à ses ordres dans le New Jersey. Il n'y a pas de quoi s'étonner qu'il nous ait menti.

— Je sais bien, Zach. Ils mentent tous, mais si Hirsch était un salopard ordinaire, on le coincerait dans une salle d'interrogatoire et on lui foutrait la trouille de sa vie. Au lieu de quoi c'est nous qui sommes obligés de nous déplacer dans son bureau de connard de nanti, avec l'obligation de sourire poliment et de lui lécher le cul pendant qu'il continue de nous enfler.

— Tu viens de trouver la devise du Red : « Protéger et servir les connards de nantis ».

— Merci de me le rappeler. Je vais tenter ma chance. Laisse-moi faire.

Les portes de l'ascenseur se sont écartées au douzième étage. Cinq noms s'affichaient au mur, dont celui de Hirsch.

Nous avons dû nous soumettre au cinéma habituel avec l'hôtesse d'accueil.

— Non, nous n'avons pas de rendez-vous, mais veuillez prévenir M. Hirsch que les inspecteurs Jordan et MacDonald demandent à le voir, il trouvera bien le moyen de nous recevoir malgré son emploi du temps chargé.

Moins d'une minute plus tard, nous étions assis en face de l'intéressé. Une odeur tristement familière de cigare et de transpiration flottait dans le bureau.

— Vous avez arrêté La Grande ? nous a-t-il demandé.

— Il affirme ne pas être lié aux attentats, a répondu Kylie.

— Ce serait bien la première fois qu'un dealer ment aux flics.

— Vous croyez qu'il ment aussi au sujet de Geraldo Segura ? a rétorqué Kylie sans l'esquisse d'un sourire.

— C'est pour ça que vous êtes là ? a réagi Hirsch en élevant la voix. La Grande vous a parlé de Segura, et pas moi, alors vous en arrivez à la conclusion erronée que je vous fais des cachotteries ?

— C'est le cas ?

— Pas du tout. D'ailleurs, le fait que Segura soit en prison n'a rien à voir là-dedans.

— Pas de notre point de vue, a répliqué Kylie. D'après La Grande, Segura était innocent. Il affirme que vous l'avez entraîné avec vous dans le seul but de lui faire porter le chapeau en cas de pépin.

— C'est *moi* qui l'aurais emmené ? s'est écrié Hirsch, les poings serrés, le visage rouge de colère. L'opération a été montée de A à Z par Princeton. C'est lui qui a négocié ce deal avec Dingo et fourni l'avion. On n'était même pas au courant de la venue de Segura jusqu'à son arrivée à l'aéroport. J'étais jeune et défoncé la moitié du temps. Si quelqu'un a voulu piéger Segura, c'est à Princeton qu'il faut poser la question. C'est lui qui a tout manigancé.

— Qui vous dit que Segura le sait ?

— Que voulez-vous dire ?

— Il peut très bien vous en vouloir à tous les quatre, ce qui fait de lui un suspect de premier ordre.

— Pas du tout. Ça fait de lui quelqu'un qui souhaite peut-être nous tuer, mais qui n'en a pas les moyens. Je vous rappelle qu'il purge une peine de cinquante ans dans une prison thaïlandaise, inspecteur.

— Savez-vous qui d'autre est emprisonné en Thaïlande ? lui a rétorqué Kylie. Le type qui a fabriqué les bombes utilisées lors des deux attentats.

Hirsch en est resté bouche bée.

— Je… je ne comprends pas.

— Chaque bombe possède sa signature. Celles qui ont tué vos deux associés portent la marque d'un certain Flynn Samuels, également incarcéré en Thaïlande. On le soupçonne d'avoir transmis son savoir-faire à Segura.

Hirsch, qui avait naturellement le teint terreux, est devenu plus blême encore.

— Mais… mais Geraldo est en prison !

— Ça ne l'arrête visiblement pas. Sachant qu'il possède un sérieux mobile et toutes les connaissances techniques nécessaires, il n'a besoin que d'un complice à New York.

— Qui donc ?

— Je vois mal sa grand-mère s'introduire à l'hôtel Pierre, mais vous n'imaginez pas avec quelle facilité on peut recruter les bonnes personnes quand on y met le prix.

— Segura n'avait pas un sou et sa famille…

Hirsch a hoqueté.

— Mon Dieu ! a-t-il gémi.

— Quoi ?

— Silver Bullet envoie régulièrement de l'argent à sa mère. C'était une idée de Princeton. Il lui a expliqué que c'était un honneur d'aider les proches de Geraldo, mais chacun sait que c'est le prix du sang.

— Combien d'argent ?

— Cinquante mille dollars par an… depuis vingt ans.

— Faisons un rapide calcul, a ricané Kylie. Cinquante fois vingt ? Waouh ! Espérons que la grand-mère n'est pas vindicative de nature, parce qu'avec un million de dollars, elle a de quoi monter un joli feu d'artifice.

Elle m'a adressé un signe de tête.

— Allez, Zach. Allons-y.

— Attendez ! nous a arrêtés Hirsch. Qu'est-ce que je fais, moi ?

Kylie lui a tendu sa carte.

— Appelez-nous si vous pensez à quoi que ce soit. Il nous est difficile de vous aider si on n'a pas tous les éléments en main.

Sur ce, elle lui a tourné le dos et nous sommes sortis de son bureau.

— Alors, je m'en suis tirée comment ?

— Un cours du soir de doigté ne te ferait pas de mal, mais tu peux être certaine que jamais plus Nathan Hirsch ne s'avisera de te mentir.

38

La circulation était peu dense sur la voie express FDR, mais il nous a tout de même fallu plus d'une demi-heure pour arriver à l'hôtel particulier de Wells sur Central Park West.

— Il se doute forcément que nous allons lui rendre visite, a remarqué Kylie. Hirsch lui aura passé un coup de fil à la minute où nous quittions son bureau, il a eu tout le temps de préparer ses réponses.

— Depuis quand les honnêtes gens ont-ils besoin de s'entraîner lorsqu'il est question de dire la vérité ?

J'ai appuyé sur la sonnette.

— Depuis quand ces gens-là avouent-ils ne serait-ce qu'un semblant de vérité ?

J'ai noté le changement chez Wells à l'instant où il nous a ouvert la porte. Notre milliardaire BCBG portait un jean, une vieille chemise, un pull en cachemire vert foncé tout froissé et des Nike rouge vif, mais il avait perdu toute trace de sourire.

— Je viens d'avoir Nathan, a-t-il grommelé en nous conduisant à son bureau du premier étage. Il est fou.

— On peut le comprendre, il a peur d'être le prochain sur la liste du tueur.

— Je ne disais pas qu'il était fou de *peur*, m'a rétorqué sèchement Wells. Il est fou tout court de vous avoir envoyés chez Malique La Grande l'accuser d'avoir commandité ces meurtres.

— Vous ne croyez pas à la culpabilité de Malique ?

— Non, s'est-il emporté en claquant derrière nous la porte de son bureau. Si Malique avait dirigé le gang il y a vingt ans, il nous aurait tous tués. Heureusement pour nous que Dingo tirait les ficelles à l'époque. J'ai toujours su que Dingo n'était pas éternel, c'est bien pour ça que j'ai passé un accord discret avec Malique. Une sorte de détente, si vous voulez.

— Vous vous êtes serré la main, c'est ça ? l'a raillé Kylie.

Wells a enfin souri.

— Il s'agissait plus certainement de lui graisser la patte. De façon répétée.

— En quelque sorte, vous le payez pour qu'il vous laisse en vie.

— C'est la logique de la rue. Celle qui pousse le pizzaïolo local à payer la mafia pour assurer sa protection. Une sorte d'assurance vie au cas où Malique prendrait la tête de Zoe Pound.

— À présent que c'est le cas, vous pensez qu'il tiendra parole ?

— Oui, m'a répondu Wells. Je ne crois pas qu'il ait tué Del ou Arnie. J'espère simplement qu'il ne va pas se venger, sachant que Nathan a mis les flics à ses trousses. Zoe Pound est un ramassis de gens extrêmement dangereux. Ils ne résolvent pas les problèmes, ils les éliminent. Le fils de Malique a tué un inconnu dans un bar parce qu'il le regardait d'une drôle de façon.

— Parlez-nous un peu de votre copain Segura, a repris Kylie.

— Mon *copain*, a grimacé Wells. Un petit escroc, oui, ce dont personne ne se doutait à l'époque. Un petit teigneux du barrio qui avait obtenu une bourse d'études alors qu'on était la jeunesse dorée de l'Upper East Side. On aurait pu penser qu'il nous idolâtrait, mais c'est le contraire qui s'est produit.

— Que voulez-vous dire ?

— À dix-neuf ans, quand on est issu d'une famille riche, avoir son destin tout tracé ressemble à une punition. Geraldo vivait dangereusement. Il appartenait au monde de la rue, il était habile avec ses poings, les filles l'adoraient. À quinze ans, il a couché avec une fille de dix-huit dont les deux frères ont voulu lui faire passer le goût du pain. Ce sont eux qui ont mangé à la paille pendant un an.

— Vous aviez envie de lui ressembler ?

Il a hoché la tête.

— J'imagine que vous n'avez jamais été amateur de *gangsta rap*, inspecteur Jordan ?

— Ce n'est pas mon truc.

— C'était le mien. NWA, Tupac, le Wu-Tang Clan. Leurs enregistrements évoquaient la survie dans le ghetto et ça me parlait. Sauf qu'on n'appartenait pas au même ghetto, Geraldo et moi.

— Parlez-nous un peu de ce voyage en Thaïlande pour le compte de Dingo Slide.

— À notre retour des vacances de Noël, j'ai expliqué à Geraldo qu'on prenait l'avion de mon père pour aller à Bangkok et je lui ai proposé de nous accompagner. Il a commencé par refuser. Je lui ai dit qu'on allait picoler comme des malades, se mettre de la coke plein le nez et traîner avec des filles. Il m'a répondu qu'il n'avait pas besoin d'aller à l'autre bout de la planète pour ça. Le lendemain, il n'était plus aussi catégorique. Il était au courant qu'on se fournissait en dope chez Dingo, il nous a expliqué qu'il connaissait un bon moyen de se procurer trois ou quatre mois de coke gratis. Il suffisait de rapporter de Thaïlande un petit paquet.

— J'imagine que vous en connaissiez le contenu.

— Bien sûr que oui. C'était bien le plus excitant de l'histoire. Jamais je ne ramasserais le linge sale de quiconque en échange d'une dose de cocaïne, mais rapporter de la coke en contrebande de Thaïlande, je ne sais pas si vous imaginez la bouffée d'adrénaline que ça fait monter en vous.

— Malique affirme que c'est vous qui avez passé cet accord avec Dingo.

— Dingo me connaissait parce que j'étais bon client. Il me faisait confiance, si tant est qu'un dealer haïtien puisse accorder sa confiance à un gosse de riches. L'idée émanait de Geraldo, mais c'est moi qui ai négocié les détails. Je trouvais ça génial.

— Comment expliquer qu'il soit en prison aujourd'hui, et pas vous ?

— Mon père a versé une fortune aux Thaïlandais pour qu'on nous relâche, mais ils avaient besoin d'un coupable. Ça illustre bien la perversion de leur système judiciaire. En quittant Geraldo, je lui ai promis qu'on s'occuperait de sa famille, et on l'a fait.

— Nathan Hirsch vous a-t-il expliqué que Geraldo avait peut-être croisé la route du concepteur de ces bombes ?

— Oui, mais Nathan est complètement idiot s'il imagine que la grand-mère de Geraldo a commandité ces attentats.

— Qui d'autre serait susceptible d'agir en son nom aux États-Unis, à votre avis ?

— Ce n'est pas à moi qu'il faut poser la question.

— À qui d'autre ?

— À Segura.

— C'est impossible.

— N'importe quoi. Deux de mes associés sont morts et je suis amené à penser que Nathan et moi sommes les prochains sur la liste, alors rendez-moi un service : remuez un peu vos culs de superflics et prenez le premier vol pour Bangkok.

J'ai haussé les épaules.

— Je ne sais pas ce que ça pourrait coûter, mais je doute que le service engage ce genre de dépenses pour nous expédier en Thaïlande.

— Qui n'essaye rien n'a rien, inspecteur.

— Je ne saurais même pas à qui m'adresser.

— C'est votre jour de chance, a rétorqué Wells. Moi, je sais.

39

J'arrivais au bureau quand mon téléphone a sonné. J'ai décroché en voyant s'afficher le numéro des studios Silvercup.

— Zach ? Bob Reitzfeld à l'appareil. Tu passes une bonne journée ?

J'ai regardé ma montre. 15 heures.

— Voyons un peu. Je suis sur le pont depuis douze heures maintenant, j'ai dû prêter allégeance à un parrain de la drogue haïtien dans l'arrière-salle d'un supermarché de Brooklyn, je me suis fait remonter les bretelles par un milliardaire, foutre de ma poire par un avocat, quoi d'autre ? Ah oui ! Je savais bien que j'oubliais un truc ! J'ai réussi à laisser s'envoler cent mille dollars fournis par le procureur. Côté positif, je me suis baladé sur la coulée verte. La vue est magnifique. Je compte y retourner le week-end prochain avec Cheryl. Et toi, Bob ? Ta journée ?

— J'ai besoin de ton aide.

— Ne me dis pas que tu t'es fait attacher une nouvelle fois à une canalisation ?

— Je crois savoir qui a engagé les deux merdeux qui ont braqué la partie de poker l'autre jour.

J'ai pris une longue respiration.

— Attends une minute.

Kylie s'était absentée pour prendre un café, mais elle pouvait revenir d'une seconde à l'autre et je n'avais aucune envie qu'elle assiste à ma conversation avec Bob. Je suis monté au troisième et je me suis enfermé dans une salle d'interrogatoire.

— Bob, je m'excuse de t'avoir parlé comme ça. C'est la loi du genre quand on demande à un flic surmené s'il a passé une bonne journée. Je t'écoute au sujet du braquage de l'autre jour.

— Kylie est-elle dans les parages ? Je ne voudrais pas qu'elle s'étonne de ta réaction.

— Non, pas de souci. Je suis tout seul.

— Je suis à peu près sûr que c'est son petit ami qui a monté le hold-up. Un certain C. J. Berringer, tu te souviens peut-être de lui.

Si je m'en souvenais ! J'avais passé des heures à explorer le passé de Claude Jerome Berringer dans l'espoir de trouver des éléments douteux à son sujet, mais ce n'était pas la peine de le préciser à Reitzfeld.

— Oui, j'ai fait la connaissance de C. J. Un grand type, joueur professionnel. Qu'est-ce qui te fait dire que c'est lui ?

— Tout indique que le coup a été monté de l'intérieur. J'ai pensé dans un premier temps qu'on avait pu être trahis par un employé de l'hôtel, mais j'ai interrogé tous ceux qui étaient au courant de la partie, ils sont blancs comme neige. Alors je me suis intéressé aux joueurs.

J'ai omis de préciser à Bob que j'avais eu exactement le même raisonnement deux jours plus tôt.

— Comment en es-tu arrivé à soupçonner Berringer ?

— Zach, ce type arrive comme un chien dans un jeu de quilles. Tous les autres sont des habitués depuis des mois, des années pour certains. Ce Berringer drague Kylie, il s'arrange pour qu'elle le présente à Shelley, il joue deux fois, ce qui lui permet de savoir comment se déroule la partie, et puis bingo ! la troisième fois, on se fait braquer par deux abrutis qui seraient infoutus d'organiser un enterrement si tu leur fournissais le corbillard et les croque-morts.

— Tu as des preuves ?

— Probablement, si Shelley m'autorise à m'en servir.

— Pourquoi dis-tu *si* ?

— Quand je lui en ai parlé, il m'a demandé de laisser tomber. Je l'adore, mais il ne pense pas comme un flic.

— C'est bien la raison pour laquelle il t'a engagé comme responsable de la sécurité dans son studio.

— Un titre ronflant qui claque sur ma carte de visite, sans plus. Shelley ne veut pas que j'aille plus loin de peur que Kylie en souffre. Il prétend qu'elle a déjà assez morflé à cause de son mari et qu'il se fiche de ces huit cent mille dollars si c'est le prix à payer pour la protéger.

— C'est complètement idiot. Je connais Kylie, si son copain est coupable, elle sera la première à vouloir le coincer.

— D'où mon appel. Tu travailles au quotidien avec Kylie. Shelley refuse de m'écouter, mais il t'écoutera.

— Je n'en suis pas si sûr.

— Ça vaut le coup d'essayer.

— Pas forcément. Si je lui conseille de démasquer Berringer et qu'il refuse, je ne peux plus passer outre. Alors que si je ne lui en parle pas…

— Faute de lui demander sa permission, tu comptes t'excuser plus tard, c'est ça ? a plaisanté Reitzfeld. En revanche, ça veut dire que tu te charges de l'enquête. Tu y es prêt ?

Si j'étais prêt à prouver que le nouveau copain de Kylie était un escroc ?

J'ai souri au téléphone.

— Je me ferai à cette idée. Laisse-moi quelques jours.

— Merci. Maintenant raconte-moi comment tu as perdu les cent mille dollars du procureur.

— Le mieux serait que je te donne les détails en buvant une bière le jour de mon départ en retraite, qui pourrait se présenter plus vite que prévu si je ne retrouve pas ce fric.

Il a raccroché et je suis resté un moment, le portable à la main, les yeux dans le vide. Je réfléchissais à la suite quand un message de Kylie s'est affiché sur l'écran.

« T où ? »

J'ai répondu aussitôt.

« Je méditais. Merci d'avoir pourri ma zénitude. »

Elle a réagi au quart de tour.

« Ta zénitude attendra. Cates veut nous voir. »

Je lui ai dit que j'arrivais, puis j'ai appelé Q.

Il a décroché tout de suite.

— Inspecteur Jordan ! J'ai cru comprendre que vous vous étiez offert une petite balade onéreuse sur la coulée verte avec le juge Rafferty.

— La bonne nouvelle, c'est que cet honorable magistrat ne vous prend plus pour un maître chanteur.

— Vous avez droit à ma gratitude éternelle, a répondu Q. Si vous avez besoin un jour…

— Oubliez le *un jour*. Réglons nos dettes sans attendre.

Je lui ai fourni les détails du braquage de l'hôtel Mark.

— Vous aimeriez donc que j'ouvre l'œil au cas où deux messieurs à la réputation douteuse se mettraient à dépenser de l'argent qu'ils n'ont pas ?

— Exactement. Et ça reste entre nous deux, Q. Vous et moi, personne d'autre.

— Je vous en prie, inspecteur. Vous connaissez ma réputation, je suis aussi discret qu'un murmure en pleine tempête.

— Et vous, vous connaissez ma collègue. Si elle l'apprend, je suis mort.

Il était grand temps d'aller au bureau de Cates. En redescendant à l'étage inférieur, je me suis aperçu que je souriais. Je sais que c'est mal, mais je trouvais plutôt agréable l'idée d'apporter la preuve à une femme qui m'avait laissé tomber pour un autre qu'elle faisait une fois de plus le mauvais choix.

40

— Oh, oh, a fait Kylie en constatant que les stores du bureau de Cates étaient baissés.

J'ai reconnu les deux armoires à glace plantées devant la porte. Les gardes du corps de la maire.

— Tiens, tiens ! Laurel et Hardy, a poursuivi Kylie qui n'en rate pas une. Heureuse de constater que les contribuables de cette ville ont la sagesse de rémunérer *deux* gorilles pour assurer la protection de la maire quand elle s'aventure dans les couloirs d'un commissariat de l'Upper East Side.

— Ah ! Cette charmante inspecteur MacDonald, a répliqué le plus impressionnant des deux hommes en posant la main sur la poignée de porte. On verra si vous riez toujours autant en ressortant.

Il a ouvert et nous sommes entrés.

Cates était assise derrière son bureau, Sykes face à elle.

— Il a décidé de prendre des otages, a déclaré la maire à peine la porte refermée.

J'ai froncé les sourcils.

— Je vous demande pardon, madame la maire ? Qui prend des otages ?

— Princeton Wells. La fondation Silver Bullet était censée entamer les travaux des Jardins de Tremont le mois prochain. Au cas où vous n'auriez pas prêté attention aux discours le soir de l'attentat, il s'agit de cette cité à l'intention des sans-abri conçue par Del Fairfax. Wells a décidé de suspendre le projet tant que le responsable de la mort de ses deux associés n'a pas été arrêté.

— C'est du chantage, a réagi Kylie.

— Bienvenue dans l'univers des milliardaires, a répondu la maire.

— Madame, je peux vous assurer de tous nos efforts.

— Ce n'est pas l'opinion de Wells. Il m'a raconté comment il s'était fait prendre avec ses copains pour une histoire de drogue autrefois…

— Excusez-moi, madame la maire, l'a interrompue Kylie, mais j'imagine qu'il vous a donné *sa* version des faits.

— Ne me demandez pas si je préfère croire un dealer ou un généreux donateur, je n'ai pas de temps à perdre, a rétorqué Sykes. Le type qui a fabriqué cette bombe est en prison en Thaïlande, tout comme ce Geraldo Segura. La capitaine Cates vient de me le confirmer.

— Nous ne savons pas s'ils se connaissent.

— M. Wells refuse d'attendre que le gouvernement thaïlandais s'en inquiète. Il me dit vous avoir suggéré d'aller vous en assurer vous-même sur place. Vous lui avez répondu que jamais la Ville ne financerait un tel déplacement.

— Pas la *Ville*, l'a corrigée Kylie. Le service.

— Taisez-vous donc et écoutez, l'a reprise Cates.

— Capitaine, après l'incident de ce matin sur la coulée verte, nous avions l'impression que jamais le service ne financerait…

Cates s'est levée brutalement.

— Taisez-vous !

— Merci, Delia, a déclaré la maire avant de se tourner vers nous. Tout d'abord, j'ai assuré M. Wells que cette municipalité irait jusqu'au bout du monde pour retrouver les gens qui ont assassiné deux de nos meilleurs bienfaiteurs et que l'argent n'entrait pas en ligne de compte.

« Il m'a fait remarquer qu'il connaissait les lourdeurs de notre système et que ça prendrait des jours d'obtenir le feu vert des bureaucrates. Je me suis engagée à vous mettre dans un avion au cours des prochaines vingt-quatre heures en passant un coup de fil au préfet de police, ce à quoi il m'a ri au nez en me disant qu'il irait encore plus vite en vous mettant lui-même dans un avion ce soir à 19 h 30.

— Madame la maire, a demandé Kylie, c'est bien joli de la part de Wells, mais comment est-ce possible ?

— Tout est possible quand on possède une flotte de jets privés. L'un des appareils de Wells vous attend à Teterboro.

— Ce n'est pas…

Kylie n'a pas fini sa phrase.

— Ce n'est pas quoi ?

— Rien, madame la maire. Aucune importance.

— C'est important pour moi de connaître vos états d'âme, j'ai besoin que vous donniez le meilleur de vous-mêmes dans cette enquête. Je vous écoute.

— Zach et moi sommes employés par la Ville. Ne sommes-nous pas tenus de refuser tout don d'une valeur supérieure à soixante-quinze dollars ?

— Absolument, mais en tant que maire, j'ai le pouvoir de vous en affranchir officiellement au vu de l'urgence de la situation. D'autres questions ?

— Non, madame.

— Alors préparez vos passeports et faites vos sacs, vous partez pour la Thaïlande dans trois heures.

41

Je me suis rendu directement dans le bureau de Cheryl.

— J'ai un problème.

— À voir ta tête, j'ai déjà compris qu'on pouvait dire adieu à la table réservée chez Paola's ce soir.

— Je suis désolé, je dois annuler.

— Moi qui me réjouissais d'avance de son *carciofi alla giudia*, tu as intérêt à me fournir une raison valable.

— Je pars en Thaïlande avec Kylie.

Elle a éclaté de rire.

— Non, dis-moi sérieusement.

— Je ne plaisante pas. On s'envole ce soir.

— Ce soir ?!!

— Dans le cadre de l'enquête sur les attentats. Tous les chemins mènent à Bangkok.

Elle a pris son téléphone.

— Oh, Zach ! Donne-moi ton numéro de vol. Je pourrai te suivre sur FlightView.

Il n'y avait pas trente-six moyens de lui dire la vérité.

— À vrai dire, on ne prend pas un vol commercial. On part de Teterboro dans le jet privé de Princeton Wells.

— Toi, Kylie et Wells ?

— Je doute que Wells retourne un jour en Thaïlande. Il se rend uniquement dans les pays dont il est assuré de pouvoir repartir.

— Si je comprends bien, tu pars seul avec Kylie en jet privé.

— Et l'équipage.

La faiblesse de l'argument m'a fait grimacer intérieurement.

— Tu sais qu'en tant qu'employé municipal, tu n'as pas le droit d'accepter…

— Je sais, je sais. Je n'ai pas le temps d'entrer dans les détails, l'avion décolle à 19 h 30. Je dois encore passer chez moi préparer un sac.

Je l'ai enlacée.

— Je venais te dire au revoir.

— Pas ici, s'est-elle défendue en me repoussant. Je t'accompagne chez toi.

Elle a pris son sac et je l'ai suivie hors du bureau.

Mon appartement n'est pas loin, à condition de trouver un taxi, ce qui n'est pas très facile à 16 h 30, et j'ai préféré demander à deux collègues en uniforme de me déposer chez moi. C'était rapide et pas cher, mais il est difficile d'avoir une conversation personnelle en présence de deux pipelettes dans une voiture de patrouille.

J'ai attendu de monter dans l'ascenseur avec Cheryl pour m'excuser platement.

— Écoute, Cheryl, je sais que c'est nul. Je suis sincèrement désolé.

— De quoi ? Tu n'as rien à te reprocher.

— Non, mais on va passer des heures avec Kylie dans cet avion de luxe et…

— Je te reconnais bien là avec tes excuses tortueuses. Tu te fais un film en pensant que je suis jalouse ?

— Pas du tout, mais…

L'ascenseur s'est arrêté au neuvième et nous sommes descendus de la cabine.

— Mais quoi ?

— Est-ce que tu es jalouse ?

— Zach, tu es flic, Kylie est ton équipière, vous passez soixante heures par semaine ensemble dans le même bureau, la même voiture, vous êtes en planque ensemble, vous mangez ensemble, c'est ton métier. Quelle différence veux-tu que ça me fasse que vous soyez pour une fois dans un avion privé, à plus de dix mille kilomètres d'ici avec onze heures de décalage dans un pays exotique avec des plages de rêve bordées d'hôtels de luxe ? Pourquoi serais-je jalouse ? Si je te fais confiance ici, je te fais confiance là-bas.

Pas certain de vouloir m'aventurer dans la jungle de ses connotations, j'ai préféré me taire. J'ai sorti ma clé et nous sommes entrés dans mon appartement.

J'avais à peine refermé la porte que Cheryl me coinçait contre le mur et m'embrassait.

— Tu as bien compris que je n'étais pas là pour t'aider à préparer ton sac, j'espère ? a-t-elle murmuré en passant son pull au-dessus de sa tête et en m'attirant dans la chambre.

Ma libido est passée en mode turbo et j'ai commencé à me déshabiller.

— On accorde bien trop d'importance à la préparation des bagages.

Ce que j'aime dans cette relation avec Cheryl, c'est qu'elle n'hésite jamais à exprimer ses envies et ses désirs. Il nous arrive de faire l'amour de façon presque pudique, lentement et doucement. Peau contre peau, cœurs et âmes à l'unisson.

Ce n'était pas le cas ce jour-là. Nous avons fait l'amour frénétiquement, brutalement, bruyamment. Je doute que nos ébats aient duré plus de dix minutes, mais elles ont été pour moi les dix minutes les plus inouïes de ma vie d'adulte. Je suis resté quelques instants allongé sur le lit dans ses bras, épuisé et follement heureux.

— Jamais je n'ai reçu de plus beau cadeau d'adieu.

J'avais de la peine à respirer.

— Attends de voir le cadeau que j'aurai pour toi à ton retour, m'a-t-elle glissé à l'oreille en caressant celle-ci avec sa langue tout en traçant d'un doigt des cercles autour de mon téton.

J'ai senti une nouvelle bouffée de désir m'envahir.

— Si tu n'arrêtes pas, je n'attendrai pas de rentrer de voyage pour récupérer mon cadeau.

Elle ne s'est pas arrêtée et ce qui devait arriver arriva.

Cette fois, nous avons fait l'amour en prenant notre temps, avec une infinie tendresse, très concentrés, sans nous presser.

— Tu sais que tu fais des progrès, a-t-elle déclaré, à nouveau lovée contre moi.

— Merci, ça aurait sans doute été mieux encore si j'avais eu le temps de dormir la nuit dernière. Je suis sur le pont depuis 3 heures du matin.

— Tu auras tout le temps de dormir dans l’avion.
— Dieu t’entende, je dors très mal en avion.
— Pas cette fois-ci. Fais confiance au docteur.

42

Princeton Wells avait pensé à tout. Vers 5 h 30, je recevais un coup de fil d'un certain Matéo qui voulait savoir ce que j'avais envie de manger à bord.

— Je ne suis pas difficile, je prendrai ce que vous avez.

— À l'heure qu'il est, les placards sont vides, je m'apprêtais à téléphoner à notre service de restauration habituel. Ils travaillent pour le compte de la clientèle la plus exigeante qui soit, dites-moi simplement ce qui vous ferait plaisir.

Je lui ai indiqué quelques-uns de mes plats préférés.

— Rien d'autre ?

Il avait presque l'air déçu.

— Je ne serais pas surpris que ma collègue ait des envies nettement moins simples.

— Je l'ai déjà eue au téléphone. Une voiture passera vous prendre dans quelques minutes, je vous retrouve tout à l'heure sur le tarmac.

La *voiture* en question était une Bentley interminable équipée comme il se doit d'un bar. Kylie avait déjà fait sauter le bouchon d'une bouteille de champagne et une flûte pleine de bulles dorées m'attendait quand je me suis glissé sur la banquette.

— Au métier de flic, a-t-elle déclaré en levant son verre.

— Il faut bien que certains se dévouent pour le bien public.

La circulation était dense et nous sommes arrivés à l'aéroport de Teterboro, dans le New Jersey, un quart d'heure avant le départ. Sur un vol ordinaire, ça n'aurait pas été possible, mais tout est différent quand une limousine vous dépose au pied de votre Gulfstream G650.

Nous avons fait le tour du propriétaire sous la conduite de Matéo. Ce n'était pas la première fois que je montais à bord d'un jet privé, je m'attendais donc à de confortables fauteuils inclinables en cuir, des tables conçues pour travailler et manger, un bar bien garni et diverses distractions, mais ce n'était pas ça du tout.

Cet avion était la garçonnière volante de Princeton Wells. Le summum de la décadence en altitude, à mille kilomètres-heure. La cabine principale était un salon-salle à manger somptueux décoré de la même façon que la suite de Wells à l'hôtel Pierre. Au-delà d'une cloison en verre cathédrale se trouvait une grande chambre à coucher meublée d'un lit géant. La salle de bains attenante, avec ses comptoirs en marbre et son plancher chauffant, accueillait une douche assez grande pour deux personnes.

— Qu'en pensez-vous ? s'est enquis Matéo.

— Ahurissant.

— Pas mal, a ajouté Kylie en haussant les épaules.

J'ai tout de suite vu au regard de Matéo qu'il était envoûté par elle. Comme tous les hommes.

— Le vol durera approximativement dix-sept heures, nous a-t-il précisé. Nous avons trois pilotes et notre commandant de bord est Dan Fennessy. En temps ordinaire, ils seraient deux seulement dans le cockpit, un autre équipage voyageant sur un vol commercial prendrait le relais lors de notre escale technique, mais M. Wells a pris sa décision si rapidement qu'il n'était pas possible d'envoyer une équipe sur place.

— Ce n'est pas très sérieux de la part de la compagnie, a critiqué Kylie.

— Je transmettrai votre remarque à la direction, a souri Matéo en la dévorant des yeux. Puis-je vous offrir à boire avant le décollage ?

Je l'ai déçu une nouvelle fois en lui réclamant un verre d'eau.

— Je reste au champagne, a décidé Kylie de son côté.

Nous avons pris place dans nos fauteuils respectifs et attaché nos ceintures en attendant que Matéo nous apporte nos boissons.

— Quand je pense que tu demandes de l'eau, s'est plainte Kylie. Tu es la honte des flics profiteurs du monde entier.

J'ai avalé le comprimé d'Ambien que m'avait donné Cheryl.

Cinq minutes plus tard, l'appareil décollait et Matéo nous invitait à nous détendre dans le salon où il avait disposé des assiettes de fromage, de caviar et de fruits de mer.

— Tout ça m'a l'air délicieux, mais j'aime autant m'accorder une petite sieste avant le dîner. Ça ne vous ennuie pas si je vais m'allonger dans la chambre ?

— L'avion vous appartient, inspecteur Jordan. Imaginez que vous êtes à l'hôtel en plein ciel. Le lit est propre et vous trouverez des tenues de nuit dans le placard.

— Tu n'es vraiment pas drôle, Zach, a bougonné Kylie en étalant une cuillerée de caviar sur un coin de toast.

— Réveille-moi dans une demi-heure. Je te promets d'être plus drôle.

Je me suis isolé dans la chambre où j'ai puisé dans la réserve de pyjamas en soie, tous noirs. Je me suis changé, puis j'ai enfilé un masque occultant et un casque Bose à réduction de bruit. Un instant plus tard, je me glissais entre les draps sous un gros édredon.

Je me souviens d'avoir pensé, avant de sombrer, que ce genre de luxe était le lot quotidien de certains. Je me suis réveillé en sursaut en sentant une secousse. Il m'a fallu quelques instants pour me souvenir que j'étais à bord d'un avion. Sans doute la secousse avait-elle été provoquée par des turbulences. En retirant mon casque, j'ai reconnu le chuintement caractéristique des pneus sur la piste. Nous étions en train d'atterrir. J'aurais été bien en peine de dire où, et pourquoi.

J'ai eu un nouveau coup au cœur en retirant mon masque. Il y avait quelqu'un en pyjama de soie noire à côté de moi dans le lit. Kylie.

Elle a posé une main sur sa tempe.

— Je crois bien que j'ai trop bu.

Quelqu'un a frappé contre la cloison de verre et la voix de Matéo nous a appelés.

Kylie a marmonné ce qui devait être une invitation à entrer, et c'est ce qu'il a fait.

— Bonjour, inspecteurs. Bienvenue à Helsinki. Puis-je vous proposer du café et des *korvapuustit* frais ?

Je n'ai pas répondu, rendu muet par la présence d'une femme dans mon lit.

43

— Accordez-nous quelques minutes, Matéo, lui a répondu Kylie.

Il est ressorti sans un mot en refermant la porte avec la grâce d'un majordome anglais conscient que ce qui se passe dans la chambre du maître n'en sort pas.

Kylie s'est redressée et adossée à la tête de lit en m'observant d'un air étrange.

— Qu'est-ce qui t'arrive, Papa Ours ? Ça te dérange que Boucle d'Or dorme dans ton lit ? Il y a un problème ?

Bien sûr qu'il y avait un problème, mais il était hors de question d'en discuter avec elle.

— Non, mais je t'avoue ma surprise.

— Comment s'appelait l'équipier que tu avais avant moi ? Shanks, c'est ça ?

— Omar Shanks.

— Très bien. Si tu faisais cette mission avec Shanks et que tu le trouvais à côté de toi en te réveillant, tu le regarderais avec les mêmes yeux ahuris ?

— Ça dépend. Je n'ai pas le souvenir d'avoir pris mon pied avec lui quand j'étais à l'école de police.

Et si c'était le cas, je crois bien que je le regarderais bizarrement s'il se fourrait dans mon lit des années plus tard.

— Zach, je t'en prie. Ne remets pas sur le tapis un truc qui s'est passé il y a une éternité. En plus, je ne me suis pas exactement fourrée dans *ton* lit, mais dans *un* lit, *l'unique* lit à bord, ce qui en fait techniquement *notre* lit. J'ai essayé de te réveiller au bout d'une demi-heure comme tu me l'avais demandé, mais tu ronflais comme un sonneur. Alors j'ai dîné et bu du vin plus que de raison et je suis venue me coucher. Souviens-toi que tu n'es pas le seul flic en manque de sommeil dans cet avion.

Et voilà comment je me suis retrouvé dans la situation ridicule, digne d'une sitcom, que je voulais éviter à tout prix. Je connais Kylie. Elle n'entame jamais une discussion sans être certaine d'avoir le dernier mot. On se serait crus à la grande époque où l'on passait notre temps à s'engueuler au lit. Notre courte et torride aventure m'avait enseigné qu'il ne s'agissait pas vraiment de disputes, mais de préliminaires.

L'amour avec Kylie affichait douze sur une échelle de dix, mais il y avait tout de même des moments plus forts que d'autres. Le matin, en particulier, quand elle se réveillait avec les cheveux en bataille, les paupières en berne, l'air d'une orpheline belle à tomber qui aurait rejoint mon lit par hasard en pleine nuit. C'était aussi une grande spécialiste de l'amour en guise de réconciliation, et je me retrouvais curieusement dans un mélange des deux. Son pyjama noir la moulait juste comme il le fallait et elle avait laissé ouverts les trois boutons du haut.

J'avais beau connaître le moindre centimètre carré de son anatomie, j'avais le plus grand mal à ne pas la déshabiller des yeux.

J'avais terriblement envie d'elle.

Si je m'étais trouvé à New York, je me serais précipité chez Gerri Gomperts, mais un océan me séparait de ma thérapeute préférée. Je me soupçonnais de ne pas avoir agi comme j'aurais dû étant donné la situation. Je savais en tous les cas ce qui me restait à faire. *Arrête de loucher sur le décolleté vertigineux de ton ex-copine et lève-toi avant qu'il arrive un truc que tu regretteras.*

J'ai sorti mes jambes du lit.

— Tu sais quoi, Kylie ? Je suis désolé de t'avoir regardée bizarrement. Dors autant que tu veux dans *notre* lit. En attendant, je vais me doucher.

Aussitôt dit, aussitôt fait.

— N'oublie pas de verrouiller la porte de la salle de bains, mon sucre d'orge, a-t-elle roucoulé.

Le mieux était de ne pas répondre. J'ai fait couler l'eau chaude et je suis entré dans la douche. J'aurais sans doute été plus avisé de prendre une douche froide, mais le plus dur était passé.

Je me suis habillé et j'ai regardé mon téléphone. C'était encore la nuit à New York, mais Cheryl m'avait envoyé un SMS avant de se coucher.

« J'espère que tu as bien dormi. Je t'aime. »

J'ai répondu en la remerciant pour le comprimé d'Ambien et les efforts qu'elle avait consentis pour me fatiguer. J'ai sciemment oublié de lui préciser que je m'étais réveillé avec mon ex roulée en boule dans le lit à côté de moi.

Kylie était déjà retournée dans la salle à manger où nous attendait le petit déjeuner de roi préparé par Matéo.

— Je te conseille de goûter ceci, m'a-t-elle recommandé en me tendant un petit pain à la cannelle tout chaud. Jette un œil à la collection de DVD. On pourrait faire dix fois le tour du monde sans en venir à bout.

Elle m'a lancé un clin d'œil.

— Ce serait génial, à condition de trouver un arrangement pour le couchage.

Du Kylie tout craché. Il faut toujours qu'elle trouve le moyen de remuer le couteau dans la plaie.

La connaissant, je n'avais pas fini d'en entendre parler.

L'escale technique a été rapide et nous avons décollé d'Helsinki à 9 h 15 avant de traverser une demi-douzaine de fuseaux horaires. Je n'avais jamais connu de journée aussi courte, ou aussi relaxante. Kylie et moi avons passé notre temps à regarder des films paresseusement dans nos fauteuils respectifs et à manger comme des rois.

Nous avons atterri à l'aéroport Suvarnabhumi peu après minuit. Une Lincoln noire avec un drapeau américain accroché au pare-chocs nous attendait sur le tarmac. Un grand jeune homme en jean s'est avancé.

— David Hinds, ambassade des États-Unis. Bienvenue à Bangkok.

Sous sa protection, nous avons passé l'immigration et la douane comme une fleur et nous roulions en direction de l'hôtel quelques minutes plus tard.

— Quand les interrogatoires avec Segura et Samuels sont-ils censés avoir lieu ?

— Qui ça ? m'a répondu Hinds.

— Nous sommes venus interroger deux détenus. Quand pourrons-nous les voir ?

— Je suis désolé, inspecteur, mais je ne suis pas au courant. On ne nous dit jamais rien à l'ambassade, on se contente de nous confier des missions de merde. Je sais juste que vous avez rendez-vous demain avec Pongrit Juntasa, le chef du service de la Corruption.

— Le service de la quoi ?

— Du service des Prisons. Désolé, c'était de l'humour de diplomate. Vous serez ses hôtes d'honneur lors d'un match de muay-thaï.

— C'est bien gentil, a grommelé Kylie, mais on n'est pas venus ici pour assister à un combat de boxe.

— Le muay-thaï n'est pas de la boxe. Il s'agit d'un art martial traditionnel que l'on surnomme ici « l'art des huit membres ». Les combattants ont le droit de se servir de leurs poings, de leurs pieds, de leurs coudes et de leurs genoux. C'est quasiment une religion ici.

— David, vous direz à M. Juntasa que nous sommes flattés de son invitation, mais que nous sommes ici dans le cadre d'une enquête criminelle, a répliqué Kylie.

— Je ne suis pas certain qu'on vous ait bien renseignée sur la culture locale, inspecteur.

— On doit enlever ses chaussures quand on entre dans une maison et on évite de se baigner à poil, c'est ça ?

Hinds a éclaté de rire.

— Vous êtes bien new-yorkaise ! Vous n'arriverez à rien à Bangkok en vous y prenant de la sorte. Les Thaïlandais ne traitent jamais la moindre affaire au premier rendez-vous. Ils doivent d'abord apprendre à vous connaître. Juntasa est au courant des raisons de votre présence ici, mais évitez de mettre les pieds dans le plat avant d'avoir passé des moments agréables en sa compagnie.

Kylie a levé les yeux au ciel.

— Je serais curieuse d'entendre votre définition du mot *agréable*.

— C'est simple : vous discutez ensemble, vous plaisantez ensemble, vous mangez ensemble et, le plus important, vous êtes vus ensemble. Pongrit Juntasa est un haut fonctionnaire qui souhaite s'afficher en public avec deux *estimés* officiers de police venus tout spécialement de New York pour bénéficier de ses lumières. En termes diplomatiques, plus vous lui léchez le cul, plus vous avez de chances d'obtenir sa bénédiction et de rencontrer ces deux détenus.

Kylie a secoué la tête d'un air dégoûté.

— Tu sais ce que je déteste le plus dans ce boulot, Zach ? m'a-t-elle demandé.

— Le léchage de cul. Cela dit, à force de pratiquer cet art difficile, tu deviens une spécialiste émérite.

44

Il était 2 heures du matin lorsque nous avons pris nos chambres au Plaza Athénée de Bangkok. J'ai bien précisé *nos* chambres. Et quand David Hinds est passé nous prendre à 16 heures, mon corps s'était ajusté à l'heure thaïlandaise.

— Désolé pour la bagnole, a-t-il dit en ouvrant la portière d'une Toyota Yaris rouge. C'est la voiture de mon colocataire. La Lincoln de l'ambassade est au garage.

— Si vous espérez continuer à travailler pour le département d'État, l'a repris Kylie en s'installant d'emblée à l'avant, ce qui me reléguait inévitablement à l'arrière, il faudra apprendre à mentir un peu mieux.

Une lueur paniquée a traversé le regard du jeune type.

— Je vous demande pardon, madame ?

— Ce n'est pas en m'appelant *madame* que vous éluderez la question. Vous êtes encore tout en bas de l'échelle, David, ce qui explique votre présence à minuit à l'aéroport pour nous chercher. Aujourd'hui est un autre jour, on a rendez-vous avec une huile thaïe quelconque, et non seulement aucun diplomate digne de ce nom n'est là pour s'occuper de nous, mais on n'a même pas droit à une voiture de l'ambassade. La Lincoln n'a nul besoin de séjourner au garage, alors expliquez-nous ce qui se passe.

Hinds s'est installé au volant et il a démarré avant de s'éclaircir la gorge.

— Le jeu est illégal en Thaïlande.

— Assez de conneries, dites-nous clairement de quoi il retourne si vous ne voulez pas que je vous dépose sur le bord de la route et que j'abandonne la voiture de votre colocataire en plein Bangkok avec la clé sur le démarreur.

— L'ambassade s'est plantée, a avoué Hinds. Ils pensaient que Juntasa vous emmenait dans un match de muay-thaï officiel, ou alors à la prison. On a appris tout à l'heure qu'il s'agit en fait d'un combat organisé à Khlong Toei.

— Un quartier louche ?

— Les combats se déroulent dans un gymnase pourri au cœur des bidonvilles. Ils sont organisés par la mafia thaïe et le premier secrétaire de l'ambassade refuse que quiconque s'y rende. Surtout au volant d'une voiture officielle.

— En revanche, il se fiche de vous envoyer là-bas.

— Je suis un simple péquenot au volant de la Yaris de son colocataire. Et puis je connais les lieux.

— Vous êtes fan de boxe thaïe ? lui a demandé Kylie.

— Si vous me parlez d'un match officiel au stade Lumpinee consistant à regarder deux *nak muays* s'adresser des courbettes, prier et multiplier les danses rituelles autour du ring pendant que notre hôte évoque sur un ton ému la légende de Naï Khanom Tom, le père du muay-thaï, je vous répondrai qu'une seule fois m'a suffi.

« En revanche, j'adore la castagne. Les matchs auxquels on va assister tout à l'heure sont bruts de décoffrage, mais vous aurez l'occasion de voir certains des meilleurs boxeurs thaïs au monde. Les combats sont tous truqués, les juges sont achetés, les boxeurs sont camés, et certains challengers sont prêts à affronter n'importe qui pour monter sur le ring. J'ai vu un jour un gamin se faire laminer la tête par un pro aguerri qui pesait dix kilos de plus que lui. Le spectacle est aussi dans la salle. Les gens sont comme dingues : ils picolent, ils réclament du sang, ils parient au moindre coup de poing, coup de pied, coup de genou. Les billets volent dans tous les sens. Je suis reparti un soir après avoir gagné vingt-sept mille bahts, soit l'équivalent de sept cent cinquante dollars.

— Et combien vous avez perdu les autres fois ?

La question de Kylie l'a fait rire.

— Les seuls qui sont assurés de gagner de l'argent sont les organisateurs. Je vous laisse deviner qui organise les matchs à Khlong Toei.

— Pongrit Juntasa du service de la Corruption.

— Vous n'êtes pas tombé loin, inspecteur, m'a répondu Hinds. C'est Juntasa qui tire les ficelles, mais la propriétaire du ring est sa sœur Buppha.

— Une femme ?

— Surtout une arnaqueuse de première. Elle doit peser quarante-cinq kilos tout habillée, ce qui ne l'empêche pas d'être plus dangereuse qu'un cobra. Vous êtes toujours partants ?

— Plus que jamais, a acquiescé Kylie.

Nous avons traversé un quartier de taudis et longé un abattoir avant de nous enfoncer dans des ruelles étroites et tortueuses parsemées de minuscules boutiques protégées par des volets lorsqu'elles n'étaient pas dissimulées derrière des rideaux de fer.

— Nous sommes arrivés, nous a annoncé Hinds après une vingtaine de minutes de ce régime. Le gymnase sans nom.

Techniquement, le lieu en avait un, mais la pancarte fixée au-dessus de l'entrée avait perdu la plupart de ses lettres et le Gymnase Sans-Nom ferait l'affaire.

L'un des sbires de Juntasa nous a conduits dans une grotte enfumée où flottaient de forts effluves de sueur et de testostérone. Personne ne nous prêtait la moindre attention. Deux boxeurs s'affrontaient sur le ring et les spectateurs, des hommes en tenue de travail pour l'immense majorité d'entre eux, poussaient des cris d'excitation en agitant des poignées de billets.

Une vingtaine de tables étaient installées près du ring et des serveurs en chemise blanche se frayaient habilement un passage au milieu de la marée humaine en proposant des boissons aux clients privilégiés disposant d'une place assise.

La cloche a signalé la fin du round et notre guide nous a livrés à notre hôte, installé à la table d'honneur.

J'ai eu l'occasion de croiser pas mal de hauts fonctionnaires corrompus dans ma vie, ce sont tous des flagorneurs de la pire espèce et Pongrit Juntasa ne faisait pas exception à la règle. À la façon dont il nous a tendu la main en signe d'accueil, j'ai su que ce type était dangereux.

— Vous arrivez au bon moment, a-t-il déclaré. Le boxeur en short rouge est mon protégé, Kob Sook Meesang. Il se bat pour sa liberté.

J'ai affiché ma perplexité.

— Je ne suis pas certain de comprendre.

— Il a tué l'homme qui avait violé sa sœur. Une preuve de noblesse, mais de bêtise aussi. Il a été condamné à quarante ans de prison. Ce qui ne l'empêche pas d'apporter honneur et gloire à son pays sur le ring s'il gagne. En échange, sa sentence sera réduite.

— De combien ? s'est enquise Kylie.

— Je lui ai promis une réduction de peine de six mois pour chaque combat qu'il remportera. Pour l'instant, il en a gagné trois.

— C'est donc son *quatrième* match d'affilée ?

Juntasa a souri.

— Il est jeune, il est plus petit que son adversaire et il est fatigué, si bien que la foule parie contre lui, mais ces gens ne se doutent pas de sa férocité. Il arracherait son cœur à un lion.

La cloche a retenti et Juntasa s'est tourné vers le ring.

Notre accompagnateur de l'ambassade s'est penché vers nous.

— C'est le moment de miser, la foule est prête à parier contre le premier qui mettra de l'argent sur la tête de ce jeune type, a-t-il murmuré. Et comme le combat est truqué…

Kylie a posé un bras autour de ses épaules.

— Si jamais je te vois sortir un seul baht de ta poche, je t'éviscère et je te ramène directement à ton ambassadeur en lui recommandant d'éviter d'engager des imbéciles à l'avenir.

Un hurlement est monté de la foule. Le boxeur en culotte rouge venait d'envoyer un coup de pied magistral à la tête de son adversaire. Le type s'est écroulé, l'arbitre a compté jusqu'à dix et ses soigneurs l'ont emporté précipitamment en voyant qu'il ne se relevait pas.

Kob Sook Meesang passerait six mois de moins derrière les barreaux.

45

Le protégé de Juntasa a remporté deux combats de plus, aux points cette fois. Le fait que les perdants étaient tous des étrangers et que les juges étaient du cru n'a pas échappé à la foule qui a manifesté bruyamment son enthousiasme en voyant Kob Sook Meesang monter sur le ring une septième fois.

Tout le monde pariait frénétiquement à présent sur le nouveau héros du jour avec son air teigneux, son large sourire, sa petite taille et son grand cœur. Sans oublier les juges qu'il avait manifestement dans sa poche. Mais je me trompe en parlant de tout le monde. Au fond de la salle, une femme toute menue en pantalon et tunique noirs donnait des ordres par Bluetooth à ses grouillots qui prenaient les paris des spectateurs.

À sa décharge, la sœur de Juntasa leur en donnait pour leur argent. Au premier round, Meesang a fait voler son adversaire au-dessus des cordes. Le type s'est relevé, a arraché son plateau à un serveur, a bondi sur le ring et assommé Meesang à l'aide du plateau.

Ce n'était pas exactement du niveau des matchs de catch qu'on montre à la télé, mais c'était du spectacle pur et le public n'a pas boudé son plaisir en poussant des hurlements. Meesang a fait son grand retour au round suivant avant de s'allonger au bout de trente secondes à la troisième reprise, conformément à un scénario soigneusement établi.

Hinds, qui m'avait annoncé le score final avant le début de la rencontre, a secoué la tête à la façon de ces participants aux jeux télé qui n'ont pas appuyé assez vite sur la sonnette alors qu'ils connaissaient la réponse.

Nous avons tenu six matchs de plus avant que Juntasa ne daigne lever le camp.

— Je serais très honoré que vous acceptiez de dîner chez moi, nous a-t-il proposé.

Nous l'avons assuré que tout l'honneur était pour nous.

Un peu plus tard, nous pénétrions dans le lotissement privé soigneusement gardé où résidait notre hôte. Les maisons ressemblaient toutes à de petits palais. Il ne faisait guère de doute que les bureaucrates de Bangkok étaient mieux traités que leurs collègues américains.

Juntasa nous a bombardés de questions pendant le repas. Il voulait tout savoir sur la criminalité et les méthodes de répression à New York. J'ai bien cru qu'il allait entrer en transe quand nous lui avons avoué que nous appartenions à une unité spécialement conçue pour répondre aux besoins de l'élite.

— Nous connaissons aussi de grandes disparités sociales, nous a-t-il expliqué. De toute évidence, les citoyens thaïlandais les plus riches seraient très heureux de bénéficier d'une telle protection.

— Je n'en doute pas, a avoué Kylie. Vous devriez nous rendre visite. Nous serions heureux de vous expliquer le fonctionnement du Red. Je ne vois pas pourquoi un tel système ne fonctionnerait pas à Bangkok.

C'est tout juste si je n'ai pas entendu tinter la sonnette du tiroir-caisse dans sa tête. Il venait de nous montrer comment prendre l'argent des pauvres les plus naïfs en toute impunité, et voilà que nous lui faisions miroiter la possibilité de soutirer une fortune aux très riches.

— Je vous sais gré de cette offre généreuse, a-t-il remercié Kylie. Mais j'ai cru comprendre que vous étiez venus ici avec l'intention d'interroger deux de mes détenus.

— Avec votre permission, bien évidemment, a roucoulé Kylie qui ne lésinait pas sur la pommade.

— J'aurais besoin d'une requête officielle.

Je m'apprêtais à lui demander de quoi il voulait parler quand David Hinds m'a devancé.

— J'ai apporté les documents avec moi, monsieur le ministre, a-t-il déclaré en tirant deux enveloppes de sa poche. Ils ont été préparés par l'ambassade et soumis à la signature du premier secrétaire.

Juntasa a décacheté la première enveloppe.

— Flynn Samuels, a-t-il lu. Un individu fascinant. Permission accordée. Vous lui direz que je me suis enquis de sa santé.

— Vous me voyez très admirative, est intervenue Kylie. Étant donné l'importance de la population carcérale dans ce pays, je ne m'attendais pas à ce que vous connaissiez l'identité de vos détenus.

Un sourire énigmatique s'est affiché sur les lèvres de Juntasa qui a ouvert la seconde enveloppe.

— Geraldo Segura ? J'ai bien peur que l'ambassade américaine se tienne mal informée. M. Segura a changé d'identité il y a plusieurs années.

Il a rendu le papier concerné à Hinds.

— Toutes mes excuses, monsieur le ministre. On aura omis de nous prévenir. Je peux aisément préparer un nouveau document afin de vous le soumettre dans l'heure. Comment se nomme le détenu à présent ?

Juntasa a eu un petit sourire.

— Rom Ran Sura.

Hinds, stupéfait, a ouvert de grands yeux.

— Vous voulez dire que Rom Ran Sura n'est autre que Geraldo Segura ?

Juntasa a opiné du chef.

— Un nom thaï parfaitement adapté à un tel combattant.

J'ai posé sur Hinds un regard interrogateur.

— Un combattant ?

— Et comment ! m'a répondu Hinds. Rom Ran Sura est une légende du muay-thaï. L'un des meilleurs boxeurs du pays.

— *L'un des meilleurs ?* s'est offusqué Juntasa. C'est de loin le meilleur à sortir de notre système carcéral depuis des années. Il est fort gênant pour vous que l'ambassade américaine ne sache pas que ce héros est l'un de ses ressortissants. Il est vrai qu'il ne fréquente plus les rings, à présent qu'il a plus de quarante ans.

— Je comprends sans peine votre fierté, l'a flatté Kylie. Nous sommes impatients de le rencontrer.

— J’aimerais pouvoir vous aider, mais c’est malheureusement impossible, a regretté Juntasa.

— Pour quelle raison ?

— Je ne sais pas où il se trouve.

— En tant que responsable des prisons, vous savez forcément…

Juntasa l’a interrompue d’un geste.

— Inspecteur, Rom Ran Sura a largement fait honneur à ce pays. Le roi lui a accordé son pardon il y a tout juste un mois et personne ne sait où il se trouve à l’heure qu’il est.

TROISIÈME PARTIE

L'esclave sexuelle

46

Le dîner achevé, Juntasa nous a conduits dans sa bibliothèque et nous a gratifiés d'une visite commentée de sa double passion pour sa patrie et sa propre personne.

Hinds nous avait recommandé de couper nos téléphones afin de ne pas offenser notre hôte, si bien qu'une nuée de textos et de messages nous attendaient lorsque nous avons enfin pu échapper à son hospitalité envahissante.

— On pourrait penser que ce type se contenterait de diriger les prisons thaïlandaises, a remarqué Kylie une fois à bord de la minuscule Yaris. Eh bien pas du tout. Il faut en plus qu'il nous retienne prisonniers chez lui. J'ai cru qu'il n'allait jamais nous lâcher. Pour un peu, je lui aurais proposé de monter sur le ring pour gagner quelques heures de liberté.

Notre premier appel a été pour Cates à qui nous avons expliqué la métamorphose de Segura en champion de boxe thaïe.

— Vous voulez dire qu'il a été libéré ?

— Gracié par le roi en personne. Je ne serais pas surpris qu'il se trouve actuellement à New York.

— Il lui aura fallu un passeport pour rentrer aux États-Unis. Même le roi ne pouvait pas lui en fournir un. Il sera donc passé par l'ambassade.

— Je vérifierai demain, mais je ne suis pas très optimiste. Segura ne figurait sur aucune liste sensible et vous pouvez être certaine qu'il sera passé entre les mailles du filet puisque nous avons deux morts sur les bras. Eu égard à sa notoriété en Thaïlande, il ne sera pas difficile de se procurer une photo récente, je vous l'envoie le plus rapidement possible. En attendant, il serait bon d'alerter la Sécurité intérieure et de lancer un avis de recherche.

— Quand rentrez-vous tous les deux ?

— On vient d'obtenir la permission d'interroger le fabricant de bombes demain matin. Dès qu'on a terminé, on saute dans notre avion privé et on regagne nos pénates.

— Qu'en est-il de Nathan Hirsch et de Princeton Wells ?

— C'est-à-dire ?

— Les avez-vous appelés pour leur dire que Segura était en liberté ?

— J'espère bien qu'ils se planquent, sachant que quelqu'un les attend au tournant... Je les appelle dès que j'ai raccroché.

— Alors maintenant, a conclu brutalement Cates.

Kylie s'est chargée de Wells pendant que je tentais ma chance avec Nathan Hirsch. Il se trouvait à son bureau. Il y avait mieux comme planque.

— Mon Dieu ! s'est-il écrié quand je lui ai tout raconté. Geraldo ? C'est Geraldo qui a tué Del et Arnie ?

— Nous n'en avons pas la preuve, mais je dirais qu'il figure en tête de liste des suspects.

— Et moi en tête de liste de ses futures victimes.

— Vous et Princeton Wells.

— À présent que vous savez qui chercher, il n'y a pas moyen de mettre une armée de flics sur le coup et de lui donner la chasse ?

— C'est bien notre intention, mais à présent que *vous* savez qui nous cherchons, vous n'avez pas les moyens de préparer vos valises et de vous réfugier dans une cachette sûre avec votre femme et vos enfants en attendant qu'on lui ait mis la main dessus ?

Il a émis un bruit qui tenait autant du rire que du ricanement.

— Savez-vous comment je gagne ma vie, inspecteur ?

— Bien sûr.

— Non. Vous croyez que je suis un avocat quelconque. Eh bien, je ne suis pas du tout un avocat quelconque. Je dirige actuellement une procédure de recours collectif de huit cents millions de dollars. J'y travaille depuis trois ans et tout est censé se dénouer dans quelques jours. Je ne peux pas tout laisser tomber pour me cacher.

— Vous pouvez au moins faire profil bas.

— Inspecteur, quand huit cents millions de dollars sont en jeu, il n'y a pas de profil bas qui tienne.

— Souhaitez-vous bénéficier d'une protection policière ?

— Vous me demandez si j'ai envie de me présenter devant le juge avec une escouade de flics et un chien renifleur ? Je suis sûr que les jurés apprécieraient. Sans compter que votre protection policière est de la merde. Del était entouré de flics, Arnie a rameuté tout le NYPD en commençant par le préfet de police, vous avez vu le résultat.

— C'est vous qui voyez, monsieur Hirsch. Sachez que nous sommes tout disposés à vous aider.

— Si vous souhaitez vraiment m'aider, trouvez Geraldo Segura et arrangez-vous pour que je puisse reprendre ma putain de vie comme avant.

Sur ces bonnes paroles, il a raccroché.

Le coup de fil de Kylie avait été plus court encore.

— Comment a réagi Wells à la nouvelle ?

— Il s'est repris après le choc initial. Ensuite, il a prononcé les mêmes mots que lorsqu'il a appris le meurtre de ses deux petits camarades : « J'ai besoin d'un verre. »

Kylie a regardé sa montre.

— Il est minuit.

J'ai laissé échapper un soupir.

— Tant mieux. J'ai eu ma dose de trous du cul aujourd'hui.

47

Juntasa était un homme de parole. Notre rencontre avec Flynn Samuels étant programmée à 8 heures du matin, David Hinds est passé nous prendre à l'hôtel à 7 h 30.

— Ah ! La Lincoln de l'ambassade ! l'a salué Kylie en s'engouffrant à l'arrière de l'immense véhicule. Je suis heureuse de voir que nous sommes de retour en grâce. Votre colocataire ne doit pas être mécontent, lui non plus.

Hinds a sagement choisi de ne pas mordre à l'hameçon.

— Je me doute que vous avez déjà rendu visite à des détenus aux États-Unis, a-t-il déclaré en s'engageant sur Wireless Road. Vous allez trouver l'atmosphère de Klong Prem nettement moins engageante.

— La prison n'est jamais un univers engageant, David, lui a répondu Kylie.

— J'en ai bien conscience, mais en Amérique, on fait au moins semblant de croire que les détenus sont là pour être réhabilités. En Thaïlande, ils sont là pour souffrir. Ils dorment à soixante ou soixante-dix par dortoir, sans lit ni matelas, sur un drap à même le béton. Pas de toilettes dans les dortoirs, pas d'infirmerie disponible, et rarement assez à manger. Selon une étude du département d'État, une année passée dans une prison thaïlandaise est l'équivalent de cinq ans dans un établissement pénitentiaire de haute sécurité aux États-Unis.

— Je suis ravie d'apprendre que notre gouvernement dépense enfin l'argent de nos impôts pour réaliser une étude que les citoyens américains attendaient avec impatience. Écoutez-moi, jeune homme, nous ne sommes pas venus porter un jugement sur le système judiciaire thaïlandais. On veut discuter avec Flynn Samuels, un point c'est tout. Que sait-on exactement à son sujet ?

Hinds a haussé les épaules.

— Je ne l'ai jamais rencontré. Je sais juste qu'il se trouve dans le bâtiment 5, là où sont enfermés les criminels les plus dangereux, les assassins, les violeurs et autres trafiquants de drogue condamnés à cinquante ans et plus. Beaucoup d'entre eux deviennent fous furieux au bout de sept ans. Samuels est incarcéré depuis quinze ans. Je cherchais simplement à vous prévenir.

La prison ressemblait à ce que nous avions imaginé : un mur d'enceinte en pierres de taille, des barbelés, des portes blindées et des gardiens mutiques aux regards sadiques. Flynn Samuels, en revanche, ne correspondait nullement au portrait putatif qu'en avait dressé Hinds. Il n'était ni sous-alimenté, ni fou. Nous avons découvert un géant débonnaire de deux mètres et cent cinquante kilos, doté d'une barbe fournie et d'une épaisse tignasse rousse mêlée de gris. Comme tous les Australiens dont j'ai pu croiser la route, il m'a été sympathique au premier abord.

— Salut, les gars, nous a-t-il accueillis d'une voix sonore en se laissant tomber sur un banc de l'autre côté du grillage. C'est la première fois que je reçois des visiteurs new-yorkais.

Il a éclaté de rire.

— Faut dire que c'est pas difficile, vous êtes mes premiers visiteurs tout court.

J'ai hoché la tête.

— Merci d'avoir accepté de nous recevoir.

— Trop heureux d'avoir pu vous accorder quelques minutes dans mon planning chargé pour les deux siècles à venir. Sans compter que je ne saurais rien refuser à mon pote P. J.

— P. J. ?

— Pongrit Juntasa. C'est un bon.

— On a dîné avec lui hier soir. Il pense le plus grand bien de vous.

— C'est un de mes fans. Il m'envoie des petits cadeaux de temps à autre : de la nourriture, de la gnôle, des clopes, une pute à Noël. Il a veillé à ce que j'aie une cellule individuelle avec un lit et une couverture. Dans cet enfer, ça sert d'avoir des amis haut placés.

— Vous avez du pot. À le voir, on ne dirait pas qu'il a ses chouchous.

— Ça n'a pas fait de mal qu'il ait eu son boulot en partie grâce à moi, pour avoir réduit en miettes son prédécesseur. À part ça, en quoi puis-je vous aider ?

— Nous sommes à la recherche de Geraldo Segura, alias Rom Ran Sura.

Son visage s'est éclairé et il est parti d'un grand rire.

— Comme vous êtes du NYPD, j'imagine que ce petit malin organise de jolies sauteries de l'autre côté de la mare. Bon Dieu, je suis fier de lui. C'est moi qui lui ai appris le métier.

— Comment ? s'est étonnée Kylie. Comment peut-on enseigner l'art de fabriquer des bombes dans un endroit pareil sans attirer l'attention des gardiens ?

— Avec du papier à rouler.

Il a laissé s'écouler un silence. On ne le sentait pas pressé de nous raconter sa petite histoire. Il est vrai qu'il avait deux cents ans à tuer. J'ai observé ses mains en attendant la suite. Elles étaient aussi gigantesques que le reste du bonhomme. J'avais du mal à l'imaginer en train de manipuler le mécanisme délicat d'un engin explosif.

Il a surpris mon regard.

— Je sais, a-t-il reconnu en levant les mains. On pourrait croire que c'est un handicap d'avoir des battoirs pareils, mais c'est loin d'être le cas quand on utilise des outils de bijoutier. Personne n'est aussi doué que moi dans ma partie. Je suis capable de placer une bombe au milieu d'un orchestre symphonique et de déquiller le joueur de piccolo sans que les autres aient une égratignure. J'ai toujours jalousement gardé mes secrets de fabrication, je pensais les emporter dans la tombe avec moi, jusqu'au jour où Rom Ran m'a demandé de lui apprendre.

Je me suis dit que ça ne pouvait pas me nuire de devenir copain avec le pire enfoiré de la prison. Je lui ai fait un premier croquis sur une feuille à rouler, il a pris cinq minutes pour l'étudier, et j'ai fumé ma clope.

— Et ensuite ?

— Ensuite, je lui ai demandé de redessiner mon croquis initial. Il n'a pas réussi, évidemment. Il lui a fallu plusieurs semaines avant d'assimiler la première étape. Quand j'ai eu l'assurance qu'il l'avait bien mémorisée, je suis passé au chapitre deux.

— Combien de chapitres en tout ?

— Dix-neuf. J'ai dû me coller un cancer du poumon à force de fumer tous mes petits dessins, mais il faut croire que le tutorat a bien fonctionné. Il mérite vingt sur vingt.

— On doit absolument le retrouver, a repris Kylie. Savez-vous où il se trouve ?

— Désolé, il a oublié de me laisser sa nouvelle adresse.

— En quoi pourriez-vous nous aider ? On serait ravis de dire à votre pote P. J. que vous avez été particulièrement coopératif…

La phrase de Kylie est restée suspendue en l'air comme une menace et Samuels s'est longuement gratté la barbe.

— Combien de personnes a-t-il tuées jusqu'à présent ?

— Deux.

— Deux, a répété Samuels après moi. Si j'étais vous, les gars, je me grouillerais de rentrer à New York. Il n'en a pas terminé.

48

L'aéroport de Suvarnabhumi se trouvait à moins d'une demi-heure de la prison et Samuels n'avait pas tort : après avoir passé trente-six heures en Thaïlande, nous étions pressés de rentrer.

Le commandant Fennessy nous attendait et j'ai pu m'apercevoir une nouvelle fois que les riches ne vivent pas comme les autres.

Il m'a fallu dix-huit heures de vol pour retrouver la femme que j'aime, et douze de plus pour renouer avec elle, physiquement et émotionnellement. Au terme d'une nuit réparatrice, nous avons voulu essayer à nouveau *physiquement*.

Cheryl était avec moi quand je suis arrivé au commissariat à 7 heures du matin par un de ces matins de rêve du milieu du mois de mai où Central Park donne l'impression d'avoir été retouché sur Photoshop par le maître des cieux, où la plupart des New-Yorkais se rendent au travail avec un sourire aux lèvres.

J'ai été rattrapé très vite par la réalité quand la capitaine Cates m'a convoqué dans son bureau. Avec Kylie, nous avions réussi à identifier un suspect de choix pour les attentats, mais restait le plus dur : le coffrer.

J'ai tout de suite demandé si la photo de Sura avait été transmise à la presse.

Lorsque s'organise une chasse à l'homme dans cette ville, nos huiles débattent entre elles pour savoir s'il est souhaitable ou non de recourir à l'aide du grand public, notamment par la diffusion dans les médias du portrait de l'individu concerné. Il est généralement décidé de ne pas céder à cette tentation, de façon à ne pas alerter l'intéressé.

— En aucun cas, m'a répondu Cates.

Pour une fois, elle avait des raisons acceptables.

— N'oubliez pas que Sura est d'origine guatémaltèque. Sa mère n'aurait aucun mal à l'identifier au milieu d'une foule, mais vous savez déjà ce qui va se passer si les télés diffusent la photo d'un poseur de bombes basané.

J'ai acquiescé.

— Le syndrome du serveur chinois. Les gens pensent qu'ils se ressemblent tous.

Pas une saison ne s'écoule sans que des milliers de personnes identifient le mauvais coupable, plus particulièrement lorsque ce dernier n'a pas la même origine que les témoins. Dans une ville qui compte quatre millions d'administrés blancs, il était plus avisé de transmettre le portrait de Sura à des enquêteurs patentés.

— Sujet suivant, a enchaîné Cates. La semaine dernière, cent mille dollars fournis par le procureur s'évanouissaient dans la nature. Vous voulez savoir combien de coups de fil il m'a passés pendant votre séjour en Thaïlande ?

— Non, capitaine, mais je suppose que vous lui avez parlé de nos deux suspects ?

— Absolument, sauf qu'il se fiche éperdument des suspects. Il se moque également que les inspecteurs Corcoran et Fischer les surveillent en permanence. Il veut son argent, et rien d'autre. Où en êtes-vous dans ce dossier ?

— Nous avons rendez-vous avec Corcoran et Fischer en sortant d'ici.

— Dans ce cas, la réunion est terminée. Vous pouvez disposer, et ne revenez pas les mains vides.

Danny Corcoran et Tommy Fischer se trouvaient dans leur voiture, devant l'entrée du commissariat.

— On file Troy Marschand et Dylan Freemont depuis vendredi, a commencé Danny après nous avoir invités à monter à l'arrière.

— Qui les surveille en ce moment ? s'est étonnée Kylie.

— Personne. Ça ne servirait à rien, ils dorment tous les jours jusqu'à midi.

— Ils ne travaillent donc pas ?

— La patronne de Marschand est morte, si tant est qu'il soit encore officiellement son assistant. Vous imaginez bien qu'il ne croule pas sous le boulot à l'heure qu'il est. Quant à Freemont, il est acteur et serveur. On l'a suivi samedi jusqu'à un fast-food de la 2e Avenue dans lequel il est entré. Il en est ressorti un quart d'heure plus tard et il est reparti en taxi. Quand on a interrogé la gérante, elle nous a expliqué qu'il venait de démissionner. Il était passé prendre ce qu'elle lui devait.

— Vous croyez qu'il a pu trouver un rôle comme acteur ?

— Je penserais plus volontiers qu'il a trouvé un rôle de maître chanteur. Nos deux oiseaux dînent dans les meilleurs restaurants de la ville et ils ont passé la journée d'hier à faire du shopping sur Madison Avenue. Ils ont réglé leurs emplettes en liquide.

— Il faut croire que les pourboires sont bons à son fast-food, a remarqué Kylie. Quoi d'autre ?

— Tu te souviens de Jerry Brainard, le type du centre d'appels qui travaillait pour l'unité mobile du centre de commandement ? Il s'y connaît très bien en drones. On lui a montré l'enregistrement vidéo de l'hélico où l'on voit le petit appareil qui a récupéré les cent mille dollars. Il l'a immédiatement identifié comme un DJI Phantom 3.

— Il faut demander une commission rogatoire pour avoir la possibilité de regarder leurs relevés de cartes de crédit, a suggéré Kylie. Voir s'il n'en a pas acheté un récemment.

— On l'a fait, sans résultat, ce qui ne prouve rien. Tu trouves des intermédiaires à la pelle, à moins qu'ils ne l'aient acheté d'occasion. Jerry a consulté les archives de l'aviation civile. Ce genre d'engin doit normalement être déclaré auprès des autorités fédérales, mais on n'a rien découvert sous le nom de l'un ou de l'autre.

J'avais une autre proposition.

— On pourrait se procurer un mandat de perquisition, histoire de fouiller leur appartement à la recherche d'un drone équipé d'un crochet.

— Ils ont bricolé eux-mêmes le crochet en question, je doute qu'ils s'amusent à le laisser fixé au drone. Et quand bien même on découvrirait l'appareil sur leur table de cuisine, l'adjointe du procureur nous a bien précisé que cela ne prouverait rien. On était prêts à abandonner en attendant qu'ils envoient une demande de rançon à une prochaine victime quand Jerry m'a envoyé un SMS hier soir en m'annonçant qu'il avait une idée. Il nous a demandé de le rejoindre à l'école des sapeurs-pompiers de Randall's Island.

— Pourquoi là-bas ? s'est étonnée Kylie.

— Il enseigne le pilotage des drones aux élèves, nous a expliqué Fischer.

Les yeux de Kylie se sont mis à briller.

— Ah ! Voilà qui est prometteur.

Un quart d'heure plus tard, nous arrivions en vue du centre d'entraînement des pompiers, un quartier entier dont les rues sont bordées d'immeubles auxquels les formateurs mettent le feu régulièrement. J'ai aperçu un peu plus loin les restes calcinés d'un autobus qu'une bombe avait fait exploser, les bras et les jambes des mannequins qu'il transportait dépassant pêle-mêle de la carcasse, les corps en plastique de civils et de pompiers éparpillés tout autour.

Jerry Brainard nous attendait devant les vitrines d'un alignement de faux magasins.

— Je suis désolé de vous avoir fait venir jusqu'ici, mais c'est à peu près le seul endroit de la ville où sont autorisés les drones, et les pompiers nous laissent gentiment nous en servir.

— Pas de souci, l'a rassuré Kylie. J'ai cru comprendre que vous étiez le mec à qui devaient s'adresser les filles comme moi qui veulent perdre leur virginité en matière de drones.

J'ai cherché à recentrer le débat.

— Avant de nous amuser à ça, priorité à notre mission.

Jerry Brainard possède le caractère imperturbable de tous ceux qui passent leur journée de travail assis devant un téléphone à prendre les appels de citoyens en détresse.

— À vrai dire, une petite leçon de vol ne vous fera pas de mal.

Il a montré son iPhone à Kylie.

— Vous contrôlez directement l'appareil depuis un portable ou un iPad.

Il a enchaîné les explications pendant trente secondes avant qu'elle lui arrache le téléphone des mains.

— J'ai compris, a-t-elle dit.

Kylie pilotait le drone comme elle conduisait. C'est-àdire comme une furie.

— Pas mal, a reconnu Brainard. Mais ce n'est pas vous qui avez envoyé un jour une Mercedes à un million de dollars dans un…

— J'avais des circonstances atténuantes, s'est-elle justifiée d'une voix sonore. On m'a complètement blanchie depuis[1].

---

1. Cet épisode est relaté dans *Lettres de sang* (L'Archipel, 2018 ; Le Livre de Poche, 2020) (*N.d.T.*).

Brainard l'a laissée voler pendant quelques minutes avant de lui demander de ramener l'appareil à bon port.

Il a récupéré son smartphone et fait quelques manipulations d'un doigt avant de montrer l'écran à Kylie.

— Qu'en pensez-vous ? lui a-t-il demandé.

— Putain de merde ! a réagi celle-ci en ouvrant des yeux ronds. J'en pense que le procureur va être très content.

49

— Qu'en dis-tu ? m'a demandé Kylie alors que nous retournions au commissariat. Tu crois que Marschand et Freemont ont assassiné Aubrey Davenport ?

— Je sais simplement que Cates nous a bien recommandé de ne pas les retirer de la liste des suspects. D'un autre côté, quel serait leur mobile ?

— L'enregistrement porno d'Aubrey avec le juge est probablement la partie visible de l'iceberg, a répondu Kylie. Va savoir combien d'autres elle en avait sur son ordinateur ? Troy Marschand les a découverts, il en a parlé à son petit copain et ils ont décidé de se lancer dans une entreprise de chantage à grande échelle. À un détail près : il leur fallait commencer par éliminer Aubrey.

— J'imagine d'ici leur conversation, s'est interposé Danny. J'entends déjà Troy : « Hé, Dylan ! Trouve-moi un flingue, on va buter ma patronne. » Ce à quoi Dylan répond : « J'ai une meilleure idée. Tu commences par la persuader de prendre son pied avec nous deux, ensuite on l'emmène dans l'ancien hôpital de Roosevelt Island où elle s'amuse d'habitude avec Janek et… »

— Arrête, lui a ordonné Kylie. Tu as raison.

J'ai enfoncé le clou.

— Danny est dans le vrai. Janek Hoffmann la tue, après quoi Troy et Dylan découvrent les vidéos porno sur l'ordinateur d'Aubrey après sa mort. Cates a raison de penser que l'occasion aura fait le larron dans leur cas.

— D'accord. Alors commençons par les coincer pour extorsion, on verra bien où ça nous mènera, a suggéré Kylie. Je sais juste que ces deux connards se croient plus malins que nous et qu'on va leur apporter la preuve du contraire.

— Techniquement parlant, ils sont *effectivement* plus malins que nous, a remarqué Fischer. Malheureusement pour eux, Jerry Brainard est plus malin qu'eux.

Danny nous a déposés au commissariat où nous avons aussitôt récupéré une voiture afin de nous rendre au bureau de Salma Kaplan, l'adjointe du procureur, à qui nous avons résumé la situation.

Nos explications terminées, j'ai posé la seule question utile.

— Pensez-vous que ça suffise pour obtenir leur condamnation ?

— Si vous découvrez effectivement ce que vous espérez trouver sur leur téléphone, c'est un succès assuré pour nous devant un juge, même si je doute qu'on en arrive là. Le juge Rafferty serait mal avisé de rendre publiques ses escapades sexuelles, et nos deux oiseaux auraient tort de ne pas accepter la proposition du procureur.

— Nous avons besoin de deux mandats.

— N'importe quel juge sera heureux de vous les fournir, m'a répondu Kaplan. À l'exception de Michael J. Rafferty, qui ne peut pas être juge et partie.

Kaplan avait raison, jamais nous n'avons obtenu un mandat aussi rapidement.

Troy et Dylan vivaient sur Franklin Street dans le quartier de Tribeca, à cinq minutes en voiture du palais de justice. Nous avons retrouvé Corcoran et Fischer garés devant leur immeuble.

— Marschand a fait un saut chez Starbucks il y a vingt minutes, nous a expliqué Danny. À l'heure qu'il est, ils dégustent tranquillement des *latte* en se demandant quel est le meilleur moyen de dépenser l'argent du procureur.

— Alors allons leur pourrir la journée, a décidé Kylie.

Nous avons soigneusement recommandé au portier de ne pas les avertir de notre visite et nous sommes montés au quatrième tous les quatre en prenant l'ascenseur. Kylie a frappé à la porte de leur appartement et Troy lui a ouvert.

— Vous vous souvenez peut-être de moi ? Inspecteur MacDonald. Mon collègue et moi enquêtons sur la mort d'Aubrey Davenport.

— Bien sûr, mais je croyais que vous aviez arrêté Janek Hoffmann ?

— C'est le cas. Merci encore de votre aide, nous sommes d'ailleurs confus de vous déranger à nouveau, mais il nous reste quelques petits détails à éclaircir. On peut entrer ?

— Évidemment, a répondu Troy en appelant son compagnon : Dylan ? Nous avons de la visite !

Nous nous sommes avancés, suivis par Corcoran et Fischer, restés invisibles jusque-là.

— Ils sont même venus avec du renfort, a plaisanté Troy.

Dylan Freemont nous a rejoints et j'ai été frappé comme la fois précédente par leur ressemblance physique. Avec leurs jeans et leurs T-shirts, on aurait dit deux frères, et non deux amants. Seule la couleur changeait : noire pour Dylan, lavande dans le cas de Troy.

J'ai adressé un signe de tête à Corcoran et Fischer qui ont aussitôt sorti leurs portables.

— En quoi pouvons-nous vous aider ? a demandé Troy.

— Eh bien, voilà…, s'est lancée Kylie avant d'être interrompue par la ligne de basse et le riff très reconnaissables de « Walk on the Wild Side », de Lou Reed.

Troy a sorti son smartphone. Au même instant retentissait la mélodie de *Vogue*, de Madonna. Cette fois, c'est Dylan qui s'est emparé de son portable.

— Comme j'allais vous l'expliquer, a repris Kylie, nous avons un mandat qui nous autorise à saisir vos téléphones et vos iPad. Donnez-les-moi, les garçons.

Nos deux hôtes se sont tétanisés. La surprise passée, Troy lui a tendu son téléphone.

Voyant que Dylan rechignait à donner le sien, Corcoran le lui a arraché des mains sans autre forme de procès.

— Maintenant, si vous voulez bien nous montrer vos iPad, a poursuivi Kylie.

— Je n'ai pas de putain d'iPad, a grommelé Dylan.

— Dans ce cas, asseyez-vous, a réagi Danny en lui attrapant l'épaule pour le forcer à se poser par terre.

Troy s'est montré plus coopératif.

— Je n'ai pas d'iPad non plus, mais j'ai une liseuse Kindle. Ça vous va ?

— Commençons par le téléphone de Dylan, a dit Kylie en faisant dérouler les pages d'accueil sur lesquelles s'affichaient les icônes des applications. J'ai cru comprendre que vous étiez acteur. Dans quel film j'aurais pu vous voir ?

Dylan a craché dans sa direction.

— Vacherie… Il faut croire que Dylan a un drone, parce qu'il a l'appli DJI dans son portable. Voyons un peu l'historique des vols effectués récemment.

— Vous n'avez pas le droit de regarder mes affaires, espèce de salope.

— Je vous conseille de lire le mandat, mon grand. J'ai plein de droits. Hé, Zach ! Regarde un peu ! Le vendredi 12 mai, Dylan faisait voler son oiseau au-dessus de la coulée verte au moment précis où nous y étions. On le voit ensuite redescendre au niveau de la 25e Rue et se diriger vers Penn Station.

Je me suis penché au-dessus de son épaule. Tout était là.

— Vous savez comment on appelle ça dans notre jargon ?

Il m'a lancé un regard interrogateur.

— Une preuve accablante.

— Vous qui parliez de droit il y a un instant, a repris Kylie. Dylan Freemont et Troy Marschand, vous êtes en état d'arrestation. Vous avez le droit de garder le silence…

Elle leur a récité leurs droits, comme l'exige la loi Miranda, avant de leur demander si tout était clair pour eux. Troy, en pleurs, lui a répondu timidement par l'affirmative.

— Et vous, Dylan, a insisté Kylie. Vous avez bien compris vos droits ?

— Oui ! Vous nous arrêtez pour quoi, bordel de merde ?

— Association de malfaiteurs.

— À quel titre ?

— Pour extorsion dans un premier temps, mais on va voir s'il n'est pas possible d'y ajouter une inculpation pour meurtre.

Troy a hoqueté bruyamment avant de vomir sur son T-shirt bleu lavande.

— On ne l'a pas tuée, s'est écrié Dylan. Je le jure.

Mon téléphone a sonné. La capitaine Cates.

— Un petit instant, monsieur Freemont.

J'ai décroché sans attendre.

— Oui, capitaine ?

— Je ne sais pas ce que vous faites, mais laissez tout tomber et rappliquez en quatrième vitesse à Foley Square.

— Que se passe-t-il ?

— Nathan Hirsch est assis sur les marches du palais de justice, une bombe menottée au poignet.

50

Je me suis tourné vers Corcoran et Fischer.

— Je vous laisse cet heureux couple. Nous avons une urgence.

Kylie m'a emboîté le pas et nous avons quitté précipitamment l'appartement. Tandis que nous dévalions l'escalier, je l'ai mise au courant des derniers développements en quelques mots.

Nous nous sommes rués dans la voiture dont j'ai mis en route le gyrophare sans allumer la sirène. J'avais toujours Cates au bout du fil et j'ai branché le haut-parleur.

— Nous sommes en route. Dites-nous tout.

— Nathan se rendait au palais de justice il y a dix minutes quand un Latino lui a fixé au poignet des menottes reliées à un attaché-case avant de lui fourrer un portable dans la main en lui recommandant de ne pas faire l'imbécile s'il ne voulait pas être réduit en bouillie.

— Segura.

— Oui, nous l'avons formellement identifié, m'a confirmé Cates.

— Ensuite ?

— Il a appelé police-secours…

— Quoi ? a hurlé Kylie. Segura lui précise bien de ne pas commettre d'idiotie et il s'empresse d'appeler la police ?

— Vous n'avez pas suivi, MacDonald, l'a reprise Cates. Hirsch n'a rien fait du tout, à part se pisser dessus, probablement. C'est *Segura* qui a contacté police-secours avant de programmer une conversation à trois entre lui-même, la victime et le centre d'appels d'urgence.

Cette histoire n'avait aucun sens.

— Pour quelle raison ?

— Segura souhaitait que Hirsch avoue ses crimes. Les appels à police-secours sont systématiquement enregistrés, c'est le meilleur moyen de s'assurer que la presse s'empare de l'affaire.

Kylie a tourné à droite toute sur Lafayette.

— À l'heure qu'il est, a poursuivi Cates, Hirsch crache le morceau. Il a détaillé leur virée en Thaïlande pour aller chercher de la drogue il y a vingt ans, avoué entretenir une fille dans un appartement du New Jersey, et même reconnu avoir graissé la patte d'un témoin lors d'un procès en diffamation qu'il a gagné l'an dernier. Une peccadille qui lui vaudra d'être radié du barreau.

— Segura a passé vingt ans de sa vie dans une prison thaïlandaise à cause de ce salopard et de ses petits copains. Vous croyez que ça lui suffira de savoir que Hirsch a perdu son boulot et passera quelques mois à l'ombre dans un établissement pénitentiaire de luxe ?

— On arrive, m'a alerté Kylie en prenant à gauche sur Duane.

J'ai poursuivi ma conversation avec Cates.

— Hirsch est peut-être un ténor du barreau, mais jamais il n'obtiendra son propre acquittement. Segura a décidé de l'humilier un maximum et de détruire sa réputation avant d'avoir sa peau. Dès que Hirsch aura terminé de se soulager de toutes ses petites bassesses, Segura s'empressera de le volatiliser de la même façon que les deux autres.

Nous avons pris à gauche sur Centre Street et Kylie a freiné brutalement.

Le bâtiment qui abrite la Cour suprême de New York, au 60 Centre Street, juste en face de Foley Square, est un haut lieu touristique de la partie basse de Manhattan. Ce monument historique abrite notamment la célèbre sculpture connue sous le nom de *Triomphe de l'esprit humain*.

C'est là que Kylie et moi avions récupéré, un peu plus tôt dans la journée, le mandat de perquisition grâce auquel nous espérions confondre Troy Marschand et Dylan Freemont. Sur le moment, c'est tout juste si j'avais prêté une attention distraite au décor qui m'entourait. J'avais vaguement le souvenir que le fond de l'air était frais et pur, que la circulation était fluide et que le monde tournait rond, sans plus.

Une heure plus tard, tout avait changé. Des flics des deux sexes installaient à la hâte des barrières dans un périmètre de cent mètres autour des marches de la Cour suprême sur lesquelles était prostré un individu en costume sombre, un portable collé à l'oreille et une bombe attachée au poignet.

— Nous venons d'arriver sur place, capitaine. Je vois des voitures de patrouille, des camions de pompier et des camionnettes de la télé dans tous les coins, mais où se trouvent les équipes du déminage ?

— Elles sont disséminées un peu partout à travers l'agglomération. On a reçu des alertes à la bombe en provenance d'établissements scolaires de Bay Ridge, Riverdale, Ozone Park et Harlem au cours des minutes qui ont précédé le coup de fil de Segura. Il est probable que ce dernier est à l'origine de ces appels, mais on ne peut pas se permettre la moindre prise de risque tant que les gamins n'ont pas été évacués des écoles concernées et que des chiens renifleurs n'ont pas fouillé intégralement les locaux. L'Unité d'urgence est en route, mais vous allez devoir gérer la crise en attendant.

— Les collègues en uniforme ont réussi à contenir la foule. Qu'attendez-vous de nous, capitaine ?

— Ne quittez pas, police-secours va vous basculer sur la ligne avec Segura et Hirsch.

— Me basculer sur leur conversation ? Mais… pourquoi ?

— À votre avis, Jordan ? Vous rentrez tout juste de Bangkok, vous connaissez mieux que quiconque tous les protagonistes de cette affaire. Je vous rappelle que c'est votre enquête. Je compte sur vous pour parler à Segura et le convaincre de ne pas déclencher cette bombe.

Kylie s'est tournée vers moi en secouant la tête. Elle pensait comme moi. Segura avait consacré la moitié de son existence à imaginer sa vengeance, jamais il ne se contenterait d'excuses quelconques et d'une série d'aveux. Mais ce n'était pas ce que voulait entendre Cates.

J'ai ouvert la portière.

— Très bien, capitaine. Je ferai de mon mieux.

— Ce n'est pas suffisant, Jordan, a-t-elle aboyé. Vous êtes condamné à la réussite. Le NYPD pas plus que la maire ne peuvent se permettre de voir s'afficher à la une de tous les journaux du pays l'annonce d'un nouvel attentat contre un millionnaire new-yorkais.

Un déclic s'est fait entendre et une voix a résonné dans le haut-parleur de mon téléphone. J'ai aussitôt reconnu le timbre de Nathan Hirsch.

— Allô ?

— Allô, m'a répondu Hirsch. Qui est à l'appareil ?

— Ici l'inspecteur Zach Jordan. J'aimerais me joindre à votre conversation.

— Inspecteur, a fait une autre voix. Savez-vous qui je suis ?

— Oui.

— Nathan me dit que vous avez fait le déplacement jusqu'à Bangkok dans l'espoir de me parler.

— C'est juste, monsieur.

— Je suis sincèrement désolé de vous avoir raté. Pourquoi ne pas rattraper ça tout de suite ?

51

— Vous êtes un véritable héros en Thaïlande. J'ai eu l'occasion de dîner avec Pongrit Juntasa, il m'a expliqué combien les exploits de Rom Ran Sura avaient fait honneur à…

— Rom Ran Sura est mort.

— Je croyais pourtant que vous étiez…

— Je suis Geraldo Segura. C'est le nom que mes parents guatémaltèques m'ont donné à la naissance, et ce sera l'identité sous laquelle je mourrai. Rom Ran Sura était une mascarade, un simple outil dont je me suis servi pour sortir de prison avec trente ans d'avance.

— Quel que soit votre nom, vous êtes une légende vivante dans l'univers du muay-thaï.

— Il n'y a pas de légende vivante en enfer, à l'exception de Satan en personne. Vous devriez vous sentir honoré d'avoir dîné en sa compagnie. J'ai survécu en me nourrissant quotidiennement d'un bol de riz trempé dans une mauvaise soupe pendant que Nathan engraissait et s'enrichissait.

— Je sais ce que vous avez vécu. Je me suis rendu à Klong Prem. J'ai vu dans quelles conditions déplorables vous aviez été…

— Vous allez la boucler, inspecteur ? m'a coupé Nathan Hirsch. De quel droit vous mêlez-vous à cette putain de conversation, d'abord ?

— Je vous rappelle que vous avez une bombe attachée au poignet, monsieur Hirsch. Je m'efforce de négocier une solution amiable dans l'espoir de résoudre une situation pour le moins explosive.

— En excitant ce type ? En lui rappelant l'enfer auquel il a échappé ? J'avais une discussion prometteuse avec Geraldo quand vous nous avez interrompus. On commet tous des erreurs de jeunesse. Il a été séduit à l'époque par la personnalité de Princeton Wells. Et c'est Wells qui a négocié ce deal avec Zoe Pound. C'est lui qui a acheté l'héroïne, et c'est encore lui qui a veillé à ce que Geraldo paye la facture si jamais on se faisait prendre. Mon seul crime est de ne pas avoir monté une campagne pour sauver mon camarade.

— Tu es bien modeste, Nathan, est intervenu Segura. Ce n'est pas ton *seul* crime. Tu en as reconnu plusieurs autres il y a quelques instants, et ce n'était que le début.

— Je suis avocat et je n'ai pas respecté la loi, nous sommes d'accord. Je serai radié du barreau et je devrai payer une amende, on me jettera en prison et je l'aurai bien cherché, mais tout ça ne mérite pas la mort.

Le moment était venu d'enfoncer le cou.

— C'est précisément ce que je m'apprêtais à expliquer à M. Segura.

— Soyez gentil, inspecteur. Ne vous mêlez pas de ça.

— Je suis désolé, inspecteur Jordan, a repris Segura. Tout indique que Nathan n'a pas besoin de votre aide, mais que cela ne vous empêche pas d'écouter.

J'ai mis le portable en mode silencieux alors que Hirsch se lançait dans un nouveau mea culpa.

Un coup d'œil à la rue m'a montré que les premiers arrivants avaient été rejoints par une armée de secouristes, prêts à intervenir au premier signe de catastrophe.

Derrière eux, les reporters des principaux médias dévoraient tout cru le drame humain qui se jouait sous leurs yeux avant de le recracher en direct sur Internet ou sur les ondes, en attendant que les premières éditions des journaux prennent le relais en satisfaisant la soif de sang de leurs fidèles lecteurs.

Nathan Hirsch s'était levé le matin la tête pleine de tous ses petits secrets. Le monde se les approprierait avant que la journée touche à sa fin.

Kylie m'a rejoint au pas de course, armée d'une pince coupe-boulons.

— Si tu espères couper la chaîne qui retient Hirsch à sa mallette explosive, tu peux oublier. Segura nous observe à distance. Je te conseille de mettre des bouchons d'oreilles si tu t'approches à moins de trente mètres de Hirsch.

— Je sais, je sais, Zach, mais écoute-moi. Tu te souviens de ce que nous a expliqué Howard Malley au sujet du surnom dont Interpol avait affublé Flynn Samuels ?

— Oui, les flics l'appellent Sammillésime.

— Exactement. Il déclenche la mise à feu en entrant un code à quatre chiffres sur le clavier de son téléphone. Son téléphone *portable*, Zach. Segura ne peut donc rien déclencher du tout s'il n'a pas de signal sur son téléphone, et devine de quoi disposent nos amis de l'Unité d'urgence ? Un brouilleur d'ondes téléphoniques !

— Et devine ce que le NYPD n'a pas le droit d'utiliser sans mandat ? Tu n'as qu'à traverser la rue et aller en réclamer un au juge de permanence au palais de justice si ça te chante.

— Tu sais bien qu'on n'a pas le temps de se procurer un putain de mandat. C'est une question de vie ou de mort.

— À ton avis, combien de gens vivent et travaillent dans le coin ? Que se passe-t-il si l'un d'entre eux, confronté à une question de vie ou de mort, se trouve dans l'incapacité d'appeler police-secours parce que tu as coupé le sifflet de l'émetteur pour sauver Nathan Hirsch ? Les brouilleurs ne sont pas différents des mandats de perquisition, Kylie. C'est aux juges de prendre la décision de s'en servir, pas aux flics.

— Très bien, a répliqué Kylie. Le service de déminage sera là dans dix minutes. Peut-être auront-ils une solution. Où en es-tu de tes négociations ?

— Je suis persona non grata. Nathan Hirsch ne veut pas de mon aide, je dois me contenter d'écouter leur conversation.

— Tiens-moi ça, m'a-t-elle demandé en me tendant la pince coupe-boulons. Je sais à quoi ressemble Segura. Je vais essayer de voir si je peux le repérer au milieu de la foule.

Kylie s'est éloignée et j'ai posé l'outil à mes pieds avant de reprendre l'écoute. Nathan Hirsch avait eu tort de me jeter de cette façon. Je ne suis peut-être pas un négociateur expérimenté, mais je ne suis pas non plus un flic de base curieux de savoir ce que lui et Geraldo Segura pouvaient bien se dire. Loin de vouloir l'énerver, je m'efforçais d'établir un lien avec lui dans l'espoir de gagner sa confiance.

À en juger par les arguments de Nathan, il n'arrivait à rien avec Segura. J'ai hésité un instant à intervenir à nouveau dans leur échange en rappelant à Hirsch cette citation d'Abraham Lincoln : « L'avocat qui se représente lui-même a pour client un imbécile. »

— Sans parler des cinquante mille dollars qu'on versait tous les ans à ta grand-mère, poursuivait Hirsch. C'est moi qui en ai eu l'idée, Wells y était opposé. Une année où je rédigeais le chèque, il m'a pourri la vie au prétexte que…

Mon téléphone s'est arrêté net. En observant les réactions de tous ceux qui se trouvaient là, et dont beaucoup avaient un portable à la main, j'ai pu constater que leurs appareils étaient également devenus muets.

Le son criard d'un mégaphone a fendu l'air.

— Zach ! Zach !

Kylie.

— Vas-y, Zach ! C'est le moment !

Si elle avait été à côté de moi, je lui aurais hurlé dessus en la traitant d'irresponsable et de pire coéquipière au monde. Et une fois que je lui aurais déversé toute ma bile, je me serais réconcilié avec elle en lui faisant l'amour comme un fou.

Inutile de vous dire que ça ne s'est pas passé comme ça.

J'ai ramassé la pince coupe-boulons et je me suis précipité vers le type assis sur les marches de la Cour suprême, le poignet enchaîné à une bombe.

52

J'ai traversé la place déserte au pas de course. Le temps que je monte quatre à quatre les marches de la Cour suprême, la foule reprenait en chœur les invocations de Kylie.

Vas-y, Zach! Vas-y, Zach! Vas-y, Zach!

C'était bien joli, mais je courais le risque d'être réduit en miettes parce que mon estimée collègue, après avoir discuté quelques minutes à peine avec un détenu d'une prison thaïlandaise, avait décidé qu'elle était une grande spécialiste des explosifs, au point de savoir si une bombe pouvait exploser ou non.

La clameur ne cessait de prendre de l'ampleur, et puis une mélodie est venue s'ajouter au concert des cris. Au milieu de cette horde qui m'encourageait, un cinglé avait sorti son saxophone. J'ai reconnu le thème de la série des *Rocky*. *Doum, doum, dadadoum, dadadoum, dadadoum.*

Le thème du héros, sauf que je ne me voyais pas en héros, mais en idiot.

La voix de Kylie a chuchoté dans ma tête. *Segura ne peut rien déclencher du tout s'il n'a pas de signal sur son téléphone, et devine de quoi disposent nos amis de l'Unité d'urgence ? Un brouilleur d'ondes téléphoniques !*

Mon premier réflexe avait été de l'empêcher d'utiliser ce truc tant qu'elle ne disposerait pas de l'autorisation nécessaire, mais j'aurais été mieux inspiré de lui expliquer que Segura avait le moyen de déclencher n'importe quelle bombe à distance sans téléphone portable. Avec un ordinateur relié à un détonateur de secours, par exemple.

Qui me disait qu'il ne disposait pas non plus d'un fusil à lunette et qu'il n'allait pas me tirer comme un lapin pour avoir voulu sauver un type qui avait bousillé vingt ans de sa vie ?

En fin de compte, je me retrouvais en première ligne à risquer ma peau pour sauver celle d'un enfoiré de première.

Quand j'ai déboulé devant lui, Nathan Hirsch regardait fixement l'écran de son portable, sans doute en se demandant si Segura allait le rappeler ou bien s'il le ferait exploser à la place. Il se trouvait exactement au centre de la façade à colonnade de la Cour suprême, une douzaine de marches plus haut que la rue, et formait un tableau saisissant de l'immanence de la justice humaine.

J'ai voulu monter les marches quatre à quatre, mais je venais à peine de poser le pied sur la première que le temps ralentissait brutalement, comme dans ces cauchemars où l'on a l'impression de courir sans avancer.

Peut-être était-ce le décalage horaire dont je ne m'étais pas encore remis, ou alors la peur atroce qui m'étreignait, mais j'ai mis une éternité à monter la deuxième marche.

Quelqu'un avait trouvé le moyen d'amplifier le son du saxophone et c'est à l'accompagnement du thème de *Rocky*, repris par la foule, que j'ai gravi les degrés un à un.

Quand j'ai revu la scène par la suite en vidéo, elle durait une poignée de secondes, mais sur le moment, j'avais l'impression de vivre au ralenti.

J'ai apostrophé Hirsch en m'approchant.

— Nathan ! Ne bougez pas !

Il a relevé la tête en entendant le son de ma voix. Cates avait vu juste, il s'était pissé dessus et pleurait à chaudes larmes.

Mon Dieu, aie pitié de moi ! Fais que la dernière vision que j'emporterai du monde ne soit pas celle de ce connard obèse.

— Faites ce que je vous dis…

Je l'ai obligé à baisser le bras de sorte que la mallette repose sur une marche. J'ai posé les yeux sur la pince coupe-boulons que je tenais dans mon poing crispé. Un outil de merde, comme seules les administrations sont capables d'en acheter. Les paroles de l'astronaute John Glenn me sont revenues en mémoire : « Tandis que je filais à travers l'espace, j'étais obnubilé par une triste réalité : toutes les pièces de ma fusée avaient été commandées au fabricant le moins cher. »

J'avais au fond de ma poche un porte-clés avec une demi-douzaine de clés, l'une d'elles me permettrait peut-être d'ouvrir ces menottes. Mais peut-être pas. Autant ne pas tenter l'expérience. J'ai écarté les mâchoires de la pince, les ai refermées sur l'un des maillons de la chaîne, puis j'ai serré le manche de toutes mes forces.

La chaîne s'est brisée, le maillon cisaillé en deux.

— Vite, Nathan ! Courez !

Loin de m'obéir, il restait tétanisé, incapable du moindre mouvement.

Gros comme il l'était, je n'aurais jamais réussi à le porter.

Je lui ai agrippé les bras pour l'attirer à moi avant de lui crier à l'oreille :

— Écoute-moi bien, espèce de connard. J'ai l'intention de rentrer chez moi ce soir et de retrouver ma copine. Alors tu as le choix. Soit tu te remues le train, soit je te laisse crever ici.

Il s'est levé lentement, puis il a descendu les marches comme une baleine pendant que je tendais le dos, prêt à entendre tonner l'explosion qui nous enverrait voler en charpie de l'autre côté de Lafayette Street.

Il n'y a pas eu de détonation. Pas le moindre *boum*. Uniquement les cris des badauds qui m'ont vu aider l'avocat à traverser Centre Street avant de le confier à une escouade de flics en uniforme.

— Demandez aux secouristes de l'examiner, mais ne le laissez pas repartir tant qu'il n'a pas eu une discussion à cœur ouvert avec Selma Kaplan, l'adjointe du procureur.

Une femme flic m'a posé la main sur l'épaule.

— Et vous ? s'est-elle inquiétée. Ça va aller ?

— Je vais bien. Arrangez-vous pour me trouver une planque loin de toutes ces putains de caméras.

Elle m'a entraîné jusqu'au QG mobile installé sur Worth Street. J'ai grimpé les quelques marches de la caravane en titubant, refermé la porte derrière moi, et je suis tombé à genoux en pleurant et en riant, infiniment reconnaissant à un Dieu auquel je n'avais pas demandé d'intercéder depuis une éternité.

53

Il y avait quatre flics en chemise blanche à l'intérieur du QG mobile. Deux d'entre eux hurlaient des ordres, un téléphone satellitaire collé à l'oreille. Je n'avais pas choisi l'endroit idéal pour me retirer du monde et prendre le temps de réfléchir à ce qui venait de m'arriver.

Je me suis rempli les poumons à plusieurs reprises, histoire de me concentrer, et j'ai relevé la tête. Une femme flic en chemise blanche, plantée devant moi, me toisait. J'ai immédiatement reconnu Barbara O'Brien, des relations publiques du NYPD.

Je me suis redressé.

— Vous avez des couilles, inspecteur Jordan.

De n'importe qui d'autre, je l'aurais pris comme un compliment. J'ai attendu la suite en tendant le dos.

— Vous disposiez d'un mandat pour aller avec les couilles en question ?

— Je vous demande pardon ?

— Vous avez coupé un réseau téléphonique qui intéresse plusieurs dizaines de milliers de citoyens ordinaires. La presse ne manquera pas de me demander si c'est vous qui avez eu l'idée de cette mission, et si vous disposiez d'un mandat en bonne et due forme.

— À ma connaissance, ma collègue s'en occupait.

— Elle s'en *occupait*? J'ose espérer pour vous qu'elle l'a obtenu.

— Il faut que j'y aille, lieutenant. La capitaine Cates attend de mes nouvelles.

— Dites-lui bien qu'elle peut également s'attendre à recevoir des miennes.

Quand j'avais pénétré dans ce QG mobile quelques minutes auparavant, j'étais un héros. J'en ressortais en paria.

Je descendais les marches de la caravane quand de nouveaux cris de joie sont montés de la foule. Cette fois, ils ne s'adressaient pas à moi. Le réseau téléphonique venait d'être rétabli et les gens manifestaient bruyamment leur soulagement.

J'ai apostrophé Kylie en la voyant approcher.

— Je vois que tu as remis en route le réseau.

— C'est leur vie tout court que j'ai remise en route, tu veux dire. Quelques minutes de plus sans tonalité et ça aurait tourné vinaigre.

— Si je comprends bien, la bombe est à nouveau active.

— Aucun souci, les types du déminage adorent ça. Ils vont se battre entre eux pour savoir lequel aura le privilège de la désamorcer. Et puis je vois mal Segura provoquer une explosion puisque Hirsch se trouve en lieu sûr. À la place, il se servira de son téléphone pour te passer un coup de fil de félicitations. Comme moi.

Elle m'a pris dans ses bras.

— Tu es un héros, vieux frère.

— Je ne crois pas vraiment, mais le câlin est bienvenu.

— *Tu ne crois pas vraiment?* Zach, ce n'est pas parce que les gens n'avaient plus de réseau qu'ils se sont privés de filmer la scène. Je peux t'assurer qu'il ne faudra pas longtemps pour que la planète entière te voie sur Internet traverser cette place comme un dératé en direction d'une bombe amorcée. Demain à l'heure qu'il est, tu seras célèbre sur YouTube. Tu as risqué ta vie pour sauver celle d'un type sur lequel peu de gens parieraient un kopeck. Je te le dis, tu es une rock-star.

— Tu expliqueras ça au lieutenant O'Brien des relations publiques. Je suis tombé sur elle dans le QG mobile.

— Qu'est-ce qu'elle te voulait, cette virago?

— Elle compte ouvrir une enquête sur les raisons qui ont poussé deux inspecteurs à violer la loi fédérale qui empêche les forces de police d'utiliser un brouilleur sans autorisation.

— Et qui te dit qu'on n'avait pas d'autorisation?

— Je sais bien qu'on n'en avait pas.

— On devrait la recevoir d'une minute à l'autre.

— Qui l'a signée?

— Le vieux schnock qui m'a emmenée dîner l'autre soir au Harvard Club et qui m'a dit, après deux verres de vin : « Si jamais vous avez besoin de quoi que ce soit, ma belle, voici mon numéro de portable. »

— Le juge Rafferty?

— Je crois qu'il a le béguin pour moi.

— Tu es en train de me dire que tu l'as appelé personnellement sur son portable pour obtenir ce mandat ?

— Il m'a donné son accord verbal. Je me rendais de ce pas au palais de justice pour récupérer le papier officiel.

— Tu crois vraiment qu'il acceptera de signer un mandat *après* les faits ?

— Tais-toi un peu et suis-moi. On ferait mieux de passer par l'arrière du bâtiment, cette vacherie de bombe bloque l'entrée principale.

Cinq minutes plus tard, on nous introduisait dans le bureau du juge Rafferty.

— Kylie ! l'a-t-il accueillie en la serrant dans ses bras. J'ai préparé votre mandat.

— Homme de peu de foi, m'a-t-elle glissé en allant récupérer le précieux document qui nous délivrerait des foudres d'O'Brien, sans parler de poursuites fédérales.

— Quant à vous, jeune homme, a repris le juge en me serrant la main, je vous ai d'abord pris pour un idiot, mais je m'étais trompé.

— Je vous remercie, monsieur le juge. À propos, je m'appelle Zach Jordan.

À force, il finirait bien par retenir mon nom un jour.

— À propos, monsieur le juge, a déclaré Kylie, nous avons arrêté les deux canailles qui vous faisaient chanter.

— Buvons un verre pour fêter ça, a-t-il réagi en ouvrant l'un de ses tiroirs.

— C’est malheureusement impossible, monsieur le juge. Nous sommes en service, mais je retiens l’invitation.

— Je saurai vous le rappeler. On boira même deux verres : le premier à la santé des maîtres chanteurs, le second en hommage à Zach dont j’ai suivi la brillante intervention à la télé. Du grand art, tel qu’on vous l’enseigne dans les écoles de police, fiston. Il n’y avait rien à redire.

— Pas de mon point de vue, monsieur le juge.

— Et pourquoi donc?

— J’aurais préféré être accompagné par Wynton Marsalis à la trompette, au lieu de cette vacherie de saxophoniste.

54

Nous venions de reprendre le chemin du commissariat quand Cates m'a appelé. J'ai mis le haut-parleur.

— Je viens d'avoir Barbara O'Brien.

— Que veut-elle ? Mon badge ou ma peau ?

— Elle m'a avoué qu'elle vous était rentrée dans le lard, mais elle s'est calmée à présent que la bombe est désamorcée, d'autant que vous avez réussi le tour de passe-passe de lui fournir un mandat. Elle propose qu'on vous remette une citation.

— On préfère un jour de congé, est intervenue Kylie.

— Ce n'est pas vraiment inscrit dans les astres. En attendant, j'ai besoin de vous tout de suite. Vos deux amateurs de drone ont pris un avocat, la procureure adjointe Kaplan est en pleine négociation avec eux.

J'ai froncé les sourcils.

— Il n'y a rien à négocier. Ces deux petits malins ont fait chanter un juge.

— Kaplan s'en moque, tant qu'elle obtient ce qu'elle veut.

— Dites-lui d'attendre. On sera chez elle dans un quart d'heure.

Kylie a enfoncé la pédale d'accélérateur.

— Sans doute moins.

Je ne m'étais pas trompé. Sept minutes plus tard, nous pénétrions dans la salle d'interrogatoire où se trouvait déjà Selma Kaplan. La procureure adjointe faisait face à nos deux maîtres chanteurs qu'accompagnait une rousse frisée et souriante approchant de la quarantaine.

— Je vous présente Grace Marschand, a déclaré Kaplan.

— Je suis la sœur aînée de Troy. Je suis spécialisée dans les affaires de préjudices corporels, mais mon frère n'ayant pas les moyens d'engager un pénaliste, il a fait appel à moi, pour éviter d'avoir recours à un avocat commis d'office. Il a de la chance que je sois fan de la série *New York, police judiciaire*.

Le propos était bien amené, mais je ne suis pas tombé dans le panneau. Cette fille n'était pas plus une débutante que moi. Jamais elle n'aurait été aussi décontractée si elle n'y connaissait rien. Il suffisait de voir le petit sourire narquois qu'affichait Dylan Freemont pour savoir qu'elle connaissait son affaire.

Selma Kaplan s'est levée.

— Je vous prie de m'excuser quelques instants, le temps de m'entretenir avec ces deux inspecteurs.

— Prenez le temps qu'il vous faudra, a répliqué Grace Marschand. Sachez toutefois que Troy et Dylan regrettent *terriblement* ce qu'ils ont fait et qu'ils comptent évidemment rendre la totalité de la somme.

— Il leur en reste ? s'est étonnée Kylie. J'avais cru comprendre qu'ils s'en étaient *terriblement* servis pour faire du shopping le week-end dernier.

— Je sais, et c'est tout à fait regrettable, a reconnu l'avocate en adressant à son frère le regard dont on gratifie un chien qui s'est oublié sur la moquette. Il leur reste quatre-vingt-quatre mille dollars et je m'engage à fournir le reste de la somme.

— J'ai dû rater l'épisode de *New York, police judiciaire* où les coupables d'un délit majeur s'en tirent en rendant le fric qu'ils ont volé après avoir été pris sur le fait, a insisté Kylie. Je vous signale que vos clients sont passibles de sept ans de prison, maître.

Grace Marschand lui a adressé un sourire affable.

— Mme Kaplan nous propose pourtant d'abandonner les poursuites à l'encontre de mes clients.

Kaplan nous a entraînés hors de la pièce avant qu'on ait pu réagir.

— Abandonner les poursuites? a explosé Kylie une fois la porte refermée. Je serais curieuse de savoir quels atouts ils cachent dans leur manche, Selma.

— C'est bien simple : trente-deux enregistrements pornographiques impliquant Aubrey Davenport.

— Qui sont les autres stars de ces superproductions?

— À en croire Mlle Je-ne-connais-rien-au-droit-pénal, des piliers de la communauté : le PDG d'une banque internationale, un membre du Congrès, un présentateur télé, un président d'université... Un véritable *Who's Who* de New York.

— Troy Marschand avait donc l'ordinateur d'Aubrey depuis le début.

— Non. L'ordinateur lui-même n'a pas été retrouvé. Troy affirme qu'il rangeait le bureau un jour quand il est tombé sur un disque dur externe.

Comme il ne savait pas ce qu'il renfermait, il a voulu en examiner le contenu avec Dylan. Il se trouve que Davenport tournait un documentaire secret depuis plus d'un an, avec l'intention de dénoncer de nombreux membres de l'élite en apportant la preuve qu'il s'agissait de menteurs, de tricheurs et de déviants sexuels.

— Je ne comprends pas. Elle voulait leur soutirer de l'argent ?

— Pas du tout, c'était un véritable travail documentaire. L'argent ne l'intéressait pas, elle visait un Oscar. À la suite de son assassinat, ces deux clowns ont compris qu'ils étaient assis sur une mine d'or et ils ont décidé d'extorquer de l'argent à leurs victimes.

— De mon point de vue, ce genre de comportement mérite la prison, a rétorqué Kylie. Proposez-leur trois ans. Ils sortiront au bout de dix-huit mois, mais au moins auront-ils…

— Vous réagissez en flic, MacDonald, l'a coupée Kaplan. Le procureur est un élu. Si jamais ces images se retrouvent dans la nature, c'est tout l'establishment de cette ville qui s'en trouvera bouleversé. On ne peut pas risquer de traduire en justice ces deux rigolos. Je ne suis même pas en mesure de les inculper, pour la bonne et simple raison que toute cette histoire ferait l'objet d'une déposition officielle si je m'y hasardais.

J'ai levé les yeux au ciel.

— Si je comprends bien, le procureur est prêt à les relâcher pour se débarrasser de ces vidéos.

— Zach, les personnes concernées sont précisément celles que le Red est censé protéger.

— Nous sommes là pour défendre et protéger nos concitoyens, Selma. Pas pour étouffer des scandales.

— La décision ne relève ni de vous, ni de moi, mais du procureur, a insisté Kaplan.

— Avec un sérieux coup de pouce de notre chère maire, a grincé Kylie. Je veux bien parier que tous les porcs lubriques filmés dans ces vidéos ont contribué financièrement à sa campagne.

— Ma chérie, vous êtes dans le métier depuis trop longtemps pour vous en offusquer. La maire et le procureur se contentent de protéger les gens qui les nourrissent, rien de plus.

Une question m'intriguait.

— Qu'est devenu ce fameux disque dur externe contenant toutes ces vidéos ?

— Troy l'a caché dans la cave de sa mère. Nous sommes censés le récupérer dans quelques heures.

— Je vois peut-être un avantage à toute cette histoire.

— Je vous écoute, Zach. Un regard positif ne me fera pas de mal.

— Je suis persuadé que ce disque dur externe est une simple sauvegarde et que les vidéos originales se trouvent toujours dans l'ordinateur d'Aubrey. À votre avis, Troy et Dylan l'ont-ils en leur possession ?

— Troy jure ses grands dieux que non, et je le crois. Il a bien trop peur pour nous cacher quoi que ce soit.

— Nous savons également que Janek Hoffmann ne l'avait pas non plus. Or il faut bien que cette fichue bécane se trouve quelque part.

— Reste à savoir où.

— Nous savons enfin qu'Aubrey ne s'en séparait jamais. J'émets donc l'hypothèse que quelqu'un a découvert le pot aux roses. Le même quelqu'un a assassiné Aubrey pour prendre son ordinateur sans se douter qu'il existait une sauvegarde. En toute logique, on peut penser que le coupable est l'un des trente-deux types figurant dans ces vidéos.

— Je peux déjà vous dire que le coupable n'est pas le juge Rafferty, a déclaré Kylie avec un grand sourire.

— À la bonne heure ! L'enquête avance à grands pas, il ne nous reste plus que trente et un suspects parmi nos concitoyens les plus éminents.

55

Il m'avait fallu moins de cinq minutes pour libérer Nathan Hirsch de la bombe menottée à son poignet, mais j'ai mis plus de deux heures à décrire l'incident en détail dans le rapport circonstancié qu'il m'a fallu rédiger.

— Si je m'étais douté que sauver la vie de ce type entraînerait autant de paperasse, a grommelé Kylie en reculant son fauteuil de bureau, j'aurais hésité à deux fois avant d'enclencher ce fichu brouilleur.

— Permets-moi d'en douter. Depuis quand réfléchis-tu à deux fois avant de te lancer dans une de tes fantaisies ?

— Ce n'était pas une fantaisie. J'avais un mandat.

— Kylie, tu arriveras peut-être à embrouiller Barbara O'Brien, mais pas moi. J'ai lu la signature au bas de ce mandat. Rafferty n'est pas un juge fédéral, j'imagine qu'il a envoyé un greffier à la Cour suprême en demandant à l'un de ses copains magistrats d'apposer sa signature au bas de la feuille. Jamais tu n'as eu le temps de tout manigancer avant de déclencher le brouillage.

— Mais c'est que tu es malin, pour un enquêteur. Cela dit, Zach, l'essentiel est d'avoir sauvé une vie humaine.

— Un humain, actuellement menotté à un lit de l'hôpital Bellevue, dont la femme demande le divorce et qui se trouve inculpé pour une bonne demi-douzaines de délits. Mais tu as raison. C'est une situation gagnant-gagnant. Comment comptes-tu fêter ça ?

— Je dîne ce soir à l'hôtel Mark avec C. J.

— Tu plaisantes ? L'hôtel où s'est déroulé le braquage ?

— Le Mark a un restaurant à tomber raide. Le directeur de l'hôtel a invité tous les participants à la partie de poker le soir de leur choix. Pourquoi ne pas te joindre à nous, avec Cheryl ?

— C'est gentil, mais Cheryl a pris un train pour Philadelphie où elle a un congrès. Je fêterai la victoire en solo. Au menu, pizza saucisse, un pack de Blue Moon et un match des Yankees.

— Quelle horreur !

Elle n'avait pas tort, mais j'avais menti de façon éhontée, à l'exception de ce qui concernait Cheryl. Q m'avait envoyé un texto plus tôt dans la journée pour me dire qu'il était sur une piste. Il pensait avoir retrouvé les deux voyous coupables d'avoir chloroformé Bob Reitzfeld, de l'avoir attaché à une canalisation, et d'avoir pris la fuite avec huit cent mille dollars de butin. Je trouvais pour le moins ironique que C. J. retourne sur les lieux du crime le soir où je m'évertuais à établir sa culpabilité.

J'ai attendu que Kylie quitte le bureau avant d'envoyer un texto à Q. Certains indics préfèrent fournir les informations dont ils disposent, prendre leur argent et s'éclipser. Ce n'est pas le cas de Q le Magnifique. Non seulement il ne demande jamais d'argent, mais il adore transformer nos rencontres en rendez-vous mondains. Une heure plus tard, nous nous retrouvions au salon de thé Nom Wah à Chinatown afin de partager huit sortes de raviolis chinois différents. Vers le milieu du repas, le serveur nous a apporté des pattes de poulet bouillies servies avec de la sauce aux haricots noirs dont j'ai laissé ma part à Q avec plaisir.

— Les deux jeunots qui ont braqué les joueurs de poker s'appellent Tariq Jessup et Garvey Jewel, m'a-t-il annoncé en croquant dans un beignet au navet qu'il manipulait avec ses baguettes.

— Vous en êtes sûr ?

— À cent pour cent. J'ai leur confession signée, m'a-t-il répondu d'un air pince-sans-rire. Ils attendent que je leur passe les menottes.

— Désolé, la question était idiote. Je recommence : qu'est-ce qui vous fait dire qu'il s'agit bien d'eux ?

— Jessup et Jewel sont deux promoteurs de hip-hop bas de gamme. Ils écument les rues et le Net à la recherche d'ersatz de Kanye West et de Nicki Minaj capables d'aligner des rimes à peu près correctes. Ils ont monté un spectacle qu'ils proposent dans des clubs minables, après quoi ils rameutent leurs copains, les membres de leur famille et tous leurs voisins, histoire de donner l'impression qu'on fait la queue à leurs concerts.

— Des imprésarios, donc.

— Des imprésarios qui se font payer à coups de bourbon dilué, voire un pourcentage des entrées les jours fastes. Sur la grande échelle de la hiérarchie du showbiz, Zachary, ces deux-là ont à peine posé le pied sur le premier barreau.

— Ce qui ne les a pas empêchés de…

— Connaissez-vous le Gansevoort PM ? Un club du quartier des abattoirs.

— J'en ai entendu parler.

Par Kylie. Elle parlait d'y retrouver C. J. le soir où le corps d'Aubrey Davenport a été retrouvé à Roosevelt Island.

— Un vrai club digne de ce nom, avec de la musique à soulever le toit de l'immeuble. Et les prix qui vont avec. Devinez qui a été aperçu là-bas hier et avant-hier soir ?

— Jessup et Jewel.

— Exact. Ils tripotaient allègrement deux femmes qui étaient clairement bien au-dessus de leurs moyens, et ils buvaient du Dom Pérignon en lieu et place de leur vodka de supermarché habituelle. Ces deux types dépensent du fric comme s'ils étaient les héritiers du sultan de Brunei.

— Peut-être qu'ils l'ont gagné au poker ?

Q s'est emparé d'une nouvelle patte grillée.

— Vous êtes certain de ne pas vouloir essayer ?

— Je préfère vraiment le blanc de poulet. Savez-vous où traînent Jessup et Jewel ?

— Un peu partout.

— Ce soir, en particulier ?

Il m'a adressé un grand sourire avant de planter les dents dans sa patte de poulet. Quelle question ! Bien sûr, qu'il savait où les trouver ce soir-là. Q est au courant de tout.

56

Nous avons conclu notre dîner en commandant des boules au sésame avec deux thés bo-lay. Q en a profité pour me donner toutes les informations dont il disposait sur Jessup et Jewel. Il m'a ensuite aidé à concocter une histoire que je n'aurais jamais été capable d'imaginer tout seul.

— Vous ne trouvez pas que c'est un peu tiré par les cheveux ? On ne pourrait pas rendre ça un peu plus… je ne sais pas… réaliste ?

— Vous savez bien ce qu'on dit, Zach. « La réalité dépasse la fiction. » Plus c'est incroyable, plus les gens y croient.

— Vous croyez qu'ils mordront à l'hameçon ?

— Vous sentez-vous capable de les convaincre ? a rétorqué Q.

J'ai haussé les épaules.

— Au début de ma carrière, j'ai travaillé pour les Stups. Je me souviens de la première fois où je me suis retrouvé sur le terrain. Je ne m'étais pas lavé et rasé pendant une semaine, j'avais mis de vieilles fringues toutes tachées, et j'étais convaincu de ressembler à un toxico pur jus. Je me suis approché d'un dealer et le premier truc qu'il m'a demandé, c'est d'enlever mes chaussures.

Q a commencé à rire avant même d'entendre la chute.

— Je parie que vous aviez une paire de chaussettes propres.

J'ai acquiescé.

— Je me suis royalement planté comme le bleu que j'étais. J'ai fini par obtenir ma mutation au bout d'un an, je ne supportais pas de sentir comme une benne à ordures, mais j'étais devenu assez bon menteur. Tout ça pour dire que je devrais pouvoir m'en tirer.

— Les dealers sont difficiles à duper parce qu'ils sont persuadés en permanence d'avoir affaire à des agents des Stups. Jessup et Jewel sont des marlous sans envergure qui n'ont aucune raison de se méfier de vous. Vous vous en tirerez très bien. Contentez-vous de rouler des mécaniques comme les méchants des westerns d'autrefois quand ils pénétraient dans un saloon.

J'ai réglé la note et trouvé une boutique à Chinatown qui vendait des téléphones jetables, puis j'ai pris le métro à Grand Street en direction du Bronx. Pendant les trois quarts d'heure qu'a duré le trajet, j'ai eu tout le temps de répéter mon rôle jusqu'à le connaître sur le bout des doigts.

Je suis descendu à Bedford Park Boulevard et j'ai parcouru le kilomètre qui me séparait de Webster Avenue. Le club que je cherchais s'appelait Le Serpent à Sonnette. Si on peut parler de club. C'était en fait un troquet miteux avec un guichet ouvert sur la rue pour la vente de sandwiches à emporter. Une pancarte annonçait de la musique live ce soir-là.

Un videur en débardeur montait la garde devant la porte.

Il a hoché la tête en me voyant.

— Bienvenue au Serpent. Deux boissons minimum.

Il y avait du monde pour un mardi soir, une petite centaine de clients qui ont dévisagé le visage pâle s'aventurant sur leur territoire avant de s'en désintéresser. J'ai commandé une bière au bar et trouvé une table vers le fond, le plus loin possible de la musique.

Deux minutes plus tard, ainsi que l'avait prédit Q, un type avenant, des dreads jusqu'aux épaules et la barbe pigmentée de gris, s'installait en face de moi en me gratifiant d'un large sourire.

— Garvey Jewel. Vous travaillez pour une maison de disques ?

C'est à peine si j'ai pris la peine de lever les yeux de ma bière.

— Non.

— Amateur de hip-hop ?

— Pas vraiment.

— Alors vous vous êtes trompé de crémerie, a dit Jewel avec un air de défi. Si vous êtes venu acheter de la dope, c'est vraiment pas le bon endroit. Ce troquet ne paie pas de mine, mais la patronne a l'œil à tout. Pas de mineurs, pas de dealers. Que des amateurs de rap qui viennent boire un verre.

— Je suis dans la bonne crémerie, mais je ne suis pas là pour la musique.

— Alors pour quoi ?

— Quand j'ai besoin de main-d'œuvre, je fais un tour sur le parking d'une grande surface de bricolage. C'est pareil.

— Quel genre de bricolage ?

— Du travail de nuit. Pas très dangereux, et bien payé.

— Bien payé comment ?

Je me suis penché vers lui, les mains croisées sur la table. Le moment était venu de mettre à profit mes dons d'acteur en affectant la gravité d'Al Pacino, couplée à la fragilité psychologique de Christopher Walken.

— Mieux encore que mercredi dernier dans l'Upper East Side.

Il a bondi sur sa chaise en posant instinctivement sa main sur la ceinture de son pantalon.

— T'es flic ?

Je n'ai pas cillé.

— Réfléchis une minute, Garvey. Tu crois peut-être que le NYPD a entendu parler de tes frasques avec ton copain à l'hôtel Mark et qu'il a décidé d'envoyer un blanc-bec dans le Bronx pour t'arrêter, tout ça parce qu'aucun flic black était dispo ce soir ? À moins que tu ne te sois un peu trop vanté auprès de la fille qui te taillait une pipe, qui en a parlé à une copine qui en a parlé autour d'elle, jusqu'à ce que ça me revienne aux oreilles.

— Putain d'Inez avec sa grande gueule, a grondé Jewel.

Q avait vu juste. « Les types de la trempe de Jessup et Jewel, m'avait-il expliqué, ne se contentent pas de récolter du fric. Ils se sentent obligés d'impressionner leur entourage. Laissez-le croire que c'est une petite amie qui a craché le morceau. » Le risque était que Jewel appelle la fille en question, mais Q m'avait immédiatement rassuré : « Elle niera, mais jamais il ne voudra la croire. C'est vous qu'il croira. »

J'ai pris un air modeste.

— Faut pas en vouloir à Inez. C'est grâce à elle qu'on se connaît tous les deux, pas vrai ? Maintenant, ma proposition t'intéresse, ou bien je me casse ?

— Attends-moi, m'a recommandé Jewel avant de s'éloigner vers le bar.

Deux minutes plus tard, il était de retour avec un compagnon porteur d'une Apple Watch. Comme le faux aveugle dont m'avait parlé Reitzfeld.

— T'as vingt-cinq mots pour t'expliquer, a fait le nouveau venu. Et je te conseille de bien les choisir.

— Samedi soir. Une partie de poker dans le New Jersey. Cent cinquante mille le ticket d'entrée. Je participe à la partie. J'aurais besoin…

— Besoin de quoi ? s'est énervé Appel Watch en épiant les alentours pour savoir ce qui m'avait poussé à me taire. Personne écoute. Continue.

— J'étais arrivé au bout de mes vingt-cinq mots. Je les ai comptés.

— On peut pas dire que t'es banal, comme gars, a réagi Apple Watch en me tendant la main. Je m'appelle Tariq Jessup.

Je lui ai serré la main. C'était le moment de lui lâcher la bombe suivante.

— Moi, c'est Johnny Wurster. Mes potes m'appellent Johnny l'Aviateur.

— T'es pilote ?

— Un jour, des gorilles sont venus chez moi et ils m'ont balancé du balcon du sixième. J'ai rebondi sur le velum qui protégeait l'entrée et atterri sur un portier de cent cinquante kilos. Depuis, tout le monde m'appelle Johnny l'Aviateur.

Les deux voyous ont éclaté de rire.

— OK, l'Aviateur, a fait Jessup. Je te laisse mille mots de plus. Parle-nous de ta partie de poker.

Je les ai tenus en haleine en leur fournissant tous les détails. C'est tout juste s'ils ne buvaient pas mes paroles.

57

Il était 3 heures du matin lorsque Geraldo Segura enfila son sac à dos et quitta son hôtel de Sumner Place, à Brooklyn. Il prit le temps d'acheter dans une épicerie de nuit une bouteille d'eau Poland Spring, deux barres protéinées, ainsi que les premières éditions du *Post* et du *Daily News*.

Il grignota les barres protéinées et vida la bouteille en marchant jusqu'à la station de Flushing Avenue, monta l'escalier conduisant au quai du métro aérien, prit place dans une rame de la ligne J en direction de l'est, et jeta un coup d'œil aux journaux.

La photo du flic avec sa pince coupe-boulons s'affichait à la une des deux quotidiens. Celle du *Post* titrait :

UN FLIC HÉROÏQUE SAUVE
UN AVOCAT MARRON

L'article qui s'étalait en deuxième page était intitulé :

LE TERRORISTE DE L'HÔTEL PIERRE EST
UN CHAMPION DE BOXE THAÏLANDAISE

Deux photos de lui illustraient la prose du journaliste : la première tirée de l'annuaire de son lycée, la seconde prise lors d'un combat en Thaïlande. Aucun des deux clichés ne lui ressemblait, Segura avait pris la précaution d'emporter à New York une panoplie complète de déguisements. Ce matin-là, il s'était vieilli volontairement de vingt ans, avec une calvitie encadrée de cheveux gris et une barbe qui lui mangeait le visage.

L'article fournissait peu de détails car la transcription de l'appel à police-secours n'avait pas encore été transmise à la presse. Quant à Hirsch, il avait été mis en sécurité avant que les journalistes puissent lui tomber dessus.

Le compte rendu du *Daily News* était similaire à celui du *Post*, mais Segura ne put s'empêcher de sourire en découvrant la légende de sa photo de champion de muay-thaï :

L'HOMME LE PLUS RECHERCHÉ DE NEW YORK

Il déchira soigneusement la page concernée, la plia et la glissa dans la poche de son blouson, impatient de la montrer à Jam.

Il repensa au jour de leur rencontre. Elle ne s'était pas rendue dans la prison de Klong Prem pour assister au match de boxe, mais pour voir sa sœur parader autour du ring en bikini en brandissant un grand carton orné du chiffre de la reprise à venir.

— Vous êtes américain ? lui avait-elle demandé alors qu'il venait de remporter son quatrième match de la journée.

Il avait souri, la trouvant mignonne.

— Oui, mademoiselle.

— Quel est votre président préféré ?

— Abraham Lincoln.

— Alors je vais me renseigner sur sa vie, avait-elle décidé, tout sourire. Je vous remercie.

Il avait vingt-deux ans à l'époque. Jam n'en avait que douze.

Lorsqu'elle était revenue à l'occasion du match suivant, elle lui avait dit avoir lu trois livres consacrés à Lincoln.

— J'ai pleuré en apprenant qu'on l'avait assassiné. Quel était votre livre préféré quand vous aviez mon âge ?

— *Ne tirez pas sur l'oiseau moqueur*, de Harper Lee.

Ainsi était née leur amitié. Très vite, Jam avait pris l'habitude de lui rendre visite dans sa prison en dehors des matchs de muay-thaï. Le détenu et la collégienne parlaient de littérature, de philosophie, d'histoire et, surtout, de l'Amérique, pour laquelle Jam avait une véritable passion.

Pongrit Juntasa avait laissé des instructions précises au personnel pénitentiaire au sujet de l'adolescente.

— Veillez bien à la laisser entrer chaque fois qu'elle vient le voir. Elle contribue à le rendre invincible.

Ce n'était pas forcément le cas, mais en l'espace de six années, Geraldo Segura s'était métamorphosé en Rom Ran Sura, le meilleur boxeur muay-thaï d'Asie du Sud-Est, et ses ambitions ne s'arrêtaient pas là.

Les prisonniers hors norme avaient droit à certains privilèges. Un soir, Segura avait été surpris qu'on l'autorise à prendre une douche chaude. On lui avait fourni des vêtements propres avant de le conduire au domicile de Juntasa. Un gardien avait accompagné Segura jusqu'à la salle à manger où l'attendait le chef du département des Prisons près d'une table dressée pour deux.

— Rom Ran Sura, votre victoire récente lors du championnat du monde a fait honneur au royaume, une fois de plus, lui avait annoncé Juntasa. En guise de récompense, Sa Majesté a décidé de réduire votre peine de sept années.

Segura avait procédé à un rapide calcul dans sa tête. Il avait conscience depuis le départ de se battre pour sa libération. Cette nouvelle mesure de grâce lui ouvrait les portes de la liberté aux alentours de cinquante ans. Il s'était empressé de remercier son bienfaiteur.

— J'ai un autre cadeau, avait ajouté Juntasa en levant la main.

La porte s'était ouverte et Jam Anantasu s'était avancée.

— Elle fête aujourd'hui ses dix-huit ans, avait poursuivi Juntasa. Elle est majeure à présent. Je vous souhaite une bonne soirée.

Il avait quitté la pièce et Segura était resté là, à peine capable de respirer. Jam lui était apparue comme une vision, une déesse en robe de dentelle blanche, ses longs cheveux d'un noir brillant en cascade sur ses épaules nues, ses lèvres dessinant un sourire timide, ses yeux brûlants rivés aux siens. Ce n'était plus une enfant, c'était une femme. La femme avec laquelle il voulait vivre sa vie durant. À condition qu'elle accepte de l'attendre.

Ils avaient dîné. Ils avaient bu. Ils avaient parlé. Ils avaient ri. Et puis ils s'étaient retirés dans la chambre à coucher voisine, au milieu des odeurs de jasmin, enveloppés par une douce musique, et ils avaient fait l'amour à la lueur d'une chandelle.

Il avait regagné sa prison le lendemain matin et n'avait plus jamais perdu un combat depuis. À chaque nouveau succès, le roi le récompensait en réduisant sa peine de quelques mois.

Les visites conjugales avaient continué et quatre enfants étaient nés de son union avec Jam au cours de la décennie qui avait suivi. Tandis que le rêve de Segura de vivre un jour avec la femme qu'il aimait prenait corps, Jam avait décidé de travailler pour le compte de l'ambassade américaine à Bangkok. C'était elle qui avait réussi à lui procurer des passeports : le premier lui avait servi à entrer aisément aux États-Unis, le second lui offrait une nouvelle identité à l'aube de sa nouvelle vie. Leur nouvelle vie.

Il était trop célèbre en Thaïlande pour espérer y retourner et il n'était pas davantage envisageable pour eux de vivre en Amérique, en dépit de l'envie de Jam. Ils avaient prévu de se retrouver à Adélaïde, en Australie, où Flynn Samuels lui avait fourni des contacts. Après avoir laissé son existence en suspens pendant vingt ans, Segura était prêt pour un nouveau départ.

Bientôt, pas tout de suite. Il lui restait deux personnes à voir à New York.

Princeton Wells s'attendait sans nul doute à sa venue, mais il lui fallait auparavant rendre une visite surprise à l'un des hommes les plus dangereux de la ville.

Le métro fit halte à Broadway Junction et Segura prit une correspondance avec la ligne L avant de se rendre à Rockaway Parkway, six arrêts plus loin à Canarsie.

Il serra les lanières de son sac à dos et parcourut le kilomètre et demi qui le séparait du Karayib Makèt.

Il avait un cadeau pour Malique La Grande, et il comptait le lui remettre en mains propres.

58

— Bonjour, beau gosse.

J'ai levé la tête de mon clavier. C'était Cheryl. J'ai regardé ma montre. Il était à peine 8 h 30 du matin.

— Salut ! Qu'est-ce que tu fabriques ici ?

— Moi qui pensais que tu serais heureux de me voir. Je constate que j'avais tort.

J'ai bondi de mon fauteuil pour la serrer dans mes bras.

— Bien sûr, que je suis content de te voir. Je croyais simplement que tu étais retenue à Philadelphie par le congrès dont tu m'as parlé.

— C'était d'un ennui mortel. Quand la capitaine Cates m'a demandé de rentrer, j'ai pris le premier train et me voici.

Kylie, qui avait assisté à la scène derrière son bureau, a voulu mettre son grain de sel.

— Je ne sais pas ce qu'il en est de Zach, mais je suis personnellement ravie de te voir. Je regrette juste que tu n'aies pas été là hier soir.

— Pourquoi ? Qu'avez-vous fait hier soir ?

— Tu te souviens de ce braquage à l'hôtel Mark la semaine dernière ?

— La partie de Shelley Trager? Oui, bien sûr. Vous avez retrouvé les coupables?

— Pas du tout, c'est même le contraire. Shelley ne veut pas qu'on fourre le nez dans ses histoires. La direction de l'hôtel lui est tellement reconnaissante d'avoir tout glissé sous le tapis qu'elle nous a invités à dîner au Jean-Georges, le restaurant gastro du Mark. J'y suis allée avec C. J. hier soir. C'était blindé de monde, le menu était ahurissant et ça ne nous a pas coûté un sou. Devine qui a refusé de nous accompagner? Je te le donne en mille.

Kylie m'a montré du doigt.

Je me suis empressé de me justifier en regardant Cheryl.

— C'est normal, puisque tu n'étais pas là.

— Peut-être, mais une invitation au restaurant du Mark, ça ne se refuse pas. Personnellement, j'y serais allée si tu avais été en déplacement.

— Je te laisse lui raconter ce que tu as fait à la place, a insisté Kylie en me regardant.

— J'ai une meilleure idée. Au lieu de rester planté ici à raconter les détails de ma triste soirée, je préférerais m'isoler un instant avec ma copine, histoire de lui exprimer combien elle m'a manqué. Si tu veux bien nous excuser, Kylie.

J'ai passé un bras autour de la taille de Cheryl et nous nous sommes réfugiés dans la cage d'escalier.

— Il y a un problème entre Kylie et toi? m'a-t-elle demandé dès que nous avons été seuls.

— Pas du tout.

— Zach, je ne suis pas uniquement flic, je suis psy. Je flaire les mensonges à cent pas.

— Je ne te mens pas. J'ai sans doute laissé de côté certains détails, mais…

— Tu veux vraiment me persuader que tu as passé une *triste soirée* hier ?

— J'ai un peu exagéré.

— Quand je t'ai demandé s'il y avait un problème entre Kylie et toi et que tu as répondu : « Pas du tout », c'était aussi un peu exagéré, ou bien alors tu laissais de côté certains détails ?

— Un peu des deux probablement.

— Je ne sais pas de quoi il retourne, mais je commence à comprendre pourquoi tu n'étais pas ravi de me voir ce matin.

— Mais non, laisse-moi t'expliquer.

— Je t'écoute. On dit souvent que la vérité libère.

C'est peut-être vrai, mais dans le cas qui nous préoccupait, j'avais très peur que la vérité ne me mette dans la panade. C'est ce qui m'a poussé à commencer par une semi-vérité.

— J'enquête actuellement sur le petit ami de Kylie. Je me demande s'il n'est pas impliqué dans le braquage de la partie de poker.

— C'est Cates qui t'a demandé de t'occuper de ça ?

— Personne ne m'a rien *demandé*, mais quand je me trouve en présence d'un crime, j'essaye de le résoudre. Je suis flic, c'est mon métier.

— Un flic qui s'efforce de mettre en taule le nouveau petit ami de son ancienne copine.

— N'importe quoi. Tu t'imagines peut-être que je règle des comptes personnels ?

— Zach, tout est personnel entre Kylie et toi.

— C'est ma collègue, on fait équipe ensemble. Si C. J. s'est servi d'elle pour obtenir une invitation aux parties de poker de Shelley, il me semble qu'elle sera heureuse de l'apprendre avant qu'il ne récidive.

— Elle t'a demandé de la protéger de C. J. ?

— Tu te doutes bien que non.

— Peut-être parce que c'est une grande fille capable de s'occuper d'elle-même. Sans parler de ses compétences de flic. Si tu soupçonnes C. J. d'être le coupable au prétexte que c'était le nouveau de la bande, il n'est pas impossible qu'elle y ait pensé, elle aussi.

J'ai ouvert la bouche pour lui répondre, mais rien n'est sorti.

Cheryl en a profité pour enchaîner.

— Tu dis que tu la connais bien puisque vous faites équipe ensemble, en affirmant qu'elle serait la première à vouloir être au courant si C. J. se servait d'elle, mais ça ne t'empêche pas de lui avoir menti en lui cachant ton programme d'hier soir. Que se passera-t-il si tu arrives à le coincer ? Tu es prêt à l'arrêter ?

— Non. Shelley nous a déjà avertis qu'il refusait de porter plainte.

— Je veux bien, mais que fera-t-il, à ton avis ?

— Connaissant Shelley, il lui demandera de rendre l'argent et de s'évanouir gentiment dans la nature.

— De sorte que C. J. disparaîtra de la vie de Kylie, a déclaré Cheryl. Mission accomplie. J'espère pour toi qu'elle ne devinera jamais quel rôle tu as joué dans cette histoire.

Voilà pour les vertus libératrices de la vérité. J'avais réussi à mettre Cheryl en pétard alors que je ne lui avais pas encore raconté la moitié de ce que j'avais fait. Ce n'était pas le moment de lui parler de mon petit stratagème.

De toute façon, j'avais du pain sur la planche.

— On ferait mieux de retourner bosser. On discutera de tout ça une autre fois.

J'ai ouvert la porte donnant sur le palier et nous avons regagné le service.

— Tu tombes à pic, m'a accueilli Kylie. Le geek de service vient de brancher le disque dur d'Aubrey Davenport sur le grand écran de la salle de réunion. Ils n'attendent plus que nous.

Je me suis tourné vers Cheryl.

— Je suis content que tu sois rentrée. À ce soir.

— Comment ça, à ce soir ? Je viens avec vous.

— Avec nous ? Mais on est censés visionner les vidéos d'Aubrey Davenport.

— Je sais. C'est même pour cette raison que Cates m'a appelée ce matin. Vous enquêtez sur le meurtre d'une femme souffrant de graves dysfonctionnements sexuels. Cates pense que la présence d'une psy ne sera pas inutile.

— Excellente idée, a approuvé Kylie, le pouce levé.

J'ai suivi mon ancienne petite amie et ma petite amie du moment dans la salle de réunion où nous attendait une projection privée de vidéos porno. Ce n'était pas exactement le ménage à trois dont j'aurais pu rêver.

59

Jason White, notre as de l'informatique, nous attendait dans la salle de conférences. Au naturel, Jason est un type plein d'énergie, adepte des courses de VTT, qui nourrit à la caféine sa passion des problèmes techniques. Ce matin-là, il était à peu près aussi gai qu'un croque-mort.

— Bonjour, inspecteurs. Bonjour, docteur. Préparez-vous au pire, ce n'est pas une partie de plaisir.

Je me suis assis.

— De quoi s'agit-il, exactement ?

— Aubrey Davenport travaillait sur un documentaire. D'après ce que j'ai pu reconstituer, elle a piégé en les filmant trente-deux hommes différents. Elle utilisait des noms de code, mais certains sont aisément reconnaissables, à commencer par le juge Rafferty. Avec un peu de temps, je ne doute pas que notre logiciel de reconnaissance faciale nous permette de les identifier tous. J'ai classé les vidéos en fonction de la date à laquelle elles ont été regardées pour la dernière fois. Toutes ont été consultées après la mort d'Aubrey.

— Sans nul doute par nos maîtres chanteurs, a déclaré Kylie. Sais-tu s'ils ont procédé à des coupes ou des montages ?

— Ce n'est pas le cas, a répondu Jason. Elles ont uniquement été visionnées. Le dernier fichier modifié l'a été le dimanche 7 mai, c'est-à-dire la veille du meurtre. Il s'agit de la présentation faite par Aubrey, face à la caméra. Elle dure deux minutes et vingt-quatre secondes seulement. Le reste est intégralement constitué de scènes au cours desquelles elle a des rapports sexuels avec tous ces hommes. Je vous préviens, ce n'est pas beau à voir. Rien n'a encore été monté, il y a quatorze heures de rushs en tout. On peut gagner du temps en passant en accéléré. On peut en perdre si on prend régulièrement le temps d'aller vomir.

— Commençons par la présentation, a suggéré Cheryl.

Jason a cliqué sur un fichier et l'écran s'est animé. On voyait Aubrey Davenport face à la caméra, assise sur un fauteuil de réalisateur. Elle portait un pantalon gris foncé et un pull en cachemire gris clair. Ses cheveux, que j'avais vus maculés de crasse dans les ruines de l'hôpital de Roosevelt Island, lui tombaient sur les épaules en vagues châtains. Elle possédait un regard vif et intelligent et portait ce qu'il fallait de fond de teint pour être photogénique sans paraître maquillée. Nous étions en présence d'une femme de caractère, séduisante et incroyablement vivante. Sans même se présenter, elle se lançait dans son laïus d'une voix claire en fixant l'œil de la caméra.

— Mon addiction au sexe remonte à l'âge de douze ans, lorsque j'ai découvert les vidéos porno de mon père. À cet âge, j'avais déjà une idée assez précise de ce qu'était le sexe, mais cette découverte m'a révélé un autre monde. Un monde autrement plus intéressant, dans lequel se conjuguaient l'asservissement, la domination, la soumission. Je me suis trouvée instantanément happée par ce que je voyais, je voulais suivre l'exemple des femmes que je découvrais à l'écran.

La caméra s'approchait lentement.

— À quatorze ans, j'avais déjà quelques aventures à mon actif, mais elles concernaient uniquement des adolescents maladroits dont le seul objectif était d'introduire leur queue dans un trou. C'est alors que j'ai fait la connaissance de Brad Overton. Brad était un producteur de film de trente-huit ans, j'étais une stagiaire bénévole de seize ans. Brad était beau et puissant, je n'ai pas pu refuser quand il m'a approchée. Je n'ai pas *voulu* refuser tout ce qu'impliquait cette relation : la drogue, la douleur physique, les expériences dégradantes. J'ai découvert avec lui le sexe dont je rêvais.

Tout en me laissant emporter par les propos d'Aubrey, je me suis aperçu que la caméra jouait un rôle important dans ce pouvoir d'attirance. Aubrey était à présent filmée en plan moyen et son visage continuait de grandir à l'écran.

— Mon stage d'été achevé, Brad m'a trouvé une remplaçante. J'ai passé les vingt-trois années suivantes à m'efforcer de trouver un successeur digne de lui. Je me suis lancée dans une longue suite de relations avec des sadiques qui me brisaient physiquement et émotionnellement, et j'en redemandais. Jusqu'au jour...

Elle a marqué une pause et j'ai retenu mon souffle.

— Jusqu'au jour, a-t-elle répété, où je n'ai plus éprouvé l'envie qu'ils me fassent mal. Je voulais qu'ils me *tuent*.

La caméra s'est figée, le visage d'Aubrey occupait tout l'écran. Elle avait les yeux brillants de larmes.

— Je suis intoxiquée au sexe, a-t-elle poursuivi d'une voix légèrement voilée. Je suis l'esclave de ma propre addiction. Ce documentaire traite des hommes qui profitent de femmes telles que moi. Il a été tourné entièrement en caméra cachée. Je n'ai pas besoin de vous fournir leurs noms. Vous les reconnaîtrez. Vous les verrez me maltraiter et m'humilier. Ils sont persuadés d'exercer sur moi un contrôle total. Ce n'est pas le cas. C'est moi qui les contrôle. C'est moi qui les humilie.

Elle a laissé s'écouler un silence plus long que le précédent.

— J'ai assez souffert. Ce film sera la concrétisation de ma guérison.

L'écran est lentement passé au noir tandis qu'apparaissaient progressivement des lettres blanches.

ESCLAVE SEXUELLE
UN FILM D'AUBREY DAVENPORT

60

Dans la salle de réunion, personne ne pipait mot.

Cheryl a fini par rompre le silence.

— Pauvre femme. Quelle existence torturée.

— Jason, combien des hommes filmés sur ces vidéos as-tu réussi à identifier ? a demandé Kylie.

— Neuf, a répondu l'informaticien, mais cela fait quelques heures à peine que je dispose de ces images. Accorde-moi une journée et j'aurai établi l'identité de tous les autres.

— Tu connais Janek Hoffmann ?

— Le type que vous avez arrêté ? Oui, j'ai cherché à savoir s'il faisait partie du lot, mais ce n'est pas le cas.

Kylie s'est tournée vers moi.

— Tu penses toujours que Janek est l'assassin ?

— Ce ne sont pas les indices matériels qui manquent. Comment oublier que la voiture de Davenport se trouvait dans un garage à une rue de l'appartement de Janek ? Et je te rappelle qu'il ne dispose d'aucun alibi.

— Il n'a pas davantage de mobile.

— Les gens dopés aux stéroïdes savent rarement ce qu'ils font quand ils pètent les plombs. Tu sais bien qu'il l'a frappée par le passé, Kylie.

— Personne ne l'a frappée cette fois. Ce meurtre n'a pas été commis par une personne sous l'emprise de la colère. L'assassin avait soigneusement préparé son coup. En les filmant à leur insu, Aubrey s'en est prise à trente-deux hommes qui avaient toutes les raisons de vouloir la tuer afin de récupérer son ordinateur et s'assurer que ce documentaire ne verrait jamais le jour.

— Encore aurait-il fallu qu'ils soient au courant.

— C'était le cas de l'un d'entre eux, a répliqué Kylie. À nous de déterminer lequel.

— L'autre solution serait de rayer de la liste ces trente-deux suspects et continuer d'accumuler des preuves contre Janek.

— J'ai l'impression que vous en avez pour un moment, les amis, s'est interposée Cheryl. Je vous conseillerais volontiers de discuter de l'enquête une fois que vous aurez tous les éléments en main.

Elle s'est adressée à Jason :

— Passons à la suite, s'il vous plaît.

— La première vidéo a été tournée il y a quatorze mois, docteur, a dit Jason. La plus récente date de quinze jours avant sa mort.

— Procédons par ordre chronologique. On découvrira peut-être une logique.

C'était une possibilité, mais il était plus probable que l'assassin fasse partie des dernières victimes d'Aubrey. Il n'aurait pas perdu de temps en découvrant qu'il s'était fait piéger. Cela dit, j'avais suffisamment énervé Cheryl ce matin-là pour ne pas prendre le risque de la contrarier.

Résultat des courses, il n'y avait pas d'autre logique dans toutes ces scènes d'horreur que la paraphilie, un terme usité par les psychiatres pour désigner les perversions sexuelles. Certains des hommes filmés par Aubrey étaient beaucoup plus âgés qu'elle et relevaient de la figure paternelle. Rien de surprenant de ce côté-là. La plupart d'entre eux figuraient une forme ou une autre d'autorité, il y avait là un adjoint du préfet de police, un professeur d'université et bien évidemment le juge Rafferty.

Les pratiques sexuelles dans lesquelles ils s'engageaient allaient de la pornographie bénigne à des pratiques sado-masochistes relevant du BDSM, en passant par des formes de perversions dont je n'avais jamais entendu parler. Visionner ces vidéos m'aurait déjà mis mal à l'aise si j'avais été seul, mais assister à ces scènes assis entre ma petite amie et mon ex ajoutait à ma détresse.

À midi, alors que nous avions visionné quinze de ces séquences, Jason a proposé de commander de quoi déjeuner.

J'ai fait la grimace.

— Personnellement, je serais incapable de manger en voyant ça. On ferait mieux de déjeuner chez Gerri.

— Je propose de visionner une seizième vidéo pour arriver à la moitié, a suggéré Cheryl.

J'ai hoché la tête.

— Bonne idée.

Le seizième film commençait comme tous les autres. Aubrey disposait d'une caméra miniature intégrée à son sac qu'elle mettait en route juste avant de retrouver chacun de ses sujets en effectuant une brève présentation.

— Celui-ci est sans doute le plus hypocrite de tous, déclarait-elle à l'écran depuis l'ascenseur dans lequel elle se trouvait.

Les portes de la cabine s'écartaient, elle remontait un couloir et sonnait à une porte. Un personnage ouvrait la porte, dont on ne voyait que la chemise et la cravate.

Aubrey et son partenaire entraient dans une pièce, Aubrey posait son sac sur une table en veillant à ce que l'œil de la caméra puisse enregistrer l'ensemble du décor dans lequel elle se trouvait.

Kylie et moi nous sommes levés, mus par un même réflexe. Le type n'était pas encore entré dans le champ de la caméra, mais nous l'avions déjà identifié grâce aux rideaux de la pièce, aux motifs de tissu des fauteuils, au tapis persan d'un rouge sombre.

Comme si tous ces éléments ne suffisaient pas, le poster géant du dessin animé *Dumbo* accroché au mur aurait suffi à trahir le docteur Morris Langford.

Cheryl s'est penchée en avant, l'index pointé vers l'écran.

— Zach, je reconnais cet endroit.

— Nous aussi.

Au même instant, le psychiatre qui nous avait expliqué combien il avait bataillé pour aider

Aubrey à surmonter son addiction apparaissait à l'écran. On le voyait dégrafer sa ceinture, ouvrir sa braguette et laisser son pantalon lui tomber sur les chevilles.

— À genoux, ordonnait-il à Aubrey.

61

J'ai serré les poings tout au long de la projection de cette séquence. De tous ceux qui avaient profité des faiblesses d'Aubrey, Langford était le plus méprisable.

Elle envisageait le sexe comme une expiation dénuée de toute forme d'amour, nous avait-il expliqué.

Le psychiatre avait commencé par décrypter soigneusement les addictions de sa patiente. Une fois en possession de ses secrets les plus intimes, il lui était facile d'assouvir ses propres fantasmes.

— Ce salopard est un putain de malade, a déclaré Kylie. Cette vidéo est une preuve infaillible qu'il nous a menti, mais il nous reste à découvrir si c'est lui qui l'a tuée.

Les psychiatres ne sont pas faciles à choquer, mais je peux vous assurer que Cheryl était absolument horrifiée par ce qu'elle venait de voir.

— Tu te sens bien, Cheryl ?

Elle a levé les yeux au ciel en réaction à ma question. Comment aurait-elle pu se sentir bien ? Langford était un collègue, l'un des meilleurs spécialistes des troubles sexuels sur la place de New

York. Je pouvais à peine imaginer ce qu'elle devait ressentir en le voyant bafouer de la sorte les principes les plus élémentaires de son éthique professionnelle.

— Tu te sens capable de rester ?

Elle m'a souri.

— Tout va bien, Zach. Enfin, à peu près. Ces séquences me donnent la nausée, mais j'ai l'intention de continuer jusqu'au bout.

J'ai feuilleté le carnet dans lequel je prends habituellement des notes.

— Commençons par voir si Langford dispose d'un alibi. Aubrey est entrée le 7 mai à 16 h 52 dans ce garage de Brooklyn. Je ne sais pas comment elle s'est rendue ensuite à Roosevelt Island, probablement dans l'auto de Langford. C'était l'heure de pointe, je vois mal qu'elle ait pu arriver à l'ancien hôpital avant 17 h 30. Le corps a été découvert peu après 21 h 30. Quand nous nous sommes entretenus avec Langford le lendemain, il a prétendu assister à un congrès scientifique à Albany. Reste à savoir s'il se trouvait effectivement là-bas pendant la période de quatre heures au cours de laquelle Aubrey a été assassinée.

— Il faudrait commencer par vérifier que ce congrès n'est pas une invention, a enchaîné Kylie.

— Attendez, a dit Jason en faisant courir ses doigts sur le clavier de son ordinateur portable.

Il tenait la réponse quelques instants plus tard.

— Un séminaire consacré à l'abus de drogue s'est tenu à l'hôtel Marriott d'Albany les 7 et 8 mai dernier.

— Donne-moi le numéro de l'hôtel, a réagi Kylie. Il suffit d'appeler pour savoir quand il a pris sa chambre.

— C'est une solution, a répliqué Jason. À condition de réussir à convaincre l'employé de la réception de se montrer coopératif en l'absence de mandat. Ou bien alors…

Il a pianoté sur son ordi. Trente secondes plus tard, il avait trouvé ce qu'il cherchait.

— Ou alors nous pourrions vérifier les dépenses enregistrées sur la carte bancaire du bon docteur et découvrir qu'il a pris de l'essence sur l'autoroute à l'aire de Plattekill le 7 mai à 22 h 34, et récupéré sa chambre au Marriott d'Albany à minuit dix le même soir.

— Il faut trois heures en voiture pour gagner Albany depuis New York, a calculé Kylie. Je serais curieuse de fouiller dans la mémoire de son GPS pour savoir d'où il venait précisément.

Je me suis tourné vers Cheryl.

— Qu'en pensez-vous, docteur Robinson ?

Elle a pris une longue respiration, les yeux rivés sur l'écran noir. Le souvenir des images que nous venions de visionner était encore frais dans nos mémoires. Elle a fini par détacher son regard du moniteur.

— À mon avis, nous avons estimé à tort que tous les hommes filmés à leur insu par Aubrey Davenport avaient de bonnes raisons de l'assassiner. Le juge Rafferty s'en fichait royalement, par exemple. La plupart des autres auraient affronté une situation humiliante, mais ils auraient fini par rebondir. Ces types-là y parviennent toujours. Le grand public a tendance à pardonner facilement aux hommes politiques, aux sportifs et aux vedettes de l'écran empêtrés dans des scandales sexuels. En revanche, jamais ils ne pardonneront au professionnel à qui Aubrey avait accordé sa confiance en sollicitant son aide. Morris Langford aurait perdu du jour au lendemain sa clientèle, son accréditation hospitalière et ses contrats d'intervenant à la télévision. Il aurait été ruiné. Si vous cherchez un mobile crédible aux yeux des jurés, vous n'en trouverez pas de meilleur.

J'ai acquiescé.

— Dans ce cas, je me passerai de déjeuner et de voir les vidéos restantes pour aller rendre une petite visite au docteur Langford.

— Allons-y, a approuvé Kylie, prête à tout pour coincer un prédateur particulièrement répugnant.

On s'en doute, Cheryl ne partageait pas l'enthousiasme de Kylie.

— Bonne chance, a-t-elle murmuré d'une voix à peine audible, sans chercher à dissimuler la profonde désillusion qu'elle éprouvait.

— Je suis désolé. Je sais à quel point tu admirais ce type.

— C'est vrai, mais je peux te dire que ce n'est plus le cas, m'a-t-elle répondu.

Elle a poussé un grand soupir.

— Bravo à tous les deux pour l'efficacité de votre enquête, a-t-elle déclaré en reprenant du poil de la bête. C'est le moment ou jamais de coffrer ce salopard.

62

— Tu crois qu'il est mûr ? m'a demandé Kylie alors que nous traversions Central Park à toute allure à hauteur de la 79e Rue.

La question était classique. En clair, elle me demandait si nous disposions d'éléments suffisants pour procéder à une arrestation.

— Non. Cette vidéo n'est techniquement pas une preuve de sa culpabilité, et la faiblesse de son alibi ne démontre en rien qu'il se trouvait à Roosevelt Island avec Aubrey. Nous allons devoir lui demander poliment, avec un grand sourire, d'accepter de nous accompagner au commissariat dans le cadre de l'enquête.

— Je ne suis pas sûre d'être capable de me montrer très polie, a répliqué Kylie.

— Dans ce cas, le mieux est encore que tu me laisses lui parler.

Kylie a tourné sur West End Avenue et s'est garée devant la même borne à incendie que la semaine précédente. Le portier de l'immeuble s'est précipité en agitant les bras dans notre direction. C'était un grand type d'une trentaine d'années avec des battoirs osseux et une moue qu'on aurait crue peinte sur son visage.

— Vous ne pouvez pas vous garer là, madame! s'est-il écrié.

— Vous voulez parier? a-t-elle rétorqué en lui montrant son badge.

— Et puis quoi encore? Je connais les flics. Vous allez mettre deux plombes à déjeuner. J'ai besoin de cette place pour les taxis qui prennent et déposent mes résidents.

J'ai levé les mains.

— Du calme, jeune homme. On en a pour dix minutes. Le temps d'aller voir l'un de vos résidents.

— Lequel?

— On aime mieux ne pas le prévenir, est intervenue Kylie.

— Et moi, j'aime mieux que vous ne bloquiez pas l'entrée de mon immeuble. La vie n'est qu'une longue suite de déceptions, ma chérie. Alors? Quel résident?

Cet abruti n'était pas en service le soir où nous avions rendu visite à Langford, mais je connais les types de son acabit comme si je les avais faits. Il en voulait aux flics pour une raison ou une autre, et l'attitude martiale de Kylie n'avait aucunement contribué à l'amadouer.

— On vient voir le docteur Langford.

Il n'a pas boudé son plaisir de remporter une première victoire.

— Et vous êtes?

Nous avons joué le jeu jusqu'au bout en déclinant notre identité et il a appelé Langford.

— Pas de problème, docteur, a-t-il conclu au terme d'un bref échange avec le psychiatre.

Il s'est retourné vers nous.

— Il reçoit actuellement un patient. Je vous préviendrai quand vous pourrez monter.

— C'est comment ton nom, espèce de trou du cul ? lui a demandé Kylie.

— Eddy, avec un Y, si jamais vous m'envoyez une carte de vœux à Noël. Maintenant, vous serez gentils de poireauter dehors. Mon hall d'entrée n'est pas une salle d'attente.

Quand il nous a finalement fait signe de monter dix minutes plus tard, Kylie était au bord de l'implosion.

— Je m'occuperai de ce petit con plus tard, a-t-elle grommelé dans l'ascenseur.

— Calme-toi et souviens-toi de ce qui était convenu : c'est moi qui parle à Langford.

J'ai appuyé sur la sonnette et le psychiatre a entrebâillé la porte.

— Nous sommes désolés de vous importuner à nouveau, docteur, mais cela nous aiderait énormément si vous acceptiez de nous accompagner au commissariat, pour les besoins de l'enquête. Nous aurions quelques points à éclaircir.

— Ça ne peut pas attendre ? Je reçois actuellement une patiente.

— Nous pouvons vous attendre en bas. À quelle heure seriez-vous disponible ?

— J'ai un agenda plein à craquer, et je suis en déplacement ce week-end. Je vous proposerais volontiers mardi prochain.

— Et moi, je vous proposerais volontiers tout de suite, a déclaré Kylie en me bousculant. Et si ça n'est pas pratique pour votre agenda, on peut vous accorder cinq minutes de délai.

— Excusez-moi, inspecteur, s'est-il hérissé, mais je vous ai déjà dit tout ce que je savais au sujet d'Aubrey Davenport.

— Pas tout à fait. Venez avec nous et je vous en apporterai la preuve.

Comme le portier avait épuisé la réserve de patience de Kylie, elle déversait à présent sa colère sur Langford. J'ai tenté de reprendre en main la situation.

— Docteur Langford, je suis désolé si vous nous trouvez trop agressifs. À vrai dire, de nouveaux éléments sont apparus et ça nous aiderait énormément si vous acceptiez d'en discuter avec nous. Vous ne pouvez vraiment pas nous accorder une vingtaine de minutes ?

— Non. Si vous avez de nouveaux éléments, envoyez-moi un courriel. Je le traiterai dès que j'aurai une minute.

— Vous ne préférez pas qu'on les diffuse sur YouTube ? lui a demandé Kylie.

Sous l'effet de la fureur, Kylie venait de lui dévoiler l'atout dissimulé dans notre manche. Si Langford était effectivement l'assassin, il serait forcément au courant de l'existence de la vidéo. Il savait à présent que nous en connaissions l'existence. J'étais persuadé qu'il allait nous fermer la porte au nez, ce en quoi je me trompais.

— Je suis désolé, s'est-il excusé. Je suis particulièrement stressé en ce moment. Comme vous pouvez vous en douter, j'aimerais vous aider à retrouver l'assassin d'Aubrey. Je vous accompagne au commissariat. Veuillez entrer un instant.

Il a ouvert la porte et nous avons pénétré dans la salle d'attente.

— J'ai une patiente dans mon cabinet, je ne peux pas la laisser en plan, nous étions en pleine séance d'hypnothérapie.

J'ai haussé les sourcils.

— Je me suis toujours demandé si ce genre de technique était réellement efficace.

— Seigneur, oui ! Ça permet d'aider les patients à se débarrasser de manies dérangeantes. C'est le cas des fumeurs, ou des personnes qui se rongent les ongles. Un thérapeute aguerri est également en mesure d'aider certaines personnes à explorer des souvenirs douloureux enfouis au fond de leur inconscient. Ma patiente se trouve actuellement en état d'hypnose, accordez-moi quelques minutes pour la réveiller.

Il est entré dans son cabinet en nous laissant dans la salle d'attente.

— Je ne comprends pas, s'est étonnée Kylie. Comment expliques-tu qu'il se montre d'un seul coup aussi coopératif ?

— Tu lui as peut-être fait peur en le menaçant de rendre publique cette vidéo. Je croyais que c'était moi qui parlais, MacDonald.

— Tu vas me faire un caca nerveux parce que j'ai réussi à le convaincre de nous suivre, c'est ça ? Je te parie cent dollars qu'il craque en visionnant la vidéo. Appelle Selma Kaplan. Je veux qu'elle assiste à l'interrogatoire derrière la vitre sans tain quand il crachera le morceau.

La porte du bureau s'est entrouverte.

— Cela vous ennuie de me rejoindre une minute ? nous a invités Langford.

Nous nous sommes avancés et je n'ai aperçu la patiente qu'en me retournant. Une femme séduisante d'une trentaine d'années, assise calmement sur une chaise, son sac sur les genoux.

— Je vous présente Karen, a déclaré Langford. Elle a connu une enfance épouvantable. Elle a été violée de façon répétée par Lucas, le compagnon de sa mère, sans que maman ne cherche jamais à l'arrêter. Elle était en position de faiblesse à l'époque, ce qui n'est plus le cas aujourd'hui. Elle se sent beaucoup plus forte. Je me trompe, Karen ?

La femme a acquiescé.

— À présent que Lucas et votre mère sont de retour dans votre vie, Karen, comment comptez-vous les empêcher de vous maltraiter ? lui a demandé Langford.

— Je vais les tuer, a répondu Karen en sortant de son sac un pistolet qu'elle a pointé dans notre direction.

Le psychiatre nous a adressé un sourire mauvais.

— N'allez pas vous imaginer qu'elle n'en est pas capable. Je maîtrise à la perfection la psychothérapie suggestive. Si vous esquissez un geste, Karen vous abat. Pas vrai, Karen ?

— Exactement. Je les abats.

— Maman, a poursuivi Langford en pointant Kylie du doigt. Vous avez fait suffisamment de mal à votre fille, mais elle est capable de se défendre, désormais.

Il a tendu l'index dans ma direction.

— Quant à vous, Lucas, je ne vous avise pas de recommencer comme autrefois.

Il a ouvert la porte.

— Au revoir !

L'instant d'après, il avait disparu.

J'ai fait des yeux le tour de la pièce en posant brièvement mon regard sur Dumbo, symbole de notre capacité de croire en nous-mêmes, selon le docteur Langford, avant de fixer la patiente qui nous bloquait toute sortie.

Karen nous observait sans ciller, le pistolet à la main, le doigt sur la détente.

63

J'ai connu mon lot de situations difficiles en onze années dans la police, mais j'allais devoir prendre la décision la plus difficile de toute ma carrière.

Je me suis demandé si le docteur Langford avait idée du dilemme moral et juridique face auquel il nous laissait, Kylie et moi. Probablement que non. La plupart des citoyens ordinaires ne connaissent rien des règles qui régissent le métier de policier.

Ma collègue et moi nous trouvions à trois mètres d'une femme qui pointait une arme à feu dans notre direction. Nous savions pourtant que ce n'était pas une criminelle, mais une personne ordinaire transformée en machine à tuer par un individu qui s'était introduit dans son esprit pour mieux la manipuler.

À tout point de vue, cette femme était une victime innocente. On pourrait croire en pareil cas que le rôle de deux policiers aguerris consisterait à l'aider à sortir de l'impasse dans laquelle elle se trouvait. La plupart des gens penseront que le mieux aurait été de lui parler calmement dans l'espoir de la raisonner, de la convaincre de rendre son arme.

Mais ce n'est pas ce qu'on attend de nous. Dans une telle situation, nos ordres sont clairs : on nous demande d'abattre la personne qui nous menace. C'est ce qu'on appelle la règle 101 à l'école de police. Lorsqu'un suspect vous tient en respect avec une arme, ou même s'il fait mine de s'emparer d'une arme avec l'intention évidente de vous tirer dessus, vous êtes autorisé à faire feu. La question ne se pose même pas. On nous recommande de viser le corps du suspect et de tirer pour le tuer.

Je vous laisse imaginer ce qui se dirait et s'écrirait si nous abattions cette femme. Les gens pousseraient les hauts cris, nous accuseraient aussitôt de brutalité policière, estimeraient que jamais une personne sous hypnose ne commettrait un acte contraire à son éthique personnelle. À ceci près que je n'avais pas la plus petite idée de l'éthique personnelle de Karen, de sa capacité à tuer de sang-froid des personnes qu'elle prenait pour un beau-père violeur et une mère abusive. Je n'en savais rien, et c'était le cadet de mes soucis.

La question que je me posais était simple : avions-nous les moyens de l'abattre avant qu'elle nous abatte ?

J'ai croisé le regard de Kylie, puis baissé les yeux sur le tapis, un mètre à la gauche de Karen. J'ai répété l'opération en fixant cette fois la zone symétrique à sa droite. Le message était simple : j'invitais Kylie à se jeter à gauche pendant que je me jetais à droite. Le temps d'exécuter une roulade, nous pouvions sortir nos armes et tirer.

Il était peu probable que Karen ait l'expérience des armes à feu. Quand bien même elle appuierait sur la détente, elle réagirait comme tous les amateurs en tirant au-dessus de nos têtes si nous nous jetions à terre assez vite. Jamais elle n'aurait le temps de tirer une seconde fois.

Kylie a hoché imperceptiblement la tête pour me dire qu'elle avait compris.

J'ai basculé le poids de mon corps sur mon pied gauche avant de poser trois doigts sur mon visage et de compter en me tapotant la joue. *Un... Deux...*

— Si tu savais combien je suis fière de toi, Karen, a brusquement déclaré Kylie.

Surpris, je l'ai regardée, mais elle observait fixement la patiente de Langford.

— Comment? a couiné la jeune femme.

— Je suis très fière de toi, a répété Kyle.

— Mais... pourquoi?

— Pour avoir eu le courage de te rebeller. Pendant des années, je n'ai rien fait. Je suis désolée, Karen. Je voulais t'aider...

— C'est vrai?

— Bien sûr que oui. Je suis ta mère, a insisté Kylie en faisant un pas en avant. Désormais, c'est toi qui te défends, puisque je ne t'ai jamais défendue. Tu es forte à présent, Karen. Plus personne ne pourra te maltraiter.

Kylie a esquissé un autre pas.

— Si tu savais à quel point je suis désolée. Tu es ma fille.

Un troisième pas.

— Je ne veux que ton bien.

Un quatrième.

C'était de la folie. Karen la menaçait à bout portant.

— Je t'aime, a dit Kylie les bras en avant, comme si elle implorait le pardon de sa fille.

Celle-ci s'est levée de sa chaise.

— Oh, maman ! a-t-elle murmuré, les yeux remplis de larmes.

Elle a écarté les bras dans un geste réprimé depuis des décennies. Sans l'ombre d'une hésitation, Kylie est passée du rôle de mère aimante à celui de membre des forces spéciales et le tranchant de sa main s'est abattu sur le poignet de Karen qu'elle a cassé net.

Karen a poussé un hurlement, le pistolet a tressauté dans sa main et une vitre a explosé. La balle, réduisant en miettes la vitre du cadre, a atteint Dumbo entre ses deux yeux bleus. Une jolie métaphore qui résumait tristement le destin de Karen.

— Je suis désolée, ma jolie, a dit Kylie en immobilisant sa proie avant de l'obliger à s'allonger sur le tapis. C'était ça, ou bien t'exploser la cervelle. Pour une fois, maman a fait le bon choix.

Je me suis empressé de récupérer l'arme que Karen avait lâchée sous l'effet de la douleur, puis j'ai appelé police-secours.

— Nous sommes en présence d'une femme blanche d'une trentaine d'années. On aura besoin d'un médecin pour s'occuper de son poignet cassé, et d'un psychiatre pour la sortir de l'état d'hypnose dans lequel elle se trouve.

Ce n'est pas le genre de requête que reçoivent quotidiennement les gens du centre d'appels.

— Vous pouvez répéter, inspecteur ? Je n'ai pas bien compris.

— La blessée a été placée en état d'hypnose par son psychothérapeute. Vous n'avez qu'à contacter la docteure Cheryl Robinson au commissariat du 19e. Elle comprendra tout de suite. En attendant, avec mon équipière, nous nous mettons en chasse du docteur Morris Langford, qui est soupçonné de meurtre. Un homme blanc, la quarantaine, cheveux blonds tirant sur le roux.

Je me suis laissé tomber par terre. Kylie avait placé un coussin sous la nuque de Karen dont elle menottait la cheville à l'un des pieds de la table basse.

— Tu sais que tu es une maman parfaite ?

— Tu ne m'en voudras pas de ne pas l'avoir tuée, Lucas. Trop de paperasse.

Elle s'est emparée du pistolet de Langford.

— Je te propose de partir à la recherche du docteur Folamour, histoire de lui rendre son flingue.

J'ai tendu la main.

— Je ferais peut-être mieux de le récupérer.

— C'est gentil, mais non merci, a refusé Kylie en coinçant l'arme dans sa ceinture. Je pourrais en avoir besoin pour remettre en place les idées d'Eddy, avec un Y.

L'instant d'après, nous quittions en trombe le cabinet du psychiatre.

64

Kylie a eu la bonne idée de ne pas se servir du pistolet, ce qui ne l'a pas empêchée de plaquer le portier contre le mur du hall d'entrée de l'immeuble lorsque nous avons émergé de l'ascenseur.

— De quel côté a-t-il filé, espèce de connard sans couilles ? a-t-elle hurlé.

— Qui ça ? a tenté Eddy.

Mauvaise réponse. Elle lui a bloqué la trachée avec son avant-bras tout en lui envoyant un méchant coup de genou dans l'entrejambe. Il s'est plié en deux, en apnée, incapable de respirer. Il ne faisait décidément pas le poids face à une flic bien entraînée dont le taux d'adrénaline atteignait des sommets alors qu'elle venait de frôler la mort.

J'ai regardé autour de moi, dans l'espoir qu'aucun témoin n'ait assisté à la scène et vu une inspectrice du NYPD brutaliser un citoyen ordinaire dont l'unique crime était d'être un connard de première.

— De quel côté a-t-il filé ? a répété Kylie en laissant à peine le temps au dénommé Eddy de reprendre son souffle.

— Taxi, a-t-il coassé. Un taxi… jaune… Nissan.

— Quelle adresse a-t-il donnée au chauffeur ? s'est énervée Kylie en lui posant un doigt insistant sur le point le plus douloureux de la main, dans les chairs à côté du pouce.

Eddy s'est effondré en pleurnichant.

— Le taxi est parti vers le bas de Manhattan. C'est tout ce que je sais. Je le jure. Arrêtez. Je suis désolé.

Elle l'a menotté contre la rambarde en cuivre courant le long du mur. Au même moment, une voiture de patrouille s'arrêtait sur West End Avenue dans un long grincement de frein.

— Bonjour, les gars, a crié Kylie aux collègues en uniforme. Veillez à ce que la femme du 7G soit prise en charge au plus vite par un médecin. Ensuite, bouclez-moi ce merdeux pour entrave à la justice. Vous le conduirez au dépôt en vous assurant qu'on lui fait la totale. Avec un peu de chance, il passera une semaine de vacances derrière les barreaux.

C'était bien évidemment une menace bidon, mais nous étions assurés qu'au sortir de ses démêlés avec un système judiciaire new-yorkais au bord de l'implosion, Eddy ne moufterait jamais plus en présence d'un flic. La fureur de l'enfer n'a d'égale que celle d'une femme outragée, affirme le dicton.

Nous sommes montés en voiture et Kylie a démarré sur les chapeaux de roues en direction du sud.

— Appelle Natty, m'a conseillé Kylie qui ne pensait plus qu'à attraper notre psychiatre en fuite depuis qu'elle s'était défoulée sur Eddy.

Natalie Brown est une chanteuse de rock dotée d'une voix voluptueuse, de boucles rousses magnifiques qui lui tombent sur les épaules, et d'un corps de déesse. Comme il ne suffit pas toujours d'être sexy et bourré de talent dans la vie, elle a un boulot régulier au sein du Service des taxis et VTC.

Quand un enquêteur a besoin de connaître la position d'un taxi à un moment précis, le STVTC est en mesure de lui fournir l'information demandée. Mais ça prend du temps, pour la bonne et simple raison que les employés de ce service passent le plus clair de leur temps à retrouver les téléphones portables, mallettes et autres parapluies oubliés par l'un ou l'autre des six cent mille clients qui montent quotidiennement dans un taxi à New York. Natty Brown est toujours la personne à qui l'on s'adresse avec Kylie quand on a besoin d'une information en quatrième vitesse.

— Salut, la Rousse. Zach Jordan à l'appareil. Je suis avec Kylie MacDonald. On a une urgence.

— Comme si vous n'aviez pas toujours une urgence, a répliqué Natty. Je t'écoute.

— Un taxi jaune, probablement de marque Nissan, a pris un client au coin de West End Avenue et de la 84e Rue il y a cinq minutes, à peu près. Le passager est un assassin en fuite.

— Donne-moi une minute.

J'ai entendu ses ongles courir sur un clavier à l'autre bout du fil.

— Bonne nouvelle pour vous, les amis.

J'ai monté le son du haut-parleur.

— Vas-y ?

— Mon groupe fait la une du magazine *Prog* au mois d'octobre.

— Mon taxi, Natty ! Mon taxi !

— Du calme, Zach. Je disais ça pour meubler en attendant que mon écran se mette à clignoter. Ça y est ! J'ai deux possibilités… Non, attends, celle-ci ne correspond pas, c'est une Prius. J'ai trouvé ta Nissan. Immatriculation 8Y47. Le chauffeur s'appelle…

— Je me fiche de son nom. J'ai uniquement besoin de savoir où il est.

— Il descend Central Park West. Il vient de tourner sur la voie rapide qui traverse Central Park.

— Zach, fais boucler la voie rapide à l'entrée de la 79e Rue, m'a recommandé Kylie en tournant sur la 82e.

J'ai contacté le centre d'appel à l'aide de ma radio.

— Ordre à toutes les patrouilles de bloquer la voie rapide au carrefour de la 79e Rue et de la 5e Avenue. Nous poursuivons un suspect de meurtre se trouvant à l'arrière d'un taxi jaune circulant en direction de l'est, immatriculation 8Y47. Le suspect est un homme blanc, la quarantaine. Attention, il est peut-être armé.

La voix de Natalie m'a interrompu.

— Zach ! Zach !

— C'est bon, Natty, on prend le relais. Merci de ton…

— Ne raccroche pas, m'a-t-elle crié. Le type est armé et tu envoies la cavalerie ? Tu vas mettre mon chauffeur en danger. Il va se retrouver en plein règlement de comptes.

— Nos gars savent ce qu'ils font, Natalie. Ils ne font jamais feu sur des témoins innocents.

— Et ton assassin à l'arrière du 8Y47, alors ? Lui non plus ne fait jamais feu sur des témoins innocents ? Désolée, Zach, mais je contacte mon chauffeur pour le prévenir.

— Attends une minute. Tu as moyen de le contacter directement ?

— Bien sûr. J'ai voulu te communiquer son nom et son portable, mais ça ne t'intéressait pas.

— J'ai changé d'avis. Ça m'intéresse au plus haut point, à la vérité, mais si un flic l'appelle, soit il va paniquer, soit il refusera de me croire. Le chauffeur en question te connaît ?

— Tous les chauffeurs me connaissent, mon chéri. Je suis la seule chanteuse rousse du STVTC.

— Alors dis-lui de stopper immédiatement et de prendre ses jambes à son cou en emportant les clés de sa Nissan. Dis-lui que c'est une question de vie ou de mort.

— Il risque sa peau, et moi mon boulot, Zach. Attends, je te reprends tout de suite.

Kylie a brûlé un feu sur Central Park West et s'est engagée sur la voie rapide. Celle-ci traverse Central Park sur un kilomètre. Très vite, les voitures devant nous ont ralenti et la circulation s'est arrêtée. Le barrage avait été mis en place. Aucun véhicule ne pourrait sortir de la nasse.

— Zach, le chauffeur a quitté précipitamment son taxi, il se dirige vers vous, a fait la voix de Natalie. Il achète tous mes albums, alors évitez de l'abattre.

Nous avons bondi hors de la voiture avec Kylie et couru vers l'est, nos badges accrochés au cou, l'arme à la main, en recommandant à grands cris aux occupants des autres véhicules de ne pas bouger et de se baisser. J'ai aperçu le toit de la Nissan jaune qui dépassait légèrement en hauteur au milieu de l'embouteillage.

Un type s'est précipité à notre rencontre. Le chauffeur de taxi.

— Il avoirrr arrrme, nous a-t-il prévenus avec un accent russe prononcé.

— Où est-il parti ?

— Non, il pas parrrti. Lui avoirrr arrrme !

Il a dessiné un pistolet avec ses doigts.

— Bang ! Vous êtrrre morrrrt.

— Vous voulez dire qu'il a une arme.

— Oui, petite arrrrme. Pistolet.

— Vous êtes sûr ? a insisté Kylie.

— Si moi êtrrre sûrrr ? Il menacer moi avec arrrme. Il me dirrrre de dirrre à flics qu'il avoirrrr arrrme.

Il a levé les bras au ciel afin d'exprimer son agacement.

— Vous voirrr si vous pas croirrre moi !

65

— Un psychothérapeute de renom muni d'une arme ? m'a glissé Kylie tandis que nous courions en direction du taxi. La notice Wikipédia du bon docteur Langford a oublié de mentionner certains traits marquants de sa personnalité.

Nous étions tout près à présent. Trente mètres, vingt mètres, dix mètres…

— N'approchez pas tous les deux.

J'ai reconnu la voix de Langford. Il était accroupi à l'arrière du taxi, quelques mèches de cheveux blond-roux dépassaient de la fenêtre.

— Vous êtes au bout du rouleau, docteur, a répliqué Kylie. Vous êtes coincé.

— On n'est jamais totalement coincé, inspecteur. De deux maux, on finit invariablement par choisir le moindre.

— Dans ce cas, je vous conseille de sortir lentement de cette voiture avec les mains en l'air.

— Pas question. Pas à mon âge, et surtout pas dans l'État de New York.

— Je ne comprends pas.

— Cessez de jouer au plus fin avec moi, inspecteur MacDonald. Vous comprenez très bien, au contraire. J'ai quarante-sept ans, je suis en bonne santé et la peine de mort a été abolie dans l'État de New York. Il est facile de mourir, ça fait partie de l'inéluctable, mais moisir dans un établissement pénitentiaire jusqu'à l'âge de soixante-dix ans, voire de quatre-vingts ou quatre-vingt-dix ? Très peu pour moi.

— Et merde, a murmuré Kylie dans mon oreille. Ce con préfère mourir que d'aller en taule. Tu sais ce que ça signifie ?

Je savais très bien. Suicide par flic interposé. Une façon éprouvée d'échapper à une longue peine d'incarcération. Il lui suffisait de se relever et de se mettre à tirer pour qu'on n'ait pas le choix et qu'on soit contraints de répliquer et de l'abattre.

— Arrange-toi pour l'occuper, a chuchoté Kylie.

Elle s'est éclipsée en se cachant derrière les autres voitures pour avancer sans être vue.

— Docteur Langford !

Je m'étais exprimé d'une voix forte, sur un ton calme.

— Aubrey vous faisait chanter. Vous n'échapperez pas à une inculpation pour meurtre, mais vous étiez vous-même une victime. Un avocat digne de ce nom n'aura aucune difficulté à trouver un arrangement avec le procureur.

— Pour votre gouverne, Jordan, Aubrey ne m'a jamais fait chanter. Il y a quelques semaines, j'ai passé la nuit chez elle et elle avait eu le tort de laisser son ordinateur branché sans code de protection. Je suis tombé sur ses vidéos. Son laïus d'introduction était assez clair. J'imagine que vous l'avez visionné ?

— Oui, docteur. Elle avait tout sauvegardé sur un disque dur.

— Dans ce cas, vous savez aussi bien que moi qu'elle ne faisait chanter personne. Elle avait décidé de réaliser un documentaire grâce auquel elle entendait détruire le plus grand nombre d'hommes possible. J'étais de loin celui qui en pâtirait le plus.

— Vous vous trompez. Avoir des relations sexuelles avec une patiente n'aurait en rien affecté votre carrière.

— Sans doute serait-ce vrai si elle avait été la seule, mais il y en a d'autres. Des dizaines d'autres. Elles ont gardé le silence jusqu'ici, mais ce documentaire aurait ouvert les vannes en grand. Je n'avais pas le choix, je devais la tuer. J'avais mis au point un plan habile. Je lui ai donné rendez-vous dans un restaurant proche du domicile de Janek Hoffmann. Je l'ai récupérée devant l'établissement en lui expliquant que j'avais changé d'avis. Je lui ai proposé de nous rendre à Roosevelt Island à la place. J'aurais aimé que vous soyez là pour voir sa tête quand elle a compris que je n'avais pas l'intention de la libérer de son collier étrangleur.

Mon portable a sonné. Kylie. J'ai décroché.

— Je ne vais pas pouvoir le tenir en haleine encore longtemps.

— Dis-lui de descendre de la Nissan. Arrange-toi comme tu veux, mais fais-le sortir.

J'ai repris la conversation avec Langford.

— Vous savez, docteur, j'ai enquêté sur de nombreux meurtres. Vous seriez surpris de savoir à quel point la plupart d'entre eux sont faciles à résoudre. Celui-ci en revanche relevait du génie. Si Aubrey n'avait pas pris la précaution de sauvegarder ses fichiers sur un disque dur externe, jamais on ne vous aurait coincé. Vous irez peut-être en prison, mais je connais bien le fonctionnement des médias. Ils vous voudront tous : l'émission *60 Minutes*, le *New York Times*, le magazine *Time*.

La portière du taxi s'est écartée et Langford est descendu, un pistolet serré dans son poing.

— C'est à l'école de police qu'on vous enseigne ça, Jordan ? On vous a expliqué que le meilleur moyen de négocier avec un individu narcissique est de le pousser à se rendre en lui faisant miroiter qu'il sera le chouchou des médias, un détenu vedette ? Je vous l'ai expliqué il y a un instant, il est hors de question pour moi de moisir en prison.

Il a pointé sur moi le canon de son arme en s'avançant lentement.

— Ce sera vous ou moi, inspecteur. Croyez-moi, je n'hésiterai pas un instant à tirer.

J'ai levé mon arme.

— Ne m'obligez pas à vous abattre.

— L'un de nous deux appuiera sur la détente. À vous de choisir lequel.

Au même moment, Kylie a jailli de l'autre côté de la Nissan jaune en adoptant la position de tir idéale : les jambes légèrement écartées, le pied droit en arrière de quelques centimètres par rapport au pied gauche, genoux à peine fléchis, bras tendus en avant à hauteur du visage.

Elle a appuyé sur la détente.

Les deux fléchettes de son Taser ont atteint Langford, la première au niveau de l'avant-bras, la seconde dans le dos. Le psychiatre a lâché son arme, son corps a basculé en avant et il a laissé échapper un cri déchirant interminable alors que cinquante mille volts le traversaient.

Deux collègues en uniforme se sont précipités. Kylie a coupé le courant au bout d'une poignée de secondes et les deux flics ont forcé Langford à se relever.

Kylie s'est plantée devant lui.

— Morris Langford, vous êtes en état d'arrestation pour le meurtre d'Aubrey Davenport. Vous avez le droit de garder le silence…

— Ça vous ferait plaisir de lui passer vous-même les menottes, inspecteur ? a proposé l'un des deux flics quand Kylie a eu fini de réciter ses droits à Langford.

Elle lui a montré sa ceinture vide, un grand sourire aux lèvres.

— J'ai bien peur que ce ne soit pas possible. Ni mon collègue ni moi n'avons de menottes. La journée a été chargée.

66

Pour ne pas déroger à ses bonnes habitudes, la maire Sykes nous a rendu une petite visite impromptue au commissariat vers 16 h 30.

Enfin, pas tout à fait impromptue puisque Bob McGrath, mes yeux et mes oreilles à l'accueil, a eu le temps de m'avertir avant qu'elle n'atteigne le deuxième étage.

— Votre rencart est là, inspecteur, m'a-t-il annoncé.

— Super. À quoi ressemble-t-elle ?

— Ravissante, comme toujours.

— Je suis sérieux, sergent. Elle paraît heureuse ? Furieuse ?

— Je ne l'ai jamais vue heureuse, et quant à savoir si elle vous apporte des donuts pour vous récompenser de vos exploits à Central Park, la réponse est non. Elle est passée à côté de moi comme un missile de croisière avant de se ruer dans l'escalier.

— Merci, sergent. Je vous revaudrai ça.

— C'est ce que tout le monde me dit, Jordan, a rétorqué McGrath. Sauf que votre collègue et vous avez une dette supérieure à celle de la plupart des autres.

J'ai raccroché.

— Et merde !

— Quoi encore ? s'est inquiétée Kylie.

— La maire vient de débarquer.

— Et merde, a répété Kylie. Quand on sait que les compliments arrivent généralement par e-mail, je crains le pire.

La porte donnant sur l'escalier s'est ouverte brutalement et la maire s'est dirigée d'un pas martial vers mon box en claquant des talons.

— Toutes mes félicitations pour avoir arrêté l'assassin d'Aubrey Davenport. Une opération sans faute.

Son expression démentait ses propos. Pourquoi était-elle mécontente si nous avions un sans-faute à notre actif ?

Je me suis éclairci la gorge.

— Je vous remercie, madame, mais il y a un problème ?

— Il n'y a que des putains de problèmes, a-t-elle répondu. Morris Langford est une star dans sa partie. Il court les plateaux télé, on le voit aux infos, il donne des interviews à tous les magazines. Tout le monde sait qui il est, y compris ceux qui n'ont jamais consulté un psy de leur vie. Et le voilà vedette incontestée d'un procès pour meurtre dont les principales pièces à conviction sont des vidéos porno de l'élite new-yorkaise.

— Madame la maire, s'est interposée Kylie. Nous avons la certitude que le procureur fera tout son possible pour que le grand public n'ait jamais accès à ces vidéos.

— Oh, je suis certaine que Mick Wilson s'arrangera pour qu'un juge déclare ces preuves irrecevables, a approuvé Sykes. Mais si jamais la presse a vent de leur existence, les journalistes n'auront de cesse de les avoir visionnées. Ils s'arrangeront pour obtenir les noms de tous ces messieurs filmés à leur insu, le pantalon sur les chevilles. Ces vidéos constituent un prix Pulitzer en puissance pour n'importe quel reporter digne de ce nom.

J'ai appris dans mon boulot à ne jamais contredire un supérieur en colère. Kylie et moi n'avons pas soufflé mot.

— Où en êtes-vous de l'enquête sur le poseur de bombes, Segura ? nous a demandé la maire.

— Nous avons trente-cinq mille flics sur le qui-vive, prêts à l'arrêter dès qu'il pointera le bout du nez.

— Et moi j'ai huit millions et demi d'administrés qui n'osent plus se balader dans la rue de peur qu'un cinglé leur attache au poignet une mallette bourrée d'explosifs. Trouvez-le-moi, et vite.

Elle est repartie en direction de l'escalier mais a fait demi-tour.

— Un dernier détail.

Des conneries, oui. Il ne s'agissait pas d'un *dernier détail*, mais du *seul* détail qui l'intéressait. La maire de New York ne se déplace pas jusqu'à un commissariat de la 67e Rue Est pour féliciter deux flics d'avoir bouclé une enquête et les aiguillonner au prétexte qu'ils n'en ont pas résolu une autre. Elle était là parce qu'elle avait besoin de notre aide, mais au lieu de nous dire tout de go : « J'ai un service à vous demander », elle voulait nous laisser croire qu'une idée lui avait traversé la tête au moment de s'en aller.

— Quand avez-vous parlé à Princeton Wells pour la dernière fois ?

— Je l'ai appelé de Thaïlande pour le tenir au courant de la situation, a répondu Kylie. Dimanche soir, heure de New York. C'était donc il y a trois jours.

— Je n'arrive pas à le joindre, il a disparu dans la nature.

— Étant donné ce qui est arrivé à ses petits camarades, je n'en suis qu'à moitié étonnée, a remarqué Kylie.

— Vous vous souvenez de ce dîner officiel à l'hôtel Pierre ? a poursuivi la maire. Des gens très puissants ont donné des sommes importantes pour contribuer à la construction d'une cité destinée aux sans-abri. Les Jardins de Tremont constituent un projet de première importance à leurs yeux comme à ceux de la municipalité actuelle. Nous sommes censés attaquer les travaux dans quinze jours et je n'arrive pas à entrer en contact avec le principal responsable du chantier. Il faudrait expliquer à Princeton Wells qu'un tel projet n'est pas réduit en miettes par la bombe qui a tué son architecte.

— Vous souhaitez qu'on lui passe le message de votre part, madame la maire ? a proposé Kylie.

— Excellente idée, inspecteur. Arrangez-vous pour ne pas donner l'impression que le NYPD fait passer des messages politiques à ma place. J'imagine qu'il se terre chez lui. Rendez-lui une petite visite, rassurez-le en lui affirmant que l'arrestation de Segura n'est plus qu'une question d'heures. Offrez-lui au besoin une protection policière. Expliquez-lui que la vie doit reprendre son cours si l'on ne veut pas donner raison aux terroristes. Dites-lui ce que vous voulez, tant que vous arrivez à le convaincre de m'appeler.

Cette fois, elle est partie pour de bon. Elle avait obtenu ce qu'elle voulait, tout en feignant de croire que l'idée émanait de Kylie.

J'ai haussé les épaules.

— Si j'ai bien compris, on va chez Wells. Tu es prête ?

— Laisse-moi une seconde pour mettre mon CV à jour. Je voudrais ajouter : « Bonniche de la maire de New York. »

67

Geraldo Segura sourit en voyant Carlotta sortir sur le perron de l'hôtel particulier de Princeton Wells sur Central Park West. Il ne lui aurait servi à rien de regarder sa montre, il était 16 h 30 pile. Carlotta était une créature d'habitude. Jamais une minute d'avance, ou de retard.

Sa clé déjà en main, elle verrouilla la porte d'entrée à double tour d'un geste aguerri par le temps, glissa le trousseau dans son sac dont elle tira la fermeture Éclair.

Segura porta les jumelles à ses yeux. Le temps s'était montré clément avec Carlotta, qui était entrée dans la soixantaine. Son visage s'était empâté, mais ses yeux noirs n'avaient rien perdu de leur éclat. Elle souleva le couvercle du boîtier fixé près de la porte et composa lentement le code en veillant à ne pas se tromper.

Il suivit le mouvement de ses doigts. Huit, un, un, sept, cinq. *Gracias, Carlotta.*

Segura connaissait la suite de son programme. Elle effectuait le même trajet cinq fois par semaine depuis trente-six ans. Elle remonterait la rue, franchirait le carrefour et s'engouffrerait dans la station de métro de la 72e Rue, prendrait la ligne C en direction du nord, descendrait dix arrêts plus loin à la station de la 155e Rue West et regagnerait son appartement de St. Nicholas Avenue à une rue de là.

Il s'était senti des atomes crochus avec Carlotta la première fois qu'il avait franchi le seuil du domicile de Princeton Wells. Elle était originaire du Salvador, il était guatémaltèque. Ils avaient la même peau cuivrée, partageaient la même culture hispanique et la même méfiance des Blancs riches.

Il avait le souvenir de lui avoir demandé un jour pourquoi elle ne sollicitait pas la mère de Princeton afin que le chauffeur privé des Wells la reconduise chez elle, une fois sa journée terminée.

— Mme Wells, elle m'a proposé, lui avait répondu Carlotta. Mais je lui ai dit : « Non merci beaucoup. »

— Pour quelle raison refuser le confort d'une limousine ? s'était-il étonné.

— La limousine, c'est très bien, mais c'est pas très malin de rentrer en limousine dans mon quartier. Avec le métro, personne il te remarque.

Carlotta n'était pas femme à aimer attirer l'attention sur elle. Grâce à la famille Wells, elle avait pu obtenir ses papiers de résidente, ce qui n'était pas le cas de son mari Milton, des deux frères de ce dernier, et de trois des cousins de Carlotta.

Il la suivit des yeux alors qu'elle remontait la rue d'un pas assuré.

Il attendit qu'elle ait disparu, happée par la bouche de métro, pour sortir de l'ombre, lui emboîter le pas et descendre les marches à son tour. Dieu sait qu'il aurait adoré la retrouver. Il savait déjà qu'elle l'aurait serré dans ses bras en le voyant, qu'elle aurait insisté pour le ramener chez elle et lui préparer un bon petit plat.

Si seulement, soupira-t-il intérieurement en passant le bras gauche autour du cou de la vieille femme tout en lui poussant la tête en avant avec la main droite de façon à lui bloquer la carotide et couper l'alimentation sanguine du cerveau.

Elle s'évanouit presque instantanément et il l'allongea par terre, ouvrit son sac à main, s'empara du trousseau de clés et regagna précipitamment la rue. Lorsqu'elle reprendrait connaissance quelques minutes plus tard, elle constaterait avec soulagement que son sac était toujours là et que son agresseur ne lui avait volé ni son portefeuille, ni son argent.

Elle ne s'apercevrait de la disparition de ses clés qu'en arrivant chez elle, et jamais elle ne songerait à porter plainte. Elle avait beau posséder une carte verte, jamais Carlotta n'inviterait la *policia* chez elle, à cause de tous les cadavres sans-papiers dissimulés au fond de ses placards familiaux.

Segura reprit le chemin de l'hôtel particulier de Wells, entra le code 81175 sur le clavier et déverrouilla la porte. Le bip du système d'alarme résonna à l'instant où il mettait le pied dans le hall d'entrée où l'attendaient un autre boîtier de sécurité et un autre code.

Cette étape ne présentait pour lui aucune difficulté. Il connaissait ce code depuis vingt ans, jamais Wells ne l'aurait changé. 36459, les chiffres correspondant aux lettres e-m-i-l-y sur le clavier.

Emily Gerson Wells était l'arrière-grand-mère de Princeton, dont la sensibilité naturelle et l'élégance avaient façonné le décor de la grande maison. Son portrait, peint par John Singer Sargent, un artiste de renom, était accroché au-dessus de la cheminée dans le grand salon. Et pour que personne au sein du clan Wells n'oublie ce qu'il lui devait, son prénom servait de sésame chaque fois que l'un de ses descendants pénétrait dans cette demeure.

Segura entra les cinq chiffres et le bip se tut.

Autrefois, le père de Princeton avait un immense bureau à l'étage. Il ne faisait guère de doute que Princeton se le serait approprié à sa mort. Segura monta silencieusement les marches, colla son oreille contre la porte et reconnut la voix de la chanteuse de soul Mary J. Blige à travers l'acajou du battant.

Il ouvrit la porte, s'avança dans la pièce et trouva Princeton allongé sur un canapé en cuir, un livre à la main et un verre posé sur une petite table à côté de lui. Le milliardaire releva la tête au bruit et découvrit avec stupeur, en chair et en os, le fantôme de son passé.

— Salut, Princeton, le salua Geraldo. Je constate que tu aimes toujours autant lire. C'est un bon bouquin, au moins ?

— Salut, Geraldo. Oui, c'est pas mal.

Segura hocha la tête.

— Dommage que tu ne vives pas assez longtemps pour le terminer.

68

— Je t'offre un verre avant de mourir ? demanda Wells.

— Non merci, mais termine le tien, je t'en prie.

Wells se redressa en position assise et vida son verre.

— Ça t'ennuie que j'en prenne un dernier avant le long périple qui m'attend ?

Sans attendre la réponse, il se leva et se dirigea vers le bar.

— Je constate que tu prends ça avec philosophie, constata Segura.

— Tu sais, Geraldo, je m'attendais à ta venue un jour ou l'autre. Cela dit, je suis admiratif de la façon dont tu as réussi à t'introduire ici.

— Le passé n'est jamais inutile. Je laisserai les clés ici pour que Carlotta les récupère, précisa-t-il en déposant le trousseau sur le bureau. Mais dis-moi un peu. Puisque tu t'attendais à ma visite, pourquoi ne pas avoir fui les États-Unis ? Tu disposes de ton propre avion, tu as de l'argent, tu aurais pu partir n'importe où.

— Je ne tenais pas à aller n'importe où, se justifia Wells en se servant un verre de single malt Balvenie de trente ans d'âge. Je suis né ici, je travaille ici. Toute ma vie est à New York, alors j'ai décidé de t'attendre pour tenter de mettre à profit mon seul véritable talent.

— Lequel ?

— Celui de négociateur.

Segura éclata de rire.

— Tu comptes me supplier à genoux de t'épargner, comme Nathan ?

— Ne sois pas insultant, s'il te plaît. Je n'ai aucune intention de te supplier. J'essaye de préserver mon capital de vie en augmentant ma valeur.

— Tu n'as pas changé, Princeton. Je ne vois vraiment pas où tu veux en venir.

— C'est simple. À l'heure qu'il est, je n'ai aucune valeur à tes yeux. Tu me tues, je suis mort. La situation ne serait plus tout à fait la même si je te proposais cent dollars pour ne pas m'abattre. Ma vie prendrait d'un seul coup de la valeur. Si tu me tuais, ça te coûterait cent dollars.

L'argument eut le don d'amuser Segura.

— Je les paye volontiers. Je veux bien un verre de whisky, Princeton.

Wells versa trois doigts de single malt dans un verre propre et le tendit à Segura.

— Tu essayes de me soûler, vieux ?

— Je ne crois pas que ça m'aiderait beaucoup. Où en étions-nous ?

— Tu m'expliquais que te tuer allait me coûter cent dollars, et je te disais que j'en acceptais volontiers le prix.

— Exactement. Maintenant, que se passerait-il si je te proposais un million de dollars ? Sans doute me tuerais-tu quand même, mais tu quitterais cette maison en te disant que ta vengeance t'a coûté un million. Tu vois où je veux en venir ?

— Tu es toujours aussi doué avec les chiffres, à ce que je vois. Tu te dis que le meilleur moyen de t'en sortir est de m'offrir une somme qui me poussera à réfléchir. *Je ne peux décemment pas tuer cet enfoiré, ça me coûterait une fortune.*

— C'est l'idée, reconnut Wells. Un petit jeu entre hommes de goût. Un jeu civilisé. Il me suffit de donner à ma vie une valeur telle que tu n'aies plus les moyens de me tuer.

— Je te rappelle que tu m'as volé vingt ans de vie. Tu crois peut-être que ce genre de truc a un prix ?

— J'en suis convaincu, Geraldo, sinon tu ne serais pas venu me trouver. Del, Arnie et Nathan ont payé le prix fort pour ce que nous t'avons fait subir. En me tuant, tu tiens ta vengeance, mais obtiendrais-tu justice pour autant ? Ne serait-il pas normal que l'un d'entre nous t'offre une compensation pour les quarante ou cinquante ans qu'il te reste à vivre ? Moi seul ai les moyens de payer la note. C'est bien pour cette raison que je suis encore en vie et que tu bois mon single malt.

— Tu as raison, dit Segura avec un sourire ironique. Au départ, j'avais imaginé vous réduire tous les quatre en charpie avec un AK-47. Et puis à mesure qu'approchait l'heure de ma libération, j'ai compris que le plaisir d'avoir tué mes quatre anciens copains serait assez fugace, que je serais nettement plus heureux à long terme si je me contentais de trois victimes en échange d'un paquet de pognon.

— Alléluia, approuva Wells en vidant son verre à moitié. Dis-moi à quel montant tu penses, et nous pouvons tous les deux réfléchir à notre renaissance.

— Cinq millions de dollars…

— Entendu, s'empressa d'accepter Wells.

— … par an. Cinq millions de dollars pour chacune des années que j'ai passées enchaîné dans ce trou à rats par une chaleur à crever, dans l'odeur à vomir des latrines communes, pendant que tu engraissais en voyant enfler ton compte en banque sans jamais lever le petit doigt pour m'aider à échapper à l'enfer dans lequel tu m'avais plongé.

— Cent millions de dollars, calcula Wells, entre question et affirmation.

— C'est à prendre ou à laisser.

— Je vois que tu te débrouilles pas mal toi-même avec les chiffres. Je prends.

Wells s'installa devant son ordinateur et fit courir ses doigts sur le clavier.

— Une petite question. Comment m'assurer que tu n'attendras pas de voir la somme arriver sur ton compte en banque pour me tuer ?

— Tu as pris ma jeunesse et volé mes rêves, mais je n'ai jamais perdu mon sens de l'honneur. Si j'accepte le prix du sang que tu me proposes, je te jure sur la tombe de mes parents que je ne te tuerai pas. Ni maintenant, ni jamais. Une fois franchie cette porte, jamais plus tu ne me verras, jamais plus tu n'entendras parler de moi.

Wells hocha la tête et s'activa de plus belle sur son clavier. Segura s'approchait du bar avec l'intention de se servir un second verre lorsque retentit le carillon de la porte d'entrée.

Sur l'écran de Wells s'affichèrent les visages de ses visiteurs, filmés par une caméra de surveillance.

— Merde… Ce sont ces putains d'inspecteurs du Red. Qu'est-ce que je fais ?

Segura tira un pistolet de sa ceinture.

— Retire tes fringues. Toutes tes fringues.

69

Kylie, au comble de l'impatience, a enfoncé le bouton de la sonnette une nouvelle fois.

— Qui est-ce ? a répondu la voix de Wells dans l'interphone.

— Inspecteurs MacDonald et Jordan du NYPD. Nous souhaiterions vous parler. Nous en avons pour un instant.

— C'est-à-dire que ça ne m'arrange pas vraiment tout de suite. Je suis en plein boom. Le mieux serait que vous repassiez demain.

— Ça ne nous arrange pas vraiment non plus d'avoir un tueur en série en liberté dans la ville, monsieur Wells. Sachant que vous figurez tout en haut de sa liste, vous pourriez peut-être laisser tomber provisoirement vos activités et consacrer quelques minutes de votre temps à ceux qui s'évertuent à coincer ce type avant qu'il ne vous coince.

— Compris, inspecteur. Je descends tout de suite.

Kylie s'est écartée de l'interphone en levant les bras au ciel.

— Il nous fait le même cinéma que ce connard de Langford. Les gens refusent systématiquement de parler aux flics, va savoir pourquoi.

— Langford ne voulait pas nous parler parce qu'il avait un meurtre sur la conscience.

— Dans ce cas, quelle peut bien être l'excuse de Wells ? a insisté Kylie. Tu crois qu'il nous soupçonne d'être les marionnettes de la maire ? Ou bien que ça l'ennuie de parler de sa cité pour les pauvres ? À moins qu'il ne soit dans le déni total à propos de Segura. Si ça se trouve, il pense qu'en nous chassant, ça chassera tous ses problèmes.

— Il y a une troisième possibilité.

— Laquelle ?

— Il est vraiment occupé et nous sommes arrivés au mauvais moment.

La porte d'entrée s'est ouverte et Wells est apparu sur le seuil, les cheveux mouillés, pieds nus, un drap de bain ceint autour des reins. Son haleine empestait l'alcool.

— Désolé de vous avoir fait attendre. On faisait trempette dans le jacuzzi avec Kenda.

— Veuillez accepter toutes nos excuses, nous arrivons au mauvais moment.

— Quel mauvais moment ? m'a répondu Wells. Un super moment, vous voulez dire. Et si ça vous dit de vous joindre à nous, tous les deux, ce sera encore plus super.

— Monsieur Wells, je sais bien que vous avez déjà refusé notre proposition, mais à la lumière de ce qui est arrivé à Nathan Hirsch, le NYPD est tout disposé à vous accorder une protection policière. Le souhaitez-vous ?

— Volontiers. Je compte sur vous pour me protéger des assauts de la blonde qui se prélasse dans mon jacuzzi. Elle est insatiable. Le ciel m'en est témoin, cette fille finira par avoir ma peau.

— Monsieur, vous avez bu ? lui demanda Kylie.

— Je n'arrête pas, inspecteur. C'est ma façon de gérer la crise. À ma connaissance, aucune loi ne m'empêche encore de picoler, et si vous n'avez rien d'autre à…

— Si, une dernière information. La maire souhaiterait que vous l'appeliez.

— Vous direz à Muriel que je ne l'oublie pas, a réagi Wells. Non, attendez ! Dites-lui la vérité. Dites-lui que Princeton Wells a décidé de se prendre une cuite, sagement enfermé dans l'hôtel particulier de son arrière-grand-mère qui n'est rien d'autre qu'une forteresse joliment décorée. Dites-lui aussi que le chantier des Jardins de Tremont démarrera en temps et en heure. Del Fairfax nous l'a laissé en héritage et je n'ai pas l'intention de l'enterrer avec lui. Je suis gentiment ivre à l'heure qu'il est, mais je vous promets de me reprendre demain matin. Une fois dessoûlé, je serai à nouveau capable de signer des chèques, de passer des coups de téléphone et de remuer ciel et terre pour lancer les travaux. Je le jure.

— La maire sera heureuse de l'entendre.

— Dans ce cas, tout va bien.

— Oui, monsieur.

— Merci de votre visite, a-t-il conclu en refermant la porte.

Nous sommes redescendus du perron et je me suis tourné vers Kylie.

— Je ne comprends pas.

— Tu ne comprends pas quoi, Zach ? Que les riches sont des sales cons ? Que Princeton Wells préfère boire et baiser que se planquer ?

— Je ne parle pas de ça. Je m'étonne simplement qu'il ne nous ait pas posé une seule question sur les avancées de l'enquête. Souviens-toi de Nathan Hirsch, il nous harcelait en permanence : « Avez-vous retrouvé Segura ? Avez-vous arrêté La Grande ? » Pour un type qui se trouve dans la ligne de mire d'un assassin, je trouve Princeton Wells bien peu curieux de savoir où nous en sommes de notre chasse à l'homme.

— Tu ne fais que me conforter dans l'idée que les riches sont des sales cons.

J'ai regardé ma montre.

— J'ai assez donné pour cette bonne vieille ville aujourd'hui. Je rentre chez moi.

— Que fais-tu ce soir ? m'a demandé Kylie.

— Je ne sais pas. Je vais probablement dîner avec Cheryl avant de regarder un truc quelconque sur Netflix.

C'était la vérité. J'oubliais juste de lui préciser que j'avais ensuite rendez-vous avec son petit ami pour qu'il m'aide à braquer une partie de poker.

70

Dissimuler la vérité à sa petite amie est un jeu dangereux. Surtout si la petite amie en question est psychiatre, flic, et que c'est une Latina au sang chaud. En pareil cas, les cachotteries relèvent du suicide.

C'est ce qui m'a poussé à renverser complètement la vapeur par rapport à ma petite conversation du matin avec Cheryl. Je lui ai tout avoué en arrivant chez elle. Je n'avais aucune garantie qu'elle adhère à mon projet, mais du moins ne pouvait-elle pas me reprocher de ne pas la tenir informée. J'ai commencé par lui raconter mon dîner avec Q.

Elle m'a arrêté immédiatement.

— Q débine ces deux types, Jessup et Jewel, et tu le crois ? Il n'a pas l'ombre d'une preuve contre eux.

— Cheryl, je te rappelle qu'on n'est pas dans une salle d'audience. Q est le roi des indics. Il m'a déclaré mot pour mot, ouvrez les guillemets : *Ces deux types dépensent du fric comme s'ils étaient les héritiers du sultan de Brunei*, fermez les guillemets.

— C'est un raisonnement spécieux.

— C'est la logique de la rue.

J'ai poursuivi mon récit en lui racontant ma rencontre avec les deux organisateurs de concerts hip-hop au Serpent à Sonnette. Elle n'a pas dit un mot jusqu'au moment où je lui ai révélé mon pseudo.

— L'Aviateur ? a-t-elle ri.

— Johnny Wurster, dit l'Aviateur. Tu riras encore plus quand tu sauras comment m'est venu ce surnom.

J'ai enchaîné avec la fable que j'avais servie aux deux autres : mon vol plané du sixième étage, dont j'étais sorti sans une égratignure.

Elle a secoué la tête d'un air navré.

— Et ces deux idiots t'ont cru ?

— Pourquoi ne m'auraient-ils pas cru ? Ce n'est pas plus incroyable que Freddy-Sans-Nez ou Sammy-le-Taureau. Tous les surnoms ont une histoire.

— Ils croient aussi que tu les as recrutés pour braquer une partie de poker privée et repartir avec un million de dollars ?

Je l'ai corrigée.

— Un million deux, s'il te plaît. Huit joueurs disposant d'une mise initiale de cent cinquante mille dollars.

— J'attends la suite.

— À ce stade, je leur ai laissé vingt-quatre heures pour réfléchir. Ils sont persuadés que ce sera du gâteau, ils dépensent déjà le fric dans leur tête. Sauf que je vais compliquer un peu la donne. Tu veux savoir la suite ?

— Bien sûr, que je veux savoir la suite, a-t-elle acquiescé en se servant un autre verre de blanc avant de s'installer sur le canapé, les jambes repliées sous elle. Mais ne te méprends pas, mon intérêt n'est nullement synonyme d'approbation.

C'était déjà une première victoire.

— J'ai bien compris. Jessup est le plus méfiant des deux. Pour que l'arnaque fonctionne, il faut que j'arrive à le convaincre de mordre à l'hameçon.

J'ai sorti de ma poche le téléphone jetable que je m'étais procuré, branché le haut-parleur et composé le numéro de Jessup. Il a décroché à la deuxième sonnerie.

— Salut, Tariq. L'Aviateur à l'appareil. Mauvaise nouvelle. Le joli coup de samedi soir ? J'arrête tout.

— C'est quoi ce bordel, mec ? T'as trouvé quelqu'un qui accepte pour moins cher ?

— Pas du tout, j'étais super content de travailler avec vous, les gars, mais il y a une merde. Je ne fais jamais le même coup deux fois dans la même ville, avec les mêmes joueurs, et je viens d'apprendre que l'un des participants à la partie de samedi était là quand j'ai monté le coup à Phoenix. Le type est pas con, il va tout de suite percuter en constatant que l'Aviateur était présent les deux fois où il s'est fait braquer, dans des villes différentes mais dans les mêmes circonstances.

— Tu seras tout de suite brûlé, a reconnu Jessup.

— C'est pour ça que j'abandonne. Il est temps de changer de crémerie.

— Tu comptes aller où ?

— Je pensais à Dallas.

— Un saut de puce en avion. Garvey et moi on t'accompagne.

— Pas question, vieux. C'est pas un cirque ambulant. Je travaille toujours en solo, en faisant appel à la main-d'œuvre locale. Je vous avais choisis pour ce boulot dans le New Jersey, mais comme c'est pas jouable, on laisse tomber. Je raccroche et vous oubliez mon numéro.

— Attends une minute, l'Aviateur, a insisté Jessup. Réfléchis bien avant d'aller voir ailleurs. T'as déjà repéré la partie et t'as la main-d'œuvre locale. À défaut de participer toi-même, il suffit de te trouver un remplaçant.

— Parce que tu te figures que j'y ai pas pensé ? J'ai bien un pote à qui je pourrais m'adresser sans risque, mais il s'est exilé en Europe pendant plusieurs mois. Il console des veuves riches qui s'en trouvent nettement moins tristes, et nettement moins riches.

— Et si je t'apporte la solution ? a proposé Jessup.

— Non, la ficelle serait trop grosse.

— Tu dis ça parce que je suis black ?

— Qu'est-ce tu vas chercher, vieux ? Black, blanc, brun, jaune… tant que ton fric est vert, j'en ai rien à foutre, mais dans ces parties-là, ils n'acceptent que les habitués de la flambe. Sans vouloir te vexer, Tariq, c'est pas toi.

— Et si je te filais les coordonnées d'un type qui mise régulièrement plus de cent mille boules ? Il aurait aucun mal à se mêler à la partie.

Cheryl, bouche bée, a posé sur moi des yeux écarquillés. L'appât était trop beau pour que le poisson le laisse filer.

— Le type en question, tu le connais bien ?

— Plutôt deux fois qu'une. C'est grâce à lui qu'on a braqué cette partie de poker récemment, ça s'est passé comme sur des roulettes. Il voudra sa part, mais avec autant de fric à la clé, il devrait y avoir moyen de s'arranger.

— Je sais pas, Tariq.

— Allez, l'Aviateur ! Accepte au moins de le rencontrer.

— Bon, d'accord. Ce soir, 23 heures, au Houston Hall.

— Jamais entendu parler.

— C'est un bar du Village sur West Houston, à hauteur de Varick. C'est toujours blindé de monde et on risque pas de croiser des joueurs capables de parier plus de vingt doll'. Je t'attends avec Jewell et ton pote. Si jamais sa tête me revient, je lui refile mes cent cinquante mille de mise et on passe à la suite. À tout à l'heure.

Et j'ai raccroché.

— Voilà le travail, docteur.

— Tu as été magnifique, Zach. Je n'en reviens pas de tes talents d'escroc. En attendant, qu'as-tu prévu pour la suite ?

— Jessup et Jewell ne sont que du menu fretin. Reitzfeld les relâchera directement dans l'étang. Quant à C. J., il lui demandera gentiment de rendre l'argent et d'aller se faire pendre ailleurs. C'est un joueur professionnel, il sait quand il n'a plus d'atout dans sa manche.

— Quel effet te fait toute cette histoire ? a voulu savoir Cheryl.

— C'est contrasté. D'un côté, je suis content d'avoir trouvé le coupable, mais de l'autre, je déteste m'y prendre dans le dos de Kylie. Il faut espérer qu'elle n'apprendra jamais la vérité.

— Tu ne me demandes pas ce que ça me fait, à moi ?

— Je le sais déjà, Cheryl. Tu n'es pas d'accord pour la bonne raison que tu remets en cause mes motivations. Tu me l'as dit ce matin.

— J'ai changé d'avis. Tu es un flic dans l'âme, je pense que tes motivations ne sont pas aussi douteuses que je l'affirmais ce matin. Et puis…

— Et puis quoi ?

— J'avoue que t'avoir entendu rouler ce marlou dans la farine me branche plutôt.

— Tu déconnes ?

Elle s'est levée du canapé, m'a pris par la main et m'a entraîné dans sa chambre.

— Viens par ici, l'Aviateur. Tu vas voir un peu si je déconne…

71

Houston Hall est le repaire des moins de trente ans dans le bas de Manhattan. Le bâtiment fait figure de grotte industrielle avec ses poutres métalliques, ses murs de brique usée et autres attributs propres au garage qu'il était dans une vie antérieure.

Le week-end, la queue qui se forme devant l'entrée fait le tour du pâté de maisons, mais ce n'était pas le cas à 22 heures ce mercredi-là. Reitzfeld et moi n'avons eu aucun mal à entrer et la circulation était assez fluide, une fois à l'intérieur, au milieu des fêtards qui buvaient de la bière artisanale en grignotant des ailes de poulet et, de façon plus exotique, des nems au corned-beef ou encore des tacos au sashimi de thon épicé.

— Seigneur, a grommelé Reitzfeld. Ils sont au moins cinq cents là-dedans, et je pourrais être leur père.

J'ai haussé les épaules.

— Je sais. Tu as remarqué la lumière rouge qui s'est mise à clignoter quand tu es entré ? Elle signale les croulants.

— Va te faire foutre, gamin. Merci quand même pour ton aide. Je ne connais pas beaucoup de flics qui prendraient autant de risques pour un collègue en retraite.

— C'est qu'ils ne voient pas plus loin que le bout de leur nez. Ils finiront par prendre leur retraite un jour et ils seront bien contents qu'on les aide à leur tour. Le mieux est encore de commander une bière pour ne pas trop détonner dans le paysage.

Des rangées entières de tables et de bancs de réfectoire s'alignaient à l'intérieur de l'immense espace. J'ai commandé deux cruches de blonde avec cinq verres et nous nous sommes installés à une table disposant d'une vue dégagée sur l'entrée de la salle.

Notre plan était simple. Dès que Jessup et Jewell auraient identifié C. J. comme étant le cerveau du braquage, on les laisserait repartir. Je n'aurais plus qu'à m'en aller à mon tour en laissant Reitzfeld se débrouiller tout seul.

— Tu ne peux décemment pas te trouver là quand je lui demanderai de rendre le fric, m'avait expliqué Reitzfeld. C'est une chose de m'aider à retrouver deux braqueurs, c'en est une autre d'être témoin d'une demande de restitution amiable. Les bœuf-carottes pourraient t'accuser de complicité.

— Le plus drôle, c'est que tu t'inquiètes davantage de ces huit cent mille dollars que Shelley.

— Shelley n'a perdu que du fric, Zach. J'y ai laissé mon amour-propre.

Nous sirotions tranquillement nos bières en surveillant les allées et venues des clients quand Jessup et Jewel ont pointé le bout du nez à 22 h 55. Ils ont balayé la salle du regard, visiblement mal à l'aise. Il faut dire que l'atmosphère du Houston Hall est plus proche de l'ambiance des fêtes étudiantes que de celle d'un bar ordinaire. Il y avait bien quelques visages sombres dans l'assistance, mais on ne se serait jamais cru dans le Bronx.

J'ai appelé Jessup sur son portable et je l'ai vu décrocher.

— Sur ta droite. Tu verras de gros numéros peints sur le mur au-dessus des appliques lumineuses. Je suis à l'extrémité de la table qui se trouve sous le numéro 9.

— T'es sûr de vouloir rester ici ? s'est-il inquiété.

— Non seulement j'en suis sûr, mais ça n'aura pas lieu ailleurs. Si ça ne te plaît pas, tu sais où se trouve la porte.

Il a raccroché et s'est lancé dans une conversation animée avec Jewel avant de s'approcher prudemment de notre table. Je devrais dire de *ma* table puisque Reitzfeld s'était éclipsé afin de se tenir à l'écart.

J'ai rempli deux verres à l'intention de mes convives.

— Merci d'être venus.

Ils se sont assis et Jewel a ingurgité une gorgée de bière. Jessup, en revanche, n'était pas d'humeur à boire.

— J'ai compté un maximum de six blacks entre la porte d'entrée et ici, a-t-il maugréé. Tu voulais absolument qu'on se fasse remarquer, c'est ça ?

— D'abord, aucun des visages pâles ici présents ne vous a accordé ne fût-ce qu'un regard. Et puis je n'ai pas fait tant d'histoires hier soir au Serpent à Sonnette alors que j'étais clairement en minorité. Il va falloir t'y habituer. Où est ton joueur de poker ?

Jessup a regardé son Apple Watch.

— Il est onze heures moins quatre, l'Aviateur. Ce qui ne nous laisse pas vraiment le temps de nous lancer dans une partie de fléchettes avec tous ces blancs-becs.

Jewel avait le nez plongé dans son verre quand Jessup a sorti sa vanne, j'ai bien cru qu'il allait s'étouffer avec sa bière.

— Assez rigolé, les amis. Passons aux affaires sérieuses. Maintenant, écoutez-moi bien, et je ne vous conseille pas vraiment de vous lever précipitamment ou de sortir vos flingues, il y a quatre flics derrière vous.

Les quatre flics en question se résumaient à un lieutenant en retraite devenu chef de la sécurité pour le compte des studios Silvercup. Jessup et Jewel ne pouvaient pas le savoir, et ces flics imaginaires feraient parfaitement l'affaire.

— C'est quoi ce bordel ? a grondé Jessup.

— J'oubliais aussi de vous préciser qu'il y avait un cinquième flic assis en face de vous.

— Saloperie, a fait Jessup. J'ai toujours su que t'étais un poulaga.

— Tu ne savais rien du tout, sinon tu ne serais pas là. Passons à la bonne nouvelle du jour. Je me fiche de vous deux. Dès que C. J. nous aura rejoints et que vous l'aurez désigné comme votre complice dans le braquage de la partie à l'hôtel Mark, je vous offre à tous les deux une carte « Vous êtes libéré de prison » et vous repartez tranquillement, sans autre forme de procès.

— C. J. ? De qui tu parles, mec ? m'a demandé Jewel.

— Arrête tes conneries, Jewel. Je vous demande de me montrer le type qui vous a refilé le tuyau au Mark et vous êtes libres de repartir.

— Ravi de l'apprendre, inspecteur, a réagi Jessup, mais on ne connaît pas de C. J.

— D'accord. Je ne m'appelle pas non plus l'Aviateur.

Un téléphone a sonné, celui de Jessup. Il m'a cherché des yeux.

— Il est là.

— Indique-lui le numéro de la table, lève-toi et fais-lui signe. Si jamais tu t'arranges pour le prévenir, c'est à vous deux que je passe les bracelets.

Jessup s'est exécuté et je me suis tapi dans un coin d'ombre avec Reitzfeld en attendant que nous rejoigne un type en blouson coupe-vent noir, une casquette noire sur la tête. Il a serré la main de ses deux acolytes.

Ce n'était pas C. J. Berringer.

72

— Voici le type qui a tout organisé, m'a expliqué Tariq Jessup en montrant du doigt le nouveau venu. Il a gardé sept cent mille boules pour lui, on a pris cinquante chacun, Garvey et moi. Pas vraiment le genre de salaire qui te pousse à la loyauté vis-à-vis de ton employeur. C'est lui qui a tout manigancé. C'est bon, inspecteur l'Aviateur ? On peut y aller ?

Reitzfeld est sorti de l'ombre.

— Vous restez ici tant que je ne vous aurai pas donné mon feu vert.

Jessup et Jewel l'ont reconnu immédiatement.

— Eh mec, a fait Jessup. Désolé pour le chloroforme et le reste, on s'est contentés de suivre ses instructions et de lui obéir.

Reitzfeld ne l'a même pas entendu, trop occupé à dévisager l'individu en noir.

— Pourquoi avez-vous fait ça, Rick ? lui a-t-il demandé.

Rick Button, le comique, qui faisait figure de victime au même titre que les autres participants à la partie jusque-là, a haussé les épaules.

— Bah, une question vieille comme le monde : pourquoi le rigolo de service a-t-il piqué dans le pot commun ? C'était toujours mieux que de passer une année plâtré de la tête aux pieds à manger avec une paille et chier dans une poche, ce qui me serait arrivé si j'avais dû subir les foudres des deux hommes de Néandertal russes qui exécutent les basses œuvres de la Bratva à Brighton Beach.

— Excusez-nous, inspecteurs, l'a interrompu Jessup, mais Garvey et moi on risque d'attraper des boutons à force de côtoyer l'Amérique blanche et souriante. Vous avez promis de nous laisser partir. Vous êtes des mecs de parole ou pas ?

Reitzfeld n'a pas eu besoin de me regarder. C'était lui qui menait la danse.

— Cassez-vous. Un dernier conseil : à votre place, j'irais pas trop me vanter dans le Bronx de ce qui s'est passé ici ce soir, ça pourrait se retourner contre vous.

— Pas de souci, s'est défendu Jessup. J'ai pas vraiment l'intention de twitter à tous mes potes qu'on s'est fait enfler par un flic.

Il s'est tourné vers Button.

— Dites-moi, patron, je peux compter sur vous pour me fournir des références ? Je voudrais mettre à jour mon CV.

Button a éclaté de rire.

— Je la retiens, celle-là. Elle est bonne.

L'instant d'après, Jewel et Jessup s'éclipsaient.

— Asseyez-vous, a ordonné Reitzfeld à Button qui lui a obéi sans rechigner.

Reitzfeld a passé un bras autour de mon épaule en m'entraînant à l'écart.

— Je gère, Zach. Tu ferais mieux d'y aller.

— Bob, ce n'est pas tout à fait le scénario qu'on avait prévu. Je doute que Shelley se montre aussi arrangeant avec ce crétin que si le voleur avait été le petit ami de Kylie. Tu crois qu'il décidera finalement de porter plainte ? Peut-être que je devrais…

— Tu devrais surtout t'en aller le plus loin possible, Zach. Oublier toute cette histoire. J'ai pu coincer cette ordure grâce à toi, je t'en serai éternellement reconnaissant. Je laisse à Shelley le soin de décider, mais quoi qu'il arrive, il veillera à ce que ton nom ne soit mêlé à rien.

— Le seul moyen d'y parvenir est de relâcher Rick Button. S'il est arrêté par la police, mon nom sortira forcément.

— Ne t'inquiète pas pour ça, Zach. Tu n'as rien fait de mal et personne ne te posera jamais de question. Merci pour la bière. Maintenant, vas-y.

Je ne me suis pas fait prier. Je suis retourné directement chez Cheryl.

Sa première question, une fois que je lui avais raconté ma soirée, sortait tout droit du guide en dix leçons du parfait psy.

— Comment as-tu vécu tout ça ?

— Avec soulagement. Je donnais peut-être l'impression d'avoir voulu me débarrasser de C. J., mais je peux t'assurer quc je suis ravi de son innocence. Si le NYPD avait appris qu'elle sortait avec un délinquant, elle aurait pu dire adieu à sa carrière.

— Et tu y aurais perdu ta collègue préférée, a poursuivi Cheryl.

— Ma collègue préférée, mais aussi la plus énervante, la plus imprévisible, la plus déraisonnable et, de loin, la plus cinglée. Hier, elle coupe plusieurs dizaines de milliers de liaisons cellulaires sans crier gare, aujourd'hui elle s'en prend sans hésiter à une femme sous hypnose programmée pour l'abattre.

— De toute évidence, elle est irremplaçable.

J'ai pris Cheryl dans mes bras et collé ma bouche contre son oreille.

— Toi aussi, tu es irremplaçable, l'Aviatrice.

ÉPILOGUE

Justice haïtienne

73

Geraldo Segura n'avait qu'une parole. Les flics repartis et les millions de Princeton Wells sur son compte, il quitta son hôte en parfaite santé, si l'on oublie les dégâts hépatiques qu'avait pu provoquer un abus de single malt.

Il prit un taxi jusqu'à l'aéroport JFK. En dépit du fait qu'il était désormais millionnaire au centuple, il s'en tint au billet à mille cent soixante dollars pour Adélaïde, en Australie, qu'il avait déjà réservé sur la compagnie Emirates. Un billet de première classe lui donnant accès à une cabine privée ne lui aurait guère coûté que vingt-trois mille dollars supplémentaires, mais il savait d'expérience que nul n'accorde jamais la moindre attention aux voyageurs les plus modestes.

Il franchit les contrôles de sécurité sans encombre grâce à son faux passeport et profita du vol, confortablement installé sur le siège 58A au milieu des trois cent quatre-vingt-dix-huit autres passagers de l'A380.

La journée avait été longue. Elle avait commencé avant l'aube par une petite visite au Karayib Makèt, à Brooklyn. Les gorilles qui en gardaient l'entrée étaient loin de se douter qu'il aurait pu les massacrer sans difficulté, bien qu'ils aient une tête de plus que lui. Deux d'entre eux l'avaient encadré sans ménagement avant de lui demander ce qu'il voulait.

— Je suis venu parler à Dingo Slide, avait-il répondu.

— Dingo a rejoint ses ancêtres, avait répliqué l'une des deux brutes.

— Qui s'occupe de ce taudis, à présent? avait insisté Segura. Ces enfoirés me doivent du fric.

Son interlocuteur lui avait envoyé son poing dans l'estomac et Segura s'était plié en deux, alors qu'il avait soigneusement veillé à éviter le choc en reculant au dernier moment. Inutile de montrer à son attaquant qu'il avait des abdominaux en acier et que seule une ruade de mule aurait pu le mettre à terre.

Les gorilles l'avaient entraîné dans les entrailles de la supérette, lui avaient fait traverser une chambre froide et l'avaient poussé violemment dans la pièce où se trouvait celui qu'il était venu voir.

— Je m'appelle Geraldo Segura, avait-il défié l'occupant du bureau.

— Allons bon. Le martyr est revenu se venger, avait plaisanté le chef du cartel haïtien. Je suis Malique La Grande. J'ai lu tes exploits avec attention. Tu avais l'intention de me tuer également ?

— Non, je suis venu réclamer des dédommagements.

La réponse avait provoqué l'hilarité de La Grande, que ses gorilles avaient imité. D'un geste, le gangster leur avait demandé de lâcher le prisonnier.

— J'ai bien peur que la prison ait altéré ton jugement. Pour quelle raison te devrais-je de l'argent ?

— Parce que c'est la seule solution honorable. Si Dingo Slide était encore là, il serait d'accord avec moi. Il faut croire que le code d'honneur de Zoe Pound n'est plus ce qu'il était depuis le changement de direction.

— Toi qui aimes te battre, sache que je remporte mes combats de cette façon-là, avait répliqué La Grande en tirant un pistolet de sa ceinture. Tu veux toujours qu'on parle d'*honneur* ?

— J'étais un gamin, j'ai servi de passeur à Zoe Pound à mon insu. Vous pouvez au moins me dédommager pour avoir passé vingt ans derrière les barreaux à cause de votre dope.

— Tu y as laissé vingt ans de ta vie, j'y ai laissé quatre kilos d'héroïne. On paye tous le prix de nos actes.

— Des conneries, oui ! s'était écrié Segura en plongeant la main dans la poche de son blouson.

Les gorilles qui le surveillaient s'étaient rués sur lui et l'avaient immobilisé à terre.

— Emmanuel, avait tonné La Grande. Ne me dis pas que tu l'as laissé entrer ici avec un flingue ?

— Non, patron ! Jamais de la vie ! Je l'ai fouillé.

— Qu'a-t-il donc dans sa poche ?

L'un des gorilles avait immobilisé Segura pendant que le dénommé Emmanuel explorait sa poche de veste.

— Rien que des papiers, patron, avait-il déclaré en brandissant une liasse de documents.

— De quoi s'agit-il ? s'était énervé La Grande.

— C'est le dossier qu'on m'a fourni à ma sortie de la prison de Klong Prem, s'était expliqué Segura. J'ai la preuve que vous mentez.

La Grande avait coincé son arme dans sa ceinture et fait signe à Emmanuel de lui apporter les papiers. Il les avait lus attentivement une première fois, puis une seconde avant de rouler les feuilles en boule, de les jeter à ses pieds et de se lancer dans une litanie d'imprécations en créole.

Les hommes de main de La Grande n'avaient pas dissimulé leur surprise et leur colère.

— Vous ne pouvez pas parler anglais ? s'était agacé Segura, très sûr de lui.

— Ces documents précisent qu'on a trouvé sur toi un kilo d'héroïne au moment de ton arrestation. Que sont devenus les trois autres kilos ?

— Quels trois autres kilos ? Ce sont vos mules de luxe qui ont planqué la dope dans mon sac. Ce malheureux kilo a suffi à me condamner à cinquante ans de prison dans cet enfer, et ce n'est pas grâce à eux que j'en suis sorti au bout de vingt ans. C'est la raison pour laquelle je suis revenu à New York. J'ai tué deux de ces salopards, j'ai détruit l'existence du troisième et je compte bien réduire Princeton Wells en charpie d'ici demain. Je n'ai rien contre Zoe Pound, mais il serait normal qu'on me dédommage…

— Que sont devenus les trois autres kilos ? lui avait demandé La Grande dans un murmure autrement plus inquiétant que ses hurlements. Que-sont-devenus-les-trois-autres-kilos ?

— Aucune idée. Il faudra poser la question à votre copain Wells.

— Dingo l'a fait il y a vingt ans, Wells lui a juré ses grands dieux que tu avais les quatre kilos sur toi au moment de ton arrestation.

— Ces documents apportent la preuve que le gouvernement thaïlandais n'a confisqué qu'un kilo d'héroïne. Quand il est rentré tranquillement chez lui à bord de son jet privé, Wells est allé trouver Dingo et il s'est excusé en prétendant que toute la dope avait été confisquée. Entre lui et le gouvernement thaïlandais, qui croyez-vous, monsieur La Grande ?

— J'ai toujours su que Wells mentait, avait grondé le gangster. Je voulais qu'on les tue tous les quatre, mais je n'étais que le lieutenant de Dingo, et il n'avait pas les couilles de les abattre. Ils se sont contentés de s'assurer notre silence en échange d'un quart de million de dollars.

— Un quart de million de dollars pour trois kilos d'héro ? Une fois coupée et mise sur le marché, elle leur aura rapporté le quadruple. À vos dépens… et aux miens.

— Zoe Pound ne te doit pas un sou, avait repris La Grande, mais je te propose cent mille boules pour nous foutre définitivement la paix.

— Pourquoi me verser le moindre sou si vous ne me devez rien, comme vous le prétendez ?

— Pour une raison simple : tu vas me rendre un petit service.

— Lequel ?

— Je te demande de ne pas tuer Wells.

— Et puis quoi encore ? J'ai rêvé de ce moment pendant vingt ans.

— Tu t'es déjà vengé. Laisse-moi m'occuper de Wells et je te donne une prime de cinquante mille en plus du reste.

Segura avait feint d'hésiter longuement avant de hocher lentement la tête.

— J'accepte. Je quitte les États-Unis ce soir, promettez-moi d'attendre demain pour vous occuper de Wells.

— D'accord, avait acquiescé La Grande.

— Dans la mesure où je ne remettrai jamais les pieds dans ce pays, promettez-moi de ne pas changer d'avis.

— Ne t'inquiète pas, Rom Ran Sura, l'avait rassuré La Grande. Je ne suis pas aussi laxiste que mon prédécesseur.

Il était 5 heures du matin lorsque Segura avait quitté le supermarché, son sac à dos bourré à craquer de billets de cent dollars. Il avait regagné son hôtel de Sumner Place où il avait dormi jusqu'à midi avant de régler sa note. Il avait alors rendu une visite surprise à sa grand-mère et ses tantes à qui il avait donné l'argent de Zoe Pound.

Tous avaient passé les trois heures suivantes à se réjouir, pleurer, louer le Seigneur, et se gaver de plats guatémaltèques. Avant de repartir, Segura avait averti les femmes de sa famille qu'elles ne devaient plus attendre aucun versement de ses anciens condisciples. Il leur avait promis de subvenir à leurs besoins quels qu'ils soient, et de leur envoyer des billets d'avion afin qu'elles puissent lui rendre visite et faire la connaissance de Jam et des enfants, une fois qu'ils auraient pris leurs marques.

À 16 h 30, il gagnait l'hôtel particulier de Central Park West, juste à temps pour voir Carlotta verrouiller la porte en partant.

Et voilà qu'il survolait l'Atlantique. Après une première escale à Dubaï, il prendrait un autre vol de douze heures à destination d'Adélaïde où l'attendait sa nouvelle vie.

Il n'avait jamais mis les pieds en Australie, mais après avoir entendu Flynn Samuels lui parler avec émotion de sa ville natale, Segura avait estimé que c'était le lieu rêvé pour prendre un nouveau départ.

Il ferma les yeux et pria Dieu de l'aider à oublier le passé pour mieux rêver de l'avenir, ainsi qu'il l'avait fait tous les soirs sur le sol dur et glacé de sa prison thaïlandaise.

Et pour la première fois depuis vingt ans, il s'endormit avec l'assurance que sa prière serait exaucée.

74

Vendredi soir

Dans sa prison, Morris Langford faisait l'objet d'une surveillance permanente afin de prévenir toute tentative de suicide. Janek Hoffmann avait été libéré, nul doute qu'il avait repris sa consommation frénétique de crack et de stéroïdes. La dépouille d'Aubrey Davenport reposait enfin dans la chapelle funéraire de l'entreprise de pompes funèbres Campbell sur Madison Avenue, dans l'attente de son enterrement, prévu pour le dimanche suivant. Nathan Hirsch, inculpé pour corruption dans trois affaires différentes et fraude boursière dans deux autres, avait obtenu sa libération contre une caution de deux millions de dollars. À défaut d'avoir une mallette bourrée d'explosifs attachée au poignet, il portait un bracelet électronique à la cheville. Je n'avais pas la moindre idée de ce qu'étaient devenus Troy Marschand et Dylan Freemont, et je m'en contrefichais. Princeton Wells n'avait pas appelé Muriel Sykes le jeudi matin comme promis, et la capitaine Cates m'avait annoncé que si Mme la maire n'entendait pas parler de M. Wells avant lundi matin, Kylie et moi serions invités à lui rendre une nouvelle visite. Il restait à espérer que Princeton et Kenda auraient le bon goût de sortir du jacuzzi d'ici là.

Autre nouvelle d'importance, dix jours après l'explosion de la bombe qui avait tué Del Fairfax lors du dîner de gala de la fondation Silver Bullet, Geraldo Segura restait introuvable et la chasse à l'homme s'était étendue à l'ensemble du pays.

Avec la mise en œuvre de tels moyens, je m'étais résigné à l'idée que Kylie et moi n'aurions pas les honneurs de sa capture. D'un autre côté, la semaine avait filé et nous étions vendredi soir.

Une semaine plus tôt, j'avais été contraint d'annuler une réservation pour deux au restaurant Paola's car je m'envolais pour Bangkok. Cheryl et moi allions enfin pouvoir savourer ce dîner à deux que nous attendions avec impatience. À une différence près : la réservation avait été faite pour quatre, et non pour deux.

Nous étions dans le taxi qui nous conduisait au restaurant quand j'ai posé la question à Cheryl.

— C'est quoi, cette histoire de réservation pour quatre ?

— Waouh. Tu me parlerais exactement sur le même ton si je venais de mettre ta nouvelle voiture dans le fossé. À vrai dire, je me suis contentée d'accepter une invitation à dîner du compagnon de ton équipière.

— Désolé si j'ai pu te paraître brutal. C'est juste que je m'attendais à dîner en tête à tête avec toi, et je constate que ce n'est pas le cas.

— Voilà ce qui arrive quand on fourre son nez de flic dans les affaires d'autrui. J'ai cru comprendre que Shelley avait réuni hier soir ses copains joueurs de poker et qu'il leur avait expliqué comment Bob Reitzfeld et toi aviez réussi à coincer Nick Button. Comme il restait à peu près trois cent mille dollars sur les huit cent mille volés lors du braquage, chaque participant a récupéré un peu plus de quarante-deux mille dollars. C. J. t'est si reconnaissant qu'il a décidé de nous inviter à dîner.

— Nous étions déjà pris ce soir, sans compter que nous partons demain matin passer le week-end à Woodstock. On avait une excuse en or, tu pouvais aisément refuser.

— Pourquoi aurais-tu voulu que je refuse ? s'est étonnée Cheryl. J'ai tellement entendu parler du nouveau petit ami de Kylie, je suis ravie d'avoir enfin l'occasion de le rencontrer.

Stefano, le fils de Paola, nous a accueillis à l'entrée du restaurant et nous a conduits à notre table où nous attendaient déjà Kylie et C. J., une bouteille de champagne et quatre flûtes posées devant eux.

Kylie a procédé aux présentations pendant que Stefano remplissait les verres, et C. J. a porté un toast.

— À Zach, un fin limier !

— Un sacré cachottier de surcroît, a renchéri Kylie. Je ne savais pas que tu enquêtais sur cette histoire, Zach.

— Reitzfeld m'a demandé de lui donner un coup de main et de n'en souffler mot à personne. Je ne pouvais décemment pas refuser.

Kylie m'a adressé un petit sourire en coin. Nous étions deux cent soixante-quinze dans ma promo à l'école de police, et Kylie est sortie major. Elle était suffisamment fine pour avoir deviné les raisons pour lesquelles je ne l'avais pas tenue informée. Et comme je suis sorti sixième, j'étais assez fin pour savoir qu'elle savait, et que je n'avais pas fini d'en entendre parler.

— Tu soupçonnais Rick Button depuis le début ? m'a-t-elle demandé en posant sur moi de grands yeux innocents.

Je cherchais une réponse pas trop nulle quand Cheryl est venue à ma rescousse.

— Je suis désolée de jouer les emmerdeuses, les amis, mais Zach et moi avons une règle d'or, ou plutôt deux : les téléphones portables et les discussions de boulot sont proscrits à table.

Elle s'est tournée vers C. J.

— Vous n'êtes pas concerné et je vous encourage même à nous parler de ce que vous faites. J'avoue être fascinée par la psychologie des joueurs professionnels. Quand avez-vous compris que c'était votre vocation ?

C. J. a répondu à la question, mais Kylie avait parfaitement compris le message de Cheryl. *Mon copain a soupçonné ton copain, il va falloir t'habituer à cette idée et tourner la page.*

La soirée s'est finalement révélée très agréable. Paola nous a nourris royalement, Stefano nous a traités comme des rock stars, mais la vraie surprise est survenue au moment où nous allions passer la commande des desserts, sous la forme de Danny Corcoran et de Tommy Fischer.

Je leur avais dit que nous dînions chez Paola, mais je ne m'attendais pas à les voir débarquer dans le restaurant.

— Désolé de vous déranger, a dit Danny. Je sais que vous n'êtes pas en service, mais on avait une nouvelle à vous annoncer avant que vous l'appreniez par les infos.

— On a bien essayé de vous appeler, mais on tombait à chaque fois sur la messagerie.

La règle d'or de Cheryl avait encore frappé.

J'ai haussé un sourcil.

— Que se passe-t-il ?

— Princeton Wells est mort.

— Victime d'un attentat à la bombe ? a demandé Kylie.

— Non, on a retrouvé son corps en charpie à la mode haïtienne, enveloppé dans un drapeau de Zoe Pound à trois rues du quartier général de la bande, dans un terrain vague.

— Ils ont besoin de nous sur la scène de crime ?

— Pas tout de suite, les gars du 67e sont sur place, m'a répondu Tommy Fischer. Étant donné le statut social de Wells, il est possible que l'enquête soit finalement confiée au Red, mais tout le monde sait que le coupable est Malique La Grande. Le prouver sera une autre paire de manches.

— On n'arrivera peut-être pas à l'inculper, mais on sait en tout cas qui n'a pas tué Wells.

— Geraldo Segura, a enchaîné Kylie.

— Après tout le mal qu'il s'est donné, ce n'est même pas lui qui a tué Wells.

— Je ne comprends pas, est intervenu C. J. Je croyais qu'il voulait se venger de tous ses anciens copains.

— C'est juste, a dit Kylie, mais quand on tue quelqu'un avec une bombe, ça va vite. Après avoir passé vingt ans de sa vie dans une prison thaïlandaise, je suis convaincue que Segura avait envie de réserver à Wells une mort atrocement lente. Quoi de mieux que de s'adresser aux Haïtiens en pareil cas ?

— Excusez-moi, nous a interrompus Cheryl, mais il est temps de revenir à notre règle d'or. Danny, nous allions passer au dessert et au café. Pourquoi ne pas vous joindre à nous, avec Tommy ?

— La vie continue, docteur, a répondu Danny en faisant signe à un serveur d'apporter deux chaises. Alors autant commencer par le dessert. Je jette un œil à la carte.

J'ai compris d'un seul coup. Wells mort, Segura n'avait plus aucune raison de rester à New York. Ou même aux États-Unis. Et puisqu'il avait sous-traité le meurtre de son dernier ennemi, sans doute avait-il pris la précaution de quitter l'Amérique quand Wells était encore en vie.

J'aurais aimé partager cette découverte avec mes collègues, mais Cheryl ne plaisante pas avec ça. On ne parle pas boulot à table, point barre.

Alors je me suis contenté de lever mon verre et de boire à la santé de Geraldo Segura, unique rescapé de cette folle équipée.

Du même auteur
aux éditions de l'Archipel :

Run, Rose, Run, 2023.
Insoluble, 2022.
Noces sanglantes, 2022.
Tu mens ? Tu meurs ! 2021.
Diamants de sang, 2021.
Pile ou face, 2020.
Plus jamais, 2019.
Jeu de massacres, 2019 ; rééd. 2020, sous le titre *Instinct*.
Incontrôlable, 2018.
Lettres de sang, 2018.
La Villa rouge, 2017.
Tue-moi si tu peux, 2017.
Menace sur Rio, 2016.
Invisible, 2016.
Lune pourpre, 2015.
Le Sang de mon ennemi, 2015.
Un si beau soleil pour mourir, 2015.
Week-end en enfer, 2014.

Tapis rouge, 2014.
Moi, Michael Bennett, 2014.
Zoo, 2013.
Dans le pire des cas, 2013.
Les Griffes du mensonge, 2013.
Copycat, 2012.
Private Londres, 2012.
Œil pour œil, 2012.
Private Los Angeles, 2011.
Qui a tué Toutankhamon ?, 2011.
Bons baisers du tueur, 2011.
Une ombre sur la ville, 2010.
Dernière escale, 2010.
Rendez-vous chez Tiffany, 2010.
On t'aura prévenue, 2009.
Une nuit de trop, 2009.
Crise d'otages, 2008.
Promesse de sang, 2008.
Garde rapprochée, 2007.
Lune de miel, 2006.
L'amour ne meurt jamais, 2006.
La Maison au bord du lac, 2005.
Pour toi, Nicolas, 2004.
La Dernière Prophétie, 2001.

PAPIER CERTIFIÉ

Le Livre de Poche s'engage pour l'environnement en réduisant l'empreinte carbone de ses livres. Celle de cet exemplaire est de :
400 g éq. CO_2
Rendez-vous sur
www.livredepoche-durable.fr

Composition réalisée par Lumina Datamatics, Inc.

Achevé d'imprimer en août 2023 en Espagne par
BLACKPRINT
Dépôt légal 1re publication : août 2023
LIBRAIRIE GÉNÉRALE FRANÇAISE
21, rue du Montparnasse – 75298 Paris Cedex 06

39/5124/2